斑鸠入画图

樊健军◎著

中国文史出版社

C目 录
ontents

通往天堂的夜航船

一

　　这是个令人悲伤的日子。早上，柳上梢豢养的三只鸬鹚中的一只，不知什么病因去世了。那个可怜的小家伙同他一块生活了三年，最后一年，它几乎没捕到什么鱼，全赖他网的小鱼小虾苟活于世。它的动作总是慢慢腾腾的，最近两三个月都没有气力下水了，成天缩着脖子，呆头呆脑地蹲在船边的木架子上。他揣摸它是老死的，寿终正寝。他带它去过一次兽医站，那兽医也是个呆子，医过猪医过牛，就是没医过鸬鹚，胡乱拿了几粒药片，给鸬鹚服下后什么效果也不见。

　　柳上梢将鸬鹚的墓地选在了河岸边的缓坡上，鸬鹚到了那边的世界下河也很方便。这是他唯一能帮它做的事情。当初，他接受几只鸬鹚时没有想到今天的结局，如果有先见之明，决不会收养。可是要将它们转送给别人，又割舍不了，毕竟这么多日子都是它们在陪伴他。他陷身于这种进退维谷的矛盾中——暂时相处的亲昵让他忘却将来有一天必须面对失去它们的痛苦，失去时的折磨又使他回忆同它们在一起的美好时光。而这种回忆带给他的是呈几何级数倍增的哀伤。

　　埋葬鸬鹚后，他摇船进城了。换在往日，吃过早饭后，他该带领几只鸬鹚出去兜一圈，重点不在捕鱼，更多是遛一遛鸬鹚，像养宠物的人家遛猫遛狗一个样。以前进城多半是卖鱼，而这一次是为了讨要卖鱼的钱。钱是辛苦钱，既有他撒网扳罾的辛劳，也有鸬鹚出生入死的所得。他习惯在农贸市场卖鱼，那儿买菜的主妇多，虽说她们很挑剔，但总能卖个一干二净。其间遇到一位中年男人，姓方，经营着一家小餐馆，让柳上梢便宜几角钱将鱼全卖给他。方老板说话带点侉腔，偏瘦，黑脸，佝着腰，不像个贪好耍刁的人。柳上梢答应了，虽说少了几张毛票，可也免除了卖鱼之苦。之后得了鱼，他直接送去方老板的餐馆，方老板也很爽快，不论多少都收下了，且从不赊欠，都给了现钱。如此送了半年鱼，三个月前方老板突然说要记账，月初开始，月底结算，绝不会少他半个钢镚。这一来二去，他同方老板早成熟人了，记账就记账吧，无非晚些日子收钱而已。谁曾想一个月过去，方老板鱼照买不误，可结账的事闭口不提。如此又送了一个月鱼，方老板仍然没动静，他只得将话挑明了，方老板解释说最近手头有点紧，别看每天食客进进出出，可是房租税收水电费燃气费加起来不是天文数字，也够压死人。说话时方老板的脸黑得如炭，像被火烧焦了似的。谁能没个难处呢，他动了恻隐，宽慰说，您这生意流水似的，有啥可愁的呢。还念了副当年摆渡时听到的对联逗乐，门前生意有如夏天蚊子飞进飞出，柜里铜钱好比冬天虱子越捉越多。方老板苦笑。过些日子再问，方老板仍请他宽限几天。追问了两三回，反倒柳上梢不好意思了，好像不是方老板欠他的钱，而是他亏欠了对方什么。三个月没进项，他有限的积蓄花得差不多了，口袋里快要布黏布了。一文钱难倒英雄汉，好说歹说，怎么也得把鱼钱讨到手。

柳上梢穿过茫茫白雾来到餐馆时，不想吃了闭门羹，方老板不在，玻璃门上挂着一把 U 形锁。往常这个时间，餐馆里正是备厨的紧要关头，剁肉声、高压锅嗞嗞的喊叫声、锅碗瓢盆勺碰撞的当啷声，编织出一派繁忙的人间烟火景象。他隔着玻璃瞧去，餐馆内冷火寂烟的，桌椅摆放得规规矩矩，地上也很洁净，就是不见半个人影。他很纳闷，方老板这个点还不营业，是不是发生了什么事。如果对方真有什么事，他这个时候来讨账似乎太不厚道了，有点落井下石。想到这层，他便扭头往回走，走了几步又觉得不妥，至少得问问对方遭遇了什么难题，帮不上忙也该说上几句暖心的话来安慰人家。见人有难绕道走，这为船家所不齿。他折回身，在餐馆前蹲下来守候方老板的到来。

大雾慢慢散去，街头渐渐热闹起来。柳上梢抽去了半包烟，脚边积了一堆烟头。方老板还没有现面。守到半下午，才从旁边的店铺里走出个肥胖的女人，带着些诡异，又有些幸灾乐祸似的说，大叔啊，是不是找姓方的要钱？我劝您别等了，这姓方的买地下六合彩，欠了一屁股债，跑路啦。柳上梢听不惯那女人的口气，瓮声说，能跑到哪儿去？难不成不回来了？！女人回答，他本来就是外地人，回来捡打挨啊？！他找不出恰当的话来反驳，低下头不吭声了。那女人可能觉得她的好心被当成了驴肝肺，说了句您老慢慢等啊，缩回了店铺。

他接着闷头闷脑待了半晌，没着落，肚子里又咕咕叫个不停，饿慌了。才记起两顿饭没吃，往回走经过包子店时，买了几只剩包子，狼吞虎咽吃了两只，余下的拎在手上。到得码头，日头已经西斜，河面上波光粼粼的，像铺了层碎金，很抢人眼。码头上停靠的船只都离开了，就剩下他的乌篷船。他解下缆绳，脱了鞋，走下水。此时的水温比早上暖和，他的腿肚子暖融融的，说不出的舒服。

待近了船，他才发觉有些不对劲，原来船上多了个人，是个女孩，像只小虾米似的蜷缩在船舱里酣睡。

二

如果放在二十个世纪七十年代以前，季小麦就不是乘坐长途汽车，而是会乘船逆流而上，来到这座被大山重重包围的小城。而此刻大雾弥漫，小城蒙上了神秘的白纱。在季小麦眼中，这是个参透人意的好天气。她不想看见谁，也不愿被谁看见。只有一个人例外，是柳笛的父亲柳上梢。

笛子，我到了。下车时，她给柳笛发了个短信，走出长途汽车站，沿着街边缓缓而行。她要去的地方在河边，这条素未谋面的河流穿城而过，像腰带一般环绕旧城区。柳笛同她说过，往南走，哪儿都直通河边。他告诉她这些时，可能没想到有一天她会按图索骥来到这儿。

她的脚步软绵绵的，像在云端上飘忽，那是饥饿和疲惫所致。她机械地挪动双腿，而又小心翼翼地，生怕一步不慎会跌入陷阱。上这儿来是她自己的决定，没有谁强迫她。

果然，她没走什么弯路就抵达了河边。白雾正在散去，先前被蒙蔽的事物慢慢浮现，建筑、树木、车辆、行人，忽然自另一世界突兀而来。河岸边栽有垂柳，柳树下有便道。她顺着便道溯游而上，目光全落在河里。河水泛着绿，水平如镜，这不像是河，更像是静止的湖泊。水面上空空荡荡的，偶尔有一两只白色的水鸟飞过，除此之外，只有对岸楼房的倒影。经过的两处河湾，蹲守着三五个垂钓者。他们完全沉浸在垂钓的乐趣中，周遭的一切都与他们无关。

柳笛说的那条小木船在哪儿呢？

季小麦朝上游慢吞吞地走去。这中间她停下来小憩了几次，背靠树干，两眼直瞪瞪地盯着河面。有个捡拾垃圾的义工男留意到了她，问她需不需要帮助，她用残存的气力摇了摇头，谢绝了对方的好意。

她自问要不要先找个地方吃点东西，躺下来歇一歇，养足精神后再去找寻。对她这种自虐的野蛮行径，身体的抗议越来越强烈，可暗处又另有声音在鼓励，甚至怂恿她，你没那么脆弱，一鼓作气，不会倒下的。稍微安抚身体的反抗情绪后，她踉踉跄跄继续沿河搜寻。

前行不远，河中出现草洲，状若船形。草洲同河岸之间夹着水道，形成天然的避风港。在河岸的凹陷处，泊着几条小木船，敞口的那种。它们的主人不知去哪里了，将它们如牲口般系在这里。另有一艘乌篷船停在不远处，同它们保持一定距离。船篷发黑，是日晒雨淋给闹的。船头有个模糊的字迹，像是"柳"字。她打了个尿战似的，身体猛然颤抖了一下，没错，柳笛说的就是它，找到它就能找到他的父亲柳上梢。

堤岸上有台阶，她逐级而下，转眼来到了乌篷船跟前。船上没人。她试图登上船去，可船离岸足有两米多远，怎么也够不着。她拽了拽缆绳，船身纹丝不动，像是搁浅了。她脱下鞋子，试探着下到水里，所幸水不太深，最深的地方刚好没过她的膝盖。她从船头爬上了船。船头的甲板上扣了锁，可能甲板下藏着什么东西。船舱很干净，除了一只小杌子外，什么也没有。她将背包放下来，扔在船舱里，这个动作将她仅剩的力气给消耗尽了。她想在小杌子上落座，可小杌子似乎很不情愿，翻倒了。她摔倒在船舱里，没觉得哪儿疼，心想这样更符合心愿，我正要找这么块地方好好睡上一觉呢。船舱太促狭，她不得不屈曲着身体，可这没有阻碍她进入睡眠的速度。

三

后来，季小麦不止一次后悔，不该以这种方式接近老人，尤其是不该编造那么个故事来欺骗他。她又宽恕自己，如果不以那种方式，还真找不出别的行之有效的办法。那天在船舱里，她是从噩梦中惊醒过来的。梦中柳笛用摩托车载着她，先是在峡谷里蜿蜒的公路上狂奔，每次拐弯时，摩托车几乎贴着地面要飞出去，那种疯狂的举动令她尖叫不止，叫声中既有恐惧，也有濒临绝望的亢奋。耳边是呼啸的风，树木、岩石、谷底的河流，一切都一闪而过，什么印迹都留不下。就在她的脑海空白时，摩托车忽然飞奔上山了，原本高不可攀的峭壁都被碾压在车轮底下。他好像要载着她奔向天堂。天空触手可及，云朵在发丝间飘舞，星星伸手可摘一把。可能是她想象得过于美好，摩托车骤然失重了，车身呈九十度角向下坠落，她被迫趴在他的背上。她死死地箍住他的腰，生怕一松手，就会从摩托车上摔出去。蓝天白云不见了，阳光也没有了，眼前黑暗一片。摩托车载着他们俩朝无底的深渊坠落，坠落。且因为重力加速度的原因，速度越来越快，越来越不可驾驭，连人带车都成了自由落体。

醒来时，她冷汗淋漓，全身都湿透了。好像经历了半辈子的漫长，她才明白自己置身于何处。她勉强撑起身子，将头探出舱外。此时仅剩下半边日头挂在山尖上，稍一恍惚，日头就会滑落下去。河面正转向黄昏来临时的宁静，水面渐渐转灰。爬出船舱时，船身摇晃了一下，她趔趄了两步，幸好及时扶住了船篷。没有人看见她的窘相，四周空荡荡的，那些船只不见了影踪。她察看了一圈之后，才留意到堤岸的台阶上坐着位老人，头发半白，像只好奇的鸟儿似的歪着头向着她。她没有察觉他脸上流露的疑惑。有那么一会儿，她只是怔怔地盯着他，不敢确认对方是不是她要找的人。

大概岸上的人把她的犹疑理解错了，蹚水来到船边，向她伸出手，那势样是要搀扶她下船。她没有去握他的手，而是惧怕似的缩后了一步，但身后被船篷阻挡了，她已经无路可退。

您是柳叔叔吗？她怯怯地问。

我姓柳，你叫我老柳就是。柳上梢的声音炸炸的，好像面对的不是个小姑娘，而是同他一般模样的糟老头。

季小麦第一次见到如此黝黑的人，不，不是第一次，在老家的村子里也见过类似样貌的人。那是个放鸭人，夏天的时候只穿条大裤衩，赤裸上身，光着脚板，从头到脸到脖子，到前胸后背，哪儿都黑黝黝的，像上了黑漆般油光发亮，水落上去，哧溜一声滑到了地上。他们俩的差别只在于脑袋，放鸭人是颗瓢似的秃头，而柳上梢的头顶覆着染霜的短发。

我叫季小麦，是……您就叫我小麦吧。她险些说漏了嘴，幸好及时打住。

小麦？地里种的小麦？柳上梢故意瞪着眼，显出一副吃惊的模样。

以前是，现在不是。她没有被他的玩笑调动情绪，脸色反而阴暗了，有如骤然而至的暮色。

　　柳上梢不知自己哪儿说错了话，触发了小姑娘的伤心。他期待她快点离开，可她就是一动不动。她不下船来，他便不敢贸然上船去，好像只要他踏上船板就会伤害到她似的。现在的孩子都是任性的祖宗，随便霸占别人的窝，还把它当成自己的紫禁城了。

　　你看，天色不早了。后来，他忍不住提醒她，都这个点了，该去哪里就攥紧时间去。

　　季小麦突然哭了。她的哭不是那种歇斯底里的号啕，也不是蚊蝇似的嘤嘤泣泣，而是两行细碎的泪珠像小溪流般从眼眶里流出来，没声没息地顺着脸颊往下滑落。柳上梢的脸像卷起的水花般哗啦一声白了，这孩子八成遇上了什么难事，爬上他的船，是不是……他不敢往下想，赶忙开导对方说，孩子，别哭嘛，没有过不去的坎，有什么事同大叔说说。她仍旧不说话，只顾着流泪。他摸不清她流泪的来由，季小麦这泪水至少百分之九十五是真实的，发自伤心处，剩余的百分之五是为后面的故事做铺垫。而后来，她后悔也就因为这个百分之五。

　　她情急之下编造的故事很简单，几乎没多少情节。她说她是洗发水推销员，第一次上这儿来。来这儿之前失业好几个月了，好不容易找到这份工作，没有底薪，全靠拿销售的提成。公司给了她几瓶洗发水，让她自个找地方推销去。她到小城几天了，一瓶洗发水都没卖出去，还把钱包给弄丢了。说到这，她蔫了下来，像只干蘑菇似的在船头的甲板上缩成一团。

　　真是个没经世事的孩子，芝麻大点的事儿吓成这样，果真摊上大事，还怎么对付得了？！他不把这层意思说穿，怕伤着她的自尊心，半是责备半是心疼说，着什么急呀！谁没有过不称手的时候吗？！五百元够了吗？叔叔先垫给你，等你挣钱了再还给叔叔。

季小麦依然止不住泪水，这止不住的泪水归属于那百分之九十五的部分。柳上梢没辙了，绕着船头转了半个圈，搅起的水花哗哗响，水都淹到了他的大腿上。半刻钟过去，她才慢慢平静下来，抹去脸上的泪水，瞥一眼船的主人，复又埋下头，估摸是为自己的失态而害臊。这可怜的人儿……他在内心叹息了一声，不能指望她下船来，如果她自觉下船，他会放心不下，会极力挽留她。如此想着，他又绕到船尾，上了船，穿过船舱，把没吃完的两只包子递给了她。

乌篷船是在浅薄的夜色中起航的。季小麦端坐在船头，面向苍茫的水域。柳上梢在船尾摇桨，桨声很轻，几乎没有激起任何水花。船行驶得特别平稳，离岸不远不近。城区亮起了灯光，那些饱含色彩的光照射在河面上，河面也给染色了。河面和岸上是两个不同的世界，岸上的世界是喧闹的，嘈杂的，而河中是宁静的，不受人打扰，是远隔千里万里、千年万年的存在。月亮还没有上来，头顶的星空是澄明的，一颗一颗，朗朗可数。季小麦的内心也跟着澄明起来，好像被这河水洗涤过一般。一种异样的感觉慢慢从她的体内涨起来，这是属于她的世界，属于她的河，属于她的星空。仿佛她就出生在这儿，出生在这条河上，踏上这艘船，就是回家了。回家了。回家了。一种久违的温馨笼罩着她，环绕着她，她失去它们的拥抱好久好久了。日后，她无数次坐在船头，总想重温这一晚的感觉，每次都感觉近在咫尺，可没有一次真正抵达这种澄明之境。

船是往下游行驶的，渐渐离开了城区的水域。河面上慢慢幽暗起来，只剩下些许朦胧的天光。水面上的一切都模糊了，隐藏了。可是更加静谧，除了桨声的吱呀，此时的河面仿佛被静音了。

船只忽然拐了个弯，朝一个幽深的河汊驶去。

四

第二天早上，季小麦才看出来自己昨晚安睡之所在。她以为睡在一栋上了年月的木屋里，闻不到木头的香气，只有扑鼻的潮湿的带点腐败的烟火气息。她还以为它修建在坡地上，不很高，上十几步木梯子就到了。当屋外被天光照亮后，她透过木格窗的缝隙看到，被灌木覆盖的山岩伸手可及，推开窗户，窗下竟然是清亮的水，透明见底。噢，原来木屋临水而建。

当她走出木屋后，才意识到自己完全错了。这压根不是什么木屋，而是一艘巨大的木船。船身长几近二十米，船舱被隔开成两个房间。船顶苫着油毛毡，檐下刻有水波似的花纹。半截桅杆光秃秃地竖着，上面什么也没有。它该是被砍断的，斧斫的伤口依然清晰可辨。船帮留有狭窄的通道，仅限一人贴着船舱而过。船底搁浅了，相当一部分没入了淤泥。船身的重量不全压在船底，它的四周立了好些根木柱子，是它们在支撑着。这些木柱子不知在水里立了多久，被浸泡得发黑了，好像一根根黑炭柱，随时有可能折断。船的动力装置很早被拆卸了，拆卸时的伤痕原原本本保留在船尾，甚至还因风侵雨蚀而扩张了。船底没被水淹的部分长了青苔，往下更潮湿的地方吸附了不少天螺，好像一颗颗从船舱里钻出来的生锈的箭镞。

这个庞然大物是有历史的，她不止一次听柳笛说过。有一次是在海边，柳笛租了辆水上摩托，载着她，在海面上疯狂了一上午。后来，他们俩在沙滩上休息，正好海面上有一艘货轮经过，大概唤起了柳笛内心的什么，他同她说起了那艘神秘得让她困惑的大家伙。柳笛的祖父是个放排工，山沟里的木头扎成排，顺河而下，走完七百里水道，进入鄱阳湖，再入长江，一直将木材送到南京地面。深山里盛产红心的杉木，这种材质做家具和地板特别漂亮，甚至给起了别名叫南京材。柳笛的祖父称得上是狂想症患者，十五岁开始跟随同乡在木排上漂流，两杯烈酒下肚，就会萌生一些宏伟而不着边际的幻想，要造那么一艘船，顺江而下，进入浩瀚的太平洋。至于船上装载什么，到太平洋上干什么，去兜风还是去旅行，或者当海盗，你问他，他也支支吾吾答不上。顶多他会挥一下手，说，造那么一艘大船，到太平洋上……呼啸着喷口酒气，头一歪，趴在狼藉的杯盘之间呼噜呼噜睡着了。

柳笛的祖父放了十多年木排后进了航运公司，照旧在水上讨生活，放木排、运粮、运茶叶和蚕茧，也运山沟里产的香菇和木耳，航运公司安排什么活就干什么活。后来，柳笛的祖父幸运地遇到了一位造船工，这位造船工造了一辈子船，对他的想法很是赞赏，愿意助他一臂之力成就这个伟大的梦想。柳笛的祖父受到鼓励，越发将梦想放在了心尖上，想方设法积攒木头，终于有一天开工了。可是进度很慢，第二年河道中游的水库破土动工，待到船竣工时，水库开始蓄水，河道被拦腰截断了。柳笛的祖父他们造出来的那艘木船，打一下水就被圈定在河流的中上游。虽说通航的河道有限，可毕竟还有一大截，载客、运送货物，倒也不闲着。后来，公路运输发展了，船运渐渐没落，当年的航运公司也破产倒闭了。雪上加霜的是，河流的上游地段又建起了拦河大坝，船运彻底退出了历史舞台。轮到柳笛的父亲，只能被迫干起了摆渡的营生，从北岸到南岸，又从南岸返回北岸。

这究竟是不是柳笛说的那艘大木船呢，季小麦很是怀疑。如果是，它是怎么从渡口挪到这汉港里的，挪过来多久了。如果不是，那柳笛说的那个大家伙哪儿去了，眼前的这个又来自哪里。那一次，他们在沙滩上遥望着那艘货轮，瞧着它慢慢变小，淡化，被海上的雾岚遮蔽，最终消失不见了。柳笛也因货轮的远去而失去了讲述的兴趣，缄默了。

停放木船的河汊是个死角，上游没有活水流下来，是大河的水倒灌形成的。河汊的入口揳入了一排粗壮的木桩，只留下小豁口，供小舟进出。河汊好像潟湖一般。往里走，三面都是陡峭的山岩，只有水面才是唯一的出路。对搁浅的木船来说，这里仿佛世界的尽头，换过一种戏谑的说法，说世外桃源外人也无可厚非，只要居住的人愿意。

这里的确是另外一个世界。暖暖远人村，依依墟里烟。狗吠深巷中，鸡鸣桑树颠。季小麦察看木船时，一条德国牧羊犬始终跟随着她，狗很强壮，但对她很友善。只要她面对它，它就张着嘴，加上那眼神，仿佛在向她笑。后来，她了解到，它是条被人抛弃的宠物犬，被柳上梢收养了。当她转到船尾时，一只猫蹲在船边，喵喵两声，向她招呼。水面上有两只鹅在游弋，两只鸬鹚立在一叶扁舟的木架上，好像两位垂钓的小矮人。河汊的最底部，有个用石头和木篱笆圩起来的菜园子，面积不宽，绿油油的一小片。菜园子旁边有间简易的棚垛，是厨房，此刻正飘出丝丝缕缕淡蓝色的炊烟。那是它的主人在做早餐。

季小麦的内心忽然复杂起来，一股温暖的感动直往上涌，而与此同时，又有一种隐隐的不安。假如让她生活在这里，是迎合她自己，还是对自己的背叛，她无法回答自己。她摸出手机，想给柳笛发个短信，可又不知该说些什么。

小麦，吃早饭啦。在她出神的档口，柳上梢端着两碗面条，站在棚垛前招呼她。瞧他那神情，好像他是她的老父亲。

她应声走了过去。饭桌是摆在棚垛前的一块青石板上，梯形，用几块砖头垫着。旁边有个石碾，是主人固定的座位，现在让给了她。柳上梢端着碗，蹲在石桌的另一边。他们开饭时，狗和猫，包括那两只鹅，都围拢在它们主人身边。它们的主人吃一口面条，撺一块筷子面条丢给狗，又吃一口面条，又撺一筷子丢给猫，第三次，轮到了那两只鹅。他一碗面条吃下来，倒有一大半丢给了他的宠物们。季小麦吃得慢，柳上梢完事后，那狗和猫和鹅一个个虎视眈眈向着她。她不好意思独自享用了，学着他的样子，边吃边给它们丢一筷子。她的内心没来由地滋生了一种沦落感，好像是她抢走了狗和猫的食物。

　　你别惯着它们，少不了它们吃的。他看见了她的举动，将那些馋嘴的家伙轰走了。之后，从棚垛里端来两只食盆，狗一只，猫一只，再回转身抓了两把苞谷撒给鹅。

　　早餐过后，柳上梢不知从哪里拿来几张纸钞，递给季小麦说，走吧，我送你出去。她心慌地看了对方一眼，他的眼睛里有的是慈爱和怜悯。她像被烫伤了似的，慌忙后退了几步，似乎面对的不是几张钞票，而是一支熊熊燃烧的火把。她不能这么轻易接受他的帮助，否则就没有留下来的理由了。柳叔叔，谢谢您的好意，我还是到别处去想办法吧。她婉言谢绝，却又是心虚的，不敢直视他的眼睛。

　　可是，在柳上梢看来，她是在以拒绝的方式维持脆弱的自尊，这倒让他有些难办了。硬将钱塞给她吧，明显不妥，不给她吧，离开这儿后她该怎么办，小姑娘家家的，人生地不熟，找谁去。他思忖了一会儿，想出了一条缓兵之计。我先去遛遛那几只鸬鹚，它们有一天没出门了，你帮我照看一下两只鹅，别让它们跑出去了，待我回来就进城。他给自己找了理由，也给她分派了任务。

交代完后，他上了那叶扁舟，划着它往河汉的外围走去。她站在岸边朝他挥手，也不知他看没看见，扁舟转个弯，眨眼就没了影子。

五

河汉里顿然静寂了，这让季小麦感觉有些害怕，似乎有一种不可预知的厄运埋伏其中。偌大的空间只剩下她一人，仿佛被世界抛弃了，被时间隔离了。或者是被一只无形之手给抽空了。她朝远处的大河望去，灰白一片，河流像是患上了白内障。河面上什么也没有，视线所及之处，见不到房屋，也没有道路，更不可能有行人。天上没有飞鸟。云朵很高远，坠着的一块呈铅灰色。幸好那条德国牧羊犬伴随在她身边，它的目光纯净而又带着些许警惕。或许它在监视她。她才不管它对她怎样，身边有这么个活物，会让她的心安定些，不至于那么仓皇。

她在水边的一块石头上坐了下来。她要给柳笛发个短信，他是唯一倾诉的对象，向他报告行踪，将她的所见所闻告诉他。她拿起手机时犹豫了一下，要不要将见到他父亲的消息如实相告呢。

　　亲爱的笛子，你猜猜，我在哪儿给你发短信？此刻，我多么希望你在我身边，搂着我的肩膀，或者拥抱我，亲吻我，就在这条你出生的大河岸边。我坐在一块圆鼓鼓的鹅卵石上，它洁净得像个处子，上面有个浅窝，我怀疑是你用脚踢出来的。你说，你小的时候总是那么调皮，一刻也不肯安分。但我要告诉你，你不该踢出那一脚，它是块多么美好的石头啊，我还从来没见过这么叫人愉悦的鹅卵石。我想，有一天我要把它带走，放到阳台上。我要每天坐在上面，感受你用尽全身气力踢出的那一脚的力量。你踢它的时候仿佛就踢在我身上，痛入骨髓，而又嫁接给我那种摧毁一切的巨力的战栗。

她将这一段发出去后接着写道：

　　告诉你吧，摩托侠，我是在一艘木船上给你发短信——我坐在船头，双腿悬在船外，风从大河上吹过来，很轻，很惬意。我还不能确认它是不是你说的那艘大木船。它的确是太老了，像一个进入耄耋之年的老人，脸上密布老年斑，牙齿松动脱落，什么东西也啃不动了，只能依赖拐杖勉强站立。这是它的外表，它的里面怎么样，我还没有仔细参观，虽然在船舱里睡了一晚上。过会儿我就去看个遍，到时再描述给你听。我很想为它做点什么，不过还没想好，也不知从哪里开始。

第三段：

　　笛子，对不起，我没有同你商量就跑来这里了。你肯定会原谅我的，对不对？不管我做错了什么事，你向来都是原谅我的，相信这一次你也会。我准确无误地找到了这艘船，几乎没走半点弯路。好像是有谁在引导我，那个人就是你，或者我来过这里，不是这辈子，是前辈子，要不然没法解释我的幸运。我遇到了这艘船，自然也见到了它的主人——你的父亲。我不明白你为什么不愿意见他，他是个多么慈祥的老人，善良，还爱帮助别人。他给我钱，我当然不能接受。我是要留在他身边的，你可能没想过他是多么孤独，好像是被囚禁在船上的犯人。我不知你爱不爱听到他的消息，他很老了，但身体还过得去，看不见明显的故障。不管你是否同意，我还是决定留下来，要替代你来陪伴他的晚年。你放心吧，我说到做到。吻你啊，我的摩托侠。

　　……

她给柳笛发了几条短信后，再没有别的事情能够牵引住她的注意力。她双手托腮坐在石头上，望着大河的方向发呆。她为什么要上这儿来？就为了看一眼柳笛说的大木船？为了看看这条河流？还是替代柳笛来看望他的父亲？出发时是这样想的吗？现在的决定是不是太草率了？

柳笛那张瘦削的脸从幽暗中显影出来，正用那双刀子般的眼睛冷冷地盯着她。

她认识他是在一家酒吧，夜场，她在那里做试用服务员。那天，她的心情如同燠热的夏夜烦躁不安。那阵子，她刚刚从一个四川男孩的怀抱中逃离出来。她同四川男孩在一起两年多了，他不止一次说过要把她带回四川老家去。但他始终对他老家在四川的具体位置守口如瓶。终有一天，她架不住他的讨好和哀求，随他成行了。他们坐了二十多个小时的火车到了成都，出站后他领着进了长途汽车站，几个小时的颠簸后到了一个偏僻的小县城。她以为到终点站了，不想下车后，他又要领着她换乘一辆通往乡村的小巴。她不敢想象那辆破破烂烂的小巴最终会通往何处。她见到它时好像一条鱼被抛到了荒漠一般，恐惧了，绝望了。那绝对不是一条鱼的理想国，也不是一条鱼的乌托邦。她借口上厕所，逃出了他的视线。她在小县城里躲藏了三天，不敢回到车站坐车，怕那个男孩在那里守株待兔。她是在加油站搭乘一辆长途货车，才离开那个几乎让她窒息的山旮旯。付出的代价是险些被那个货车司机强暴，幸好她及时察觉了他的邪恶，才得以躲过一劫。

那天晚上，她有些笨手笨脚，犯了个小失误，不小心碰翻了一只酒杯，泼出来的酒水把一个女孩的裙子给弄湿了。那个女孩瞟了她一眼，脸色很不好看。旁边的一位男孩，是那女孩的男友吧，站起来，倒了杯酒，让她向女孩道歉。她不想再生枝节，一仰脖子干了那杯酒。她没觉得有什么屈辱，打湿了人家的裙子，本来就该请求人家原谅。但后来，领班居然让她陪他们喝酒去，她斜睨了那伙人一眼，里面有个瘦高个在朝她招手。她像被谁捆了一掌似的，泪水在眼眶里打转。她被羞辱了，但强忍着没让泪水流出来。她放下端酒的托盘，带着笑加入了他们。他们对她没另眼相看，而是热情地欢迎她，好像她原本就是他们当中的一员。也许是受了他们的感染，也许是四川男孩给她的内心淤积了太多东西，她要把它吐出来，像产妇用催产素催产一般，她借助的是酒精催吐。她是能喝酒的，同谁都喝，甚至同那个女孩的男友连干了三杯。曲终人散时，她把自己给喝趴下了。同在酒吧上班的一个小姐妹将她扶到后台，让她在那里休息一会儿，醒醒酒。她没敢多停留，万一被老板发现，说不定就得滚蛋了。当她跌跌撞撞走出酒吧，准备召唤出租车时，一辆摩托车悄无声息从身后蹿了过来，挡在了她的前面。摩托车手就是那个朝她招手的瘦高个。

后来，她知道了他叫柳笛。

她上了柳笛的摩托车，柳笛让她搂紧他的腰，她顺从地抱住了他。柳笛载着她不知在街道上转了多少个圈，怎么也找不到她的住处。最后，他只得把她带回他的出租屋。醒来时，她发现自己躺在一间狭小的地下室里，这儿仿佛太平间似的静穆，四壁苍白。它的主人不在。她依稀记得有人给她洗过脸，给她喝过水。当时她困倦极了，好像睁开过一次眼睛，那个人有张寡瘦的脸，一双刀子般细长的眼睛。他会不会趁她昏睡时强暴了她，她慌乱地察看了一下自己的身体，没有半点被侵犯过的迹象。

第二天，她在地下室里躺了一整天，傍晚时，地下室的主人回来了。他开门时的表情很奇怪，好像怀疑他走错了房间，或者惊奇她竟然没有离开。他的那双眼睛形状虽然像刀子，但没有流露出刀子的锋利和冷漠，反而像两只小蝌蚪似的有些可爱。

那双眼睛是上天赐予柳笛的伪装。

季小麦从石头上站了起来，坐得久了，腿有些发麻。她在原地立了小会儿，待双腿恢复正常后，才往船上走去。她先进去的是昨晚睡觉的房间，一张床占去了大半边空间。之前它肯定是柳上梢的休憩之所，但昨晚让给了她。它的主人是个爱整洁的人，没有老年人的那种腐败的气息。小时候她爷爷的身上长期散发着那种近似腐臭的气味，让她不敢亲近他。她将床铺收拾整齐了，然后去往另一个房间。两个房间是相通的，中间没有门。这是个杂物间，里面什么东西都有，渔网、塑料桶、钓鱼竿，一身黑色的雨衣挂在墙上，临窗的地方摆了张长条形的桌子，桌子跟前有只木鼓凳，不知什么木头做的，凳面都泛白了。桌面上很凌乱，木条、短锯、木工用的刨子，一只尚未完工的船只模型放在中心位置。她对那只船模有了兴趣，是只帆船吧，桅杆已经竖了起来，只是还没挂帆。她小心翼翼地捧起它，迎光端详，突然啪的一声掉下一块小木板，将她吓了一大跳。以为自己把它弄坏了，可是观察一番后，并不觉得哪儿缺少什么，有可能那块小木板只是搁在船模上，主人还没来得及把它镶上去。她轻手轻脚地将它放回了原处。

后来，她在旁边的柜子里发现了许多类似的船模，种类繁多，单桅帆船、三桅帆船、小舢板、画舫、乌篷船、造型精致的龙舟。船模的大小不一，有的精巧，不过两三寸长，有的大气，占据了柜子整整一层分隔。船模的材质也不一样，有的通身泛红，有的有着好看的线条，那些线条是木材自然生长的纹路。有的船模上还立着人物，有渔夫、水手，也有立在船边欣赏风景的人。她吸取了刚才的教训，没有动它们，只是站在柜子前逐个逐个察看。

六

临近中午，柳上梢划着那叶扁舟回来了。他的收获不怎么丰盛，只有半塑料桶杂鱼，约莫五六斤的样子。可能惦记着河汊里还有个人，不能在外面待太久。若是以往，收工后他会直接进城，将鱼拿到市场上去卖。鱼儿新鲜，更容易脱手，价钱也高一些。他把一部分小鱼奖赏了两只鸬鹚，留下的那部分季小麦帮着清理了，撒上盐，给腌了起来。午饭仍是柳上梢做的，炖了钵鱼汤，鱼汤很鲜美，调动了她的胃口。之前的几天，她都是将就的，肚子饿了就随便买点东西搪塞一下。这一顿她吃得有些撑，还打了两个饱嗝儿。饭后，她抢着去洗碗，他也由着她。

下午，他又驾着小舟出去了。他没有提议送走她，也没有问她走不走，可能按他的理解，她没有说走，肯定是没想好下一步怎么办。如果他贸然说出来，就有赶她走的意思。而在她看来，这事本该她主动提出来，她不说，分明是在耍无赖。耍无赖就耍无赖吧，她不在意过程，要的只是结果。第三天，他没说送，她也没说走。第四天，他照旧按照往日的节奏，带着鸬鹚去捕鱼，而她始终沉默着。一个星期很快过去，河汊里好像再也没有送和走这回事了。他同她如同一对父女，生活在祖先遗留给他们的世外桃源。他们不用分工就达成了某种默契，他去捕鱼捞虾，她负责看守家园，同时料理每一天的饮食。她是不是个入侵者？她的自问没有答案，总之，她像枚楔子一样揳入了他的生活，而他无法拒绝，甚至还是欢迎的。

后来的一天，她央求他捕鱼时带上她，他不得不放弃扁舟，换上乌篷船。扁舟太扁窄了，只能承载他和鸬鹚的重量，加上她非沉没不可。她第一次见识鸬鹚捕鱼，对此萌生了浓厚的兴趣。每次鸬鹚叼着鱼从水底钻出来时，都是她把鱼从它们嘴里抢出来。她觉得这很残忍，可又乐此不疲。当鸬鹚休息时，他开始撒网，收获的好坏全凭运气，有收获时就交由她来清理。他得了空，坐在船尾闷声不响抽着烟。也许他在想着什么，她无从知道。有时接连几次空网，他会咕噜几句什么，声音太混沌，她听不清楚，揣度他是在诅咒自己的坏运气，或许也不是。忙碌了大半个上午后，他们在船舱里午餐，吃着简单的饭食。这中间，她同他有过简短的谈话，是围绕鸬鹚展开的。

柳叔叔，您养鸬鹚多久了？她带着好奇问。

没几年。他回答。

过后，他也许觉察到他的回答太简单，太冷淡，又主动谈及了鸬鹚的来历，是他早年在航运公司的一个老同事送给他的。当年，航运公司倒闭前夕，放开门槛内招了一批职工子弟。公司早已名存实亡，多几个人同少几个人有何差别，反正公司不支付工资，也无钱支付工资。这批职工子弟一天班都未上过，得到的不过是空头的企业编制，但正是这个编制让其中不少人找到了出路，有的被调到电力公司，有的去了自来水公司，还有水泥厂的，烟草公司的，盐业公司的。航运公司之所以这么做，可能是觉得对职工们问心有愧，变相给他们的子弟架设一条活路。有门路的自然顺路走了，没门路的也就怨不得谁，只能自求多福。柳上梢和送鸬鹚给他的同事都是无路可走的，他们的父辈教会给他们的是在水上讨生活，若是往岸上走，同一条鱼被捞上岸几乎没什么区别。送鸬鹚给他的同事同柳上梢一样，在这条河上漂了一辈子，前几年风湿性关节炎恶化了，再也不能驾船到河上来，才将几只鸬鹚送给了他。

捕鱼的地点不是固定的，今天在河的上游，明天又去往下游。拦河大坝筑成后，河水变深了，水面更宽阔了。上游下来的营养积蓄在库区，所以鱼长得特别快，但另一个问题也来了，下游的鱼洄游进不了库区，鱼资源日见枯竭。当地的渔政部门可能发现了这种情况，每年的冬季都会投放大量鱼苗，以便丰富库区的鱼资源。季小麦尝到了在船上的乐趣，每天非跟着柳上梢出去不可，再说一个人留在河汊里够寂寞的了。他似乎也很乐意，多个人就有个说话的伴，在河上待久了，乍一上岸说话都有些结巴，不知怎么同人交谈。他说的都是些无关紧要的话，大多同船底下的河流扯得上关系。比如，季小麦那次找到柳上梢停泊乌篷船的地方，叫南门头，从那里上岸，没多远就是旧城区的青云门。过去那里有城墙，当年太平军经过时被河流阻隔，后来从当地找到一位向导，从上游的浅滩涉河，围攻古城。但因城墙坚固，久攻不下，最终还是被太平军炸塌了城墙，恼羞成怒的太平军屠城三日，古城一时成了死城，后来才慢慢恢复元气。

　　从南门头往对岸，是个渡口，以前没修建跨河大桥时，两岸的居民往来就从那里过河。柳上梢从十几岁开始，陪同他父亲在那儿摆渡。最初过河的船费一人才两分钱，后来涨到五分，再往后涨到一角钱。刚开始，这个两分加五分加一角钱，柳上梢的父亲还不能全拿，要向航运公司上缴一部分。从南门头渡口往下游走，南岸依次是云岩寺、挂榜山，传说古时候金榜题名了，榜单就挂在挂榜山上。从挂榜山往下不远有个公园，是为纪念宋朝诗书双绝的黄庭坚而建，岸边有两棵重阳木，传说是黄庭坚亲手所植，岩壁上有个巨大的佛字，据说也是黄庭坚手书。河流在这儿拐出个弧形，风急浪高，不少过路的船只出过事故。人们疑是河妖作怪，就请黄庭坚在石壁上写下了这个"佛"字，用以镇压兴风作浪的魑魅魍魉。顺河而下，有状似乳房的山包，更远一点，有望夫石。传说有商人外出经商，妻子抱着孩子送行，在岸边目送载着丈夫的船只远去，久而久之，凝固成了抱子望夫石，日夜召唤着丈夫归来。

过去贩卖茶叶的商人坐船而下，将茶叶卖到了秦淮河的画舫上。柳上梢将遥远的秦淮河同这条河流连接上了，这一河的历史也就涓涓细流般流进了季小麦的心里。这不是一条冷冰冰的河流，它有温度，有真情，有怀念，有轰轰烈烈，有声色犬马，也有客死异乡。有个意大利传教士溯流而上，来到古城传教，修建了教堂。传教士起了个中国名字，姓罗名马，叫罗马，罗马娶了一个不能生育的当地女人为妻，罗马死后埋葬在这条河流的一处山坡上。

季小麦听了传教士的故事，不由自主哆嗦了一下。她会不会像那个叫罗马的人一样，要在这个地方生活一辈子，死后都得葬身在这里。她距离那个答案太渺茫，未来的任何蛛丝马迹都被命运的迷雾层层遮挡，谁也不能拨云见日。

柳上梢没有注意到她的异样。有一天，他们如往日一样闲谈，他突然发问，小麦，你老家在哪儿？你不回去，你父母会不会着急？

她被他问住了。前一个问题柳笛也问过她，那时她编了套瞎话来哄骗他，他将信将疑，可听她说得有板有眼，他又不能不信。后来，他再也没有问过她，要么是相信了她的话，要么是明知她说假话，却又没法揭穿她。她没说她的家在哪里，只告诉柳笛，她父母如何溺爱她，把什么都给她想好了，房子、车子、工作、婚姻……条条道路都是宽广的、笔直的、花团锦簇的光明大道。她可以随心所欲，想干嘛就干嘛。而她呢，偏偏不接受，不领情，故意同他们拧着干。他们让她坐着，她便站着；他们让她走，她便跑；他们让她守在家里，她便偷偷跑出来，并且铁定了心，一辈子都不回去。

她不能再拿这套瞎话来欺骗柳上梢。之前，她是有意在柳笛面前喝瑟，但许久之后才知道，她的话深深刺伤了柳笛。现在，她只能实情相告，或许她更应该感谢老人，是他给了她倾诉的机会。她来自一个撕裂的家庭，她父母的结合本是一场错误。她父亲是个极为自私的人，巴不得把每一分钱都花在他自己身上。她母亲在某些方面恰好同他父亲相反，血管里流淌的是博爱的基因，恨不能将她的爱奉献给天下每个男人。父母的撕裂伤着的不是他们自己，而是季小麦。父母离异后各自组建了新的家庭，无论哪个家庭都没有季小麦的位置。她父亲同一个比他更为自私的女人再婚，被对方收拾得服服帖帖。她母亲经历了二婚三婚，到第四婚才暂告一段落，相对稳定了一些。季小麦五六岁开始同爷爷奶奶生活在一起，后来奶奶因病去世，爷爷不甘寂寞，给她迎娶了一位后奶奶。这位后奶奶喜欢收养被人抛弃的猫啊狗啊，很快家里像动物园似的热闹起来，狭小的两居室不够用了。搬出去的只能是季小麦。从上初中开始，她基本上就不回家了，也无家可回。好不容易熬到高中毕业，没能考上大学，唯一的去处就是投奔社会。

柳上梢愣住了，他很后悔自己发此一问。他不知该怎么安慰她，似乎说什么都不妥当，然而他又必须说点什么。以后啊，只要你愿意，柳叔叔这儿就是你的家，你想待多久就待多久。他的鼻孔有些发酸，说话声带着很重的鼻音。这正是季小麦想要的，她噙着泪花说，谢谢柳叔叔。

七

你见过蚂蚁过河吗？柳笛问。

蚂蚁怎么过河？季小麦反问。

柳笛从街边的芒果树上扯下一片叶子，放在地上，再捡粒小石子摆到芒果树叶的中央。蚂蚁趴在树叶上漂啊漂啊，就这么过河。柳笛拍了拍手掌说。说话间，一阵风吹过来，把树叶掀翻了，小石子跌落在水泥地上，风再大点，芒果树叶就被吹跑了。我就是那粒小石子。柳笛幽幽地说。那什么是芒果树叶呢？季小麦问。一艘破船。柳笛往虚空处吐了口唾沫，仿佛他说的那艘破船就停泊在那里。

每当回想起这个细节，季小麦的内心就隐隐作痛，好像有股野蛮的力道在挤压着她的心脏。柳笛并非像那粒小石子一样，不是被风掀翻的，而是主动逃离了那片树叶。不过，在他逃离之前，时代前进的脚步挟带的龙卷风早已将船上的生活给吹翻了。那不是一艘船，而是座孤岛，一只流放犯人的囚笼。一辈子守在这样的岛上能有什么出息？四周都是死寂的水，看不到任何生机。一个在水上生活了大半辈子的人怎么就不明白这个道理？只有追着潮走，赶着浪追，才会海阔天空。柳笛就是追赶时代的浪花，追赶时代的潮流，朝海阔天空奔去的。

季小麦认定，柳笛是个叛逃者。她很想问问柳上梢，是不是她认为的这样。如果他愿意说，她还想从他这知悉柳笛更多事情。但她没敢问出口，一旦问出口，那刻意隐瞒的势必会暴露。她还没有做好心理准备，只能把想法压抑在心里。待到以后再问吧，有的是时间。

一晃二十多天过去，这些天里，季小麦几乎每天都与柳上梢同进同出，他打鱼，她跟着，他去卖鱼，她也跟着。在外人看来，她是他的侄女，他显然也把她看成了他的侄女。这毕竟不是真实的亲缘关系，她内心总有些发虚，有点小尴尬，有些微生分，所幸他们独处的时候多，只在卖鱼时偶然碰到他的熟人，人家才会留意她的存在。他的熟人少，卖了那么多次鱼才碰到一次，一个同他年纪相仿的老妇人，挎着篮子来买菜。老妇人见她喊柳叔叔，问柳上梢，你侄女？柳上梢说，嗯。老妇人瞥了两眼季小麦说，怪妖的。后来，季小麦问柳上梢，妖是什么意思？他说，就是漂亮啊，美啊靓啊。柳上梢送给老妇人两条鲤鱼，老妇人丝毫不客气，让季小麦刮了鱼鳞，剖开鱼肚，清理了内脏，还让把鱼鳔留下，说是她孙子爱吃。季小麦摆弄干净了，老妇人接过鱼，又将柳上梢拽到旁边去说话。说的什么，她没听进耳，只捞到一两句，老妇人问柳上梢怎么不回去看看。后来柳上梢告诉季小麦，老妇人是原来的邻居。

柳上梢一定在别的地方还有个住处，肯定不在水上，这是季小麦的猜想。至于在何处，迟早她会知道的。可眼下的这种生活方式，却不宜让她久留。表面上她也在干活，没有吃白食。然而，她没来之前，他里里外外都是一个人，单打独斗，照样过得好好的。她的到来没能给他带来什么，如果说有变化，他可能说话多了。以前想说话，苦于没有听众，现在话说多了，心情也随之轻松起来，笑容不时浮现在脸上。这成了她对他绝无仅有的回报。在物质上，她成了他的累赘，分明是他在养活她。

她暗暗动了心思，要在小城里谋个工作，随便干什么都行。再进城卖鱼时，她就找机会到小城里四处转转，转了几次，一无所获。有一次，在一个张贴栏中看到一则招聘保姆的启事，对方是老母亲需要人照顾，要求吃住都在他家里。这个不符合她的所想，吃住都在雇主家，离柳上梢可就远了。过了几天，她冒冒失失跑进一家招待所，询问对方要不要招人，凑巧的是，招待所的一名服务员回乡下结婚去了，她刚好顶替了她的空缺。早上九点上班，晚上九点下班，中饭和晚饭都在招待所里吃，一周休息一天，工资虽然不高，但一切完美得很，仿佛是为她量身制作的。

刚刚建立起来的平静忽然又打破了，柳上梢多了项义务，每天早上驾船送季小麦去上班，晚上九点在码头上候着，接她下班。季小麦很享受这个接送的过程。她也想过，她可以学会摇橹驾船，那样就不必辛苦他。她果真学会了划船，要独自驾船上下班，他却坚决不答应，那怎么行？！你不会游泳，又不熟悉这条河流，哪儿水深，哪儿水浅，哪儿有漩涡，有的地方还有暗礁，万一要是出了危险，怎么得了？！她拗不过他的坚持，仍旧任他做她的船夫。在内心，她也情愿让他来做。

他是个相当称职的船夫，不管是晴天白日，还是刮风下雨，为她开通的渡船从来没有晚点过。遇上风雨天，他让她穿上雨衣，以免被淋湿。河面上风大，雨几乎是横着飞的，打在脸上生生地疼。浪虽然不很大，但船颠簸是难免的。他一路上不停地叮嘱她，坐稳了，别看外面。晚归是另一幅情景，如果是有月亮的晚上，她会像第一次去往河汊的那个晚上一样，端坐在船头，眼前是流光溢彩的灯火，耳边是桨声欸乃。她的心情从来没有这般平静过，她好像是坐在自家的船板上，身后摇橹的是她的老父亲。若是没有月亮的夜晚，他会在船头挂一盏马灯，马灯是个旧物，是柳笛的祖父用过的。在河汊里，她也见过它，每当晚上，柳上梢就会把它点亮，挂在木柱上，照亮上船的木梯子，也照亮整个河汊。她下晚班时习惯抄近道，出了招待所，拐入一条幽暗的小巷，穿过巷子来到河边，老远就见到了氤氲的夜色中那团有些发黄的灯光。她会放慢脚步朝灯光走去。那团灯火随着波浪忽上忽下忽左忽右摇动，好像是一颗跳动的心脏，一颗夜的心脏，一条河流的心脏。

离船还有些许距离时，她会轻轻喊一声，柳叔叔。

嗯，在这儿呢。他从台阶上直起身，或者从船舱里探出头来。

休息日，他照例领着鸬鹚出去打鱼，她留在河汊里做清洁工。这是她假日里的必修课，清洗衣物、扫除垃圾，把乱糟糟的东西分类归位，摆放齐整。然后煮饭、烧菜，烧菜的手艺是她从招待所偷偷学来的，招待所的厨师是个胖子，很憨，愿意指点人。每个休息日，她都会带回新的手艺，展示在餐桌上。他们的餐桌不再是那块青石板，他打制了一张四方小桌，在厨房的旁边另搭了间简易的棚垛，权当餐厅。这一天烧的是米酒田螺，螺是他捡来的，在水盆里养了半月，肚里的泥都吐净了。这个菜的炒作过程并不复杂，先将田螺炒熟，加入甜米酒，再加入紫苏等佐料，三炒两铲就成了。柳上梢在河汊口就闻到了香味，被这一撩拨来了兴致，让她给摆上杯盏，喝了两杯老火烧。

饭后，他进城卖鱼，叫上了她。放在过往的休息日，他是不会叫她的。她有些纳闷，还是应声上了船。这会儿城里主妇们买菜的高峰已过，所幸鱼儿不多，不到两小时就卖完了。时间尚早，他却不着急回去，领着她往城东的方向走。穿街过巷，越往东街道越破败，最东头是棚户区，各式各样的房子都有，有新建的砖混结构的水泥楼，也有砖木结构的老房子，还有木板房。进了棚户区，街道更狭窄了，路面虽然硬化过，但已是残破不堪，到处都是裂纹，甚至还有小洼的积水。老柳回来了。有人招呼，柳上梢只是喔了一声，算是答应过。进去百十米远，他们在一栋简陋的木板房前停住了，门上挂着锁，柳上梢从裤袋里摸出钥匙，开了锁，吱呀一声推开门，一股潮湿的霉味扑面而来，熏得人直想吐。房子是明三暗五的格局，中间是正厅，两侧分前后排，各有两间厢房。房子很矮，仅有一层，房顶有阁楼，只能放杂物，住不得人。房子里的生活设施是齐备的，但也陈旧得掉牙，还蒙着厚厚的灰尘，显然很久没住人了。

往后呀，你要是上下班不方便，可以搬到这里来住，这房子空着也是空着。他将钥匙递给她，她没接钥匙，也没接话。

在回去的路上，他同她讲起了这栋房子的来历。城东原来是块湿地，也是在河上讨生活的人在岸上的聚集地。遇上天晴的日子，船上的主妇们在那儿晾衣晒被、清理渔网、缝补船帆。久而久之，有些船家为了方便，最初在湿地上搭建了简易的窝棚，后来窝棚变房子，慢慢热闹了起来。柳上梢的父亲建房算是比较早的，后来河上断航了，船上人家没了活路，不得已弃船上岸，大部分人都选择在城东落了脚，才有了这块棚户区。

您干吗不在这儿住呢？她唐突地问。

我在岸上住不惯，老是做噩梦，不是梦见自己渴死了，就是梦见房子着火了。他叹口气，转而一笑，我父亲说我是属鱼的，魂在河里泡着呢，离不得水，离开水就活不成了。

八

同柳上梢去过老房子后，季小麦有过一阵恍惚，如果说船夫是鱼，那船是什么，是鱼篓，还是鱼蜕下的壳？船夫上岸了，那些船呢，去哪儿了？总不能跟着上岸吧？不能上岸的船没有了主人的撑持，是不是变成了孤坟野鬼，在河流里漫无目的地漂荡？

这河里看起来空空寂寂的，可虚无处是一河的无主的船的游魂。她不由得联想到河汉里的那艘大船，虽然还在水上，实际上它已经死了，只是尸体还没完全腐烂，像具庞大的木乃伊。一个大活人抱着具木乃伊该怎么过活呢。

她似乎明白了，柳笛为什么要逃离。

她同柳笛的交往是从喝醉酒的那个晚上开始的。第二天，她没去酒吧上班。第三天再去时，领班告诉她试用不合格，让她到财务室结算工资走人。干了将近一个月，扣掉旷工一天的罚款，所剩无几。她攥着三两张纸币从酒吧出来，不知去往何处。她顺着街边的人行道默默往前走，视线所及之处都是陌生的建筑、陌生的树木、陌生的脸。她上了公交，下了公交，又上了公交，再下公交，最后站在了柳笛藏身的地下室门口。门是锁着的，她就背靠门坐在水泥地上。直到中午，才见柳笛拎着盒快餐回来，将她放进屋。那盒快餐是他们共同的午餐，一人一半，风卷残云，看核既尽。

柳笛的全部家当就一辆半新不旧的摩托车,全赖它养活他。他用它载客，起步价三元，远一点的地方得议价，三言两语，双方同意了即刻出发。他也骑着它去酒吧，去同他的一些来历不明的朋友约会。在没有找到新的工作之前，她把她的一日三餐交给了他，他没有将她当成负担，多一个人吃饭与少一个人吃饭，对他来说没有本质性的区别。他们虽然同处一室，但他没有欺侮她，她也没有将自己的身体交出去。蹭饭的同时，她在努力寻找工作，可工作不是那么容易找得到的，好在没有时间限制，他也不可能给她限定时间。他恰当地把握了对待她的分寸，让她丝毫感受不到作为蹭饭者的自卑和屈辱。他的生活节奏也没有因她的到来而改变，每天照常出车，晚上出去聚会时必定先回地下室。她请求他带她去，他也二话没说，扔给她一顶头盔，让她上了摩托车的后座。只是她一直没弄明白，同他聚会的那些人到底是干什么的，从哪里来。他们同他几乎没什么区别，从他们的穿着、谈吐，她也没看出什么端倪。但他们在她眼里显得莫测，有点诡异的陌生。

有天收工时，他带回来几罐啤酒和两袋小菜，两个人在地下室里喝开了。他们对着酒说了好多话。他问她从哪里来，为什么跑出来。她胡诌了那个故事，好像不那么说不足以维持她的尊严。瞧他的表情，似乎并不相信她说的话，但也没有当面质疑，更不至于揭穿她的谎言。一段沉默过后，他开始主动说起他的家庭，他们家是水上人家，全部家当都在一艘船上，祖辈的灵位和魂魄也都供奉在船上。水上人家在当地是受人瞧不起的，没有哪个人家愿意将女儿嫁给船夫的儿子，船家的女儿千方百计想上岸。他父亲到三十多岁还是光棍一条，在船上人家，这等同于宣判了他父亲一辈子都将是光棍。后面发生的故事可谓柳暗花明。某年夏天，他父亲去一个村里运粮，突遇瓢泼大雨，河水猛涨。他父亲怕不安全，不敢开船。事有凑巧，当天晚上，他母亲的母亲突发急病，村里的赤脚医生束手无策，只是一个劲地提醒病人家属，要赶快送去县上医院，不然会有性命之忧。他母亲一家人来向他父亲求助，他父亲犹豫一会儿之后答应了，让村里人帮着先将粮食卸下来，然后冒着翻船的危险，连夜将病人——他父亲后来的岳母送进了医院。他母亲的母亲得救了，后来将他母亲许配给了他父亲，那时候村里还有点封建残余，有些人家子女的婚姻还是父母说了算。他母亲才二十出头，比他父亲小了十多岁。婚后，他母亲流产了两次，她的流产估计是有原因的。医生警告说，再流产这辈子别想生孩子了。他父亲四十五岁的时候，他母亲才生下他。

柳笛的母亲叫蓝凤菊，这是若干年后柳上梢告诉季小麦的。蓝凤菊没生柳笛之前可能还有别的想法，生下柳笛之后似乎对什么都淡心了，死心了。她对柳笛并不上心，柳笛是喝他父亲在行船的那条河里捕捞的鲫鱼汤，加上米糊糊长大的。蓝凤菊在生下他之后老是往岸上跑，留下柳上梢带着他守在船上。柳笛的说法不一定准确，他那么小的年纪能够记住什么呢，八成是听柳上梢说的。柳上梢在中年将尽时得子，那种欢欣和幸福感丝毫不亚于晚年得子，他对柳笛的溺爱可想而知，为了表达父爱，或者是树立父亲在儿子心目中的形象，难免会歪曲某些事实，掩盖某些真相。有一点却是歪曲不了，也掩盖不了的，柳笛有个母亲叫蓝凤菊，可季小麦没见过她，那到底是个怎样的女人，现在又去了哪儿，很令她遐想。

又一个休息的日子。早饭后，季小麦开始收拾船舱、棚垛，清洗衣物，扫除河汊里的各种垃圾。把水边漂浮的柴草捞到岸上，晒干，充当柴火。那天，柳上梢破天荒没有出船，将自己关在船上那间摆放船模的房子里，不知在干嘛。他之前的卧室让给季小麦之后，他就将两个房子中间的通道用木板封死了，并在船尾架起了木梯子，上下船他走船尾，她走船头，各有各的道。他好像用这种方式在同她保持距离，对此，她不觉得奇怪，换成她的亲生父亲，在这种环境中肯定也会这么干。她有时会去船尾，帮他整理房间，或者喊他吃饭。这样的事情他是不会拒绝的，相反，是她让他感受到了已经多年未曾有过的亲情的温暖。他也因此心生幻想，如果真有个女儿，该对上苍感激涕零。

午饭时，她站在船尾的木梯口朝船上招呼，柳叔叔，吃饭啦。可是船上没有回应，她以为他出去了，扭头看看河汊，几艘船都停泊在原来的地方，没一艘是离岸的。她提高声音，复喊了两声，仍不见他下船。她莫名心悸起来，是不是他发生了什么状况，这种慌乱中的想法是偏向悲剧的，清浅的灾难的。她抓住栏杆，忐忑不安地爬上船，结果却是虚惊一场。柳上梢坐在临窗的长条桌边，埋着头在组装一只船模，是只三桅船模，桅杆已经立起来了两根。柳叔叔，吃饭啦。她没敢走进房间，只在门边轻轻叫唤。你先吃，我马上来。他连头也没抬，精神全集中在船模上。

她没再坚持叫他下船，而是悄然退回去，在饭桌边等候他。后来，她才知晓，这一天他没出船是有原因的，他的风湿性关节炎发作了，走路时一扭一拐的。这种日子他哪儿也去不了，只能待在船上摆弄那些船模。她的内心陡然泛凉了，一种恐惧感紧紧攥住了她，如果某天他的腿疾严重到使他下不了船，身边又没人照顾，他是不是要死在这艘船上，那样的话，这船就成了他最后的坟墓。那些本该陪伴他的人哪里去了？柳笛是残忍的，抛下他的父亲不管不顾。可因此责怪柳笛，又是不公平的，做儿子的就该陪着父亲囚禁在一座坟墓里吗？父亲有父亲的生活，儿子有儿子的世界，两者的交集只是两根射线，走过原点后彼此的距离只会越来越远，遥远到没有边际。

她被阴云笼罩了许多天。其间，柳上梢勉强出过几次船，不能不出去啊，两只鸬鹚还得喂养呢，这时候它们已经成了累赘。他看过一次医生，煎了几次中药喝，还用上了些土法子来对付他的腿。慢慢地，他的伤痛好转了，只是行动迟缓，没法恢复到原样。有一天，季小麦逮到了恰当的时机，抛出了那个盘桓在心头好久的疑问，婶婶呢？去哪里了？哥哥姐姐们又在哪儿呢？

他没有答话，只是斜睨了她一眼。之后，他别过脸，朝河汊出口的方向张望了良久，好像他们就在某个地方站着，或者正目睹那些远去的背影消失。她不安地瞧着他，生怕自己冒冒失失的问话激发了他什么。好半晌过后，他才回转头来说，她呀，早不在凡间了。他的声音裹挟着苦涩、揶揄和嘲弄。而且他好像她知道柳笛似的，有意避开了他。

她一时没能捉摸出他话里的意思，以为蓝凤菊不在人世了。后来发生的事情告诉她，是她理解错了，他说的凡间不是她认为的凡间。

九

某个休息日的午后，柳上梢又驾船去捕鱼了。他好像被什么追赶着，都来不及等到腿疾完全康复。他摇桨的力道明显不如从前，船走得很慢，出河汊的时间比往常长了不止三分之一。收获也不如以前，有时喂饱两只鸬鹚后几乎没有剩余了。季小麦想劝说他不要出去了，她能养活他。在她的内心，已然把他当成了她的父亲。可是，她不敢说出来，这种饱含极度同情的话语对一个勤劳毕生的渔民来说，其杀伤力不啻一把匕首，不只见血，更是诛心。

河汊里因阒然而空旷起来，仿佛变成了巨大的空洞，无法填满的空洞。与此形成强烈反差的是，季小麦的内心却堵得慌，堆积了很多话，找不到宣泄的出口。她回到船上的房间，打开随身携带的背包，背包里有一张她同柳笛的合影。几个月过去了，这是她第一次翻看照片。当她将照片拿在手上时，那种空洞立刻被驱走了，它们之前盘踞的空间让位给了柳笛。这张照片是柳笛的朋友抢拍的，那一次柳笛换了辆崭新的摩托车。那辆摩托车的价格后来她才知道，相对于当时的他们，是个天文数字。柳笛不知从哪里弄到那么一笔钱，在她跟前只字未提过。照片上的柳笛一身黑色的皮衣皮裤，戴着黑色的头盔，长发飘飘，脸部的表情有些冷峻，甚至冷酷。她紧挨着他坐在后座，下巴搁在他的肩膀上，一双眼睛直视前方，眼睛里放射着憧憬的光芒，好像幸福有如某件触手可及的物体，正在前方不远处守候他们。

她好像听到了耳边呼呼的风声。

她摸了一下柳笛的脸，照片是光滑的，可分明触摸到了有棱有角的五官。

她拿起手机，给柳笛编发短信。开始时，她还是迟疑了一下，同照片上的柳笛对视了一眼，才确定自己要对他说什么。

摩托侠，你得有个思想准备，这一次我可要批评你。……不过，我还是先同你说说我在这儿的生活吧。我找到了一份工作，早出晚归，都是你父亲接送。不管你同不同意，我都把他当成我的父亲了。他是个慈爱的父亲，比我那个自私的亲生父亲不知伟大多少倍。我喜欢坐在他的船上，他划船时我就盘腿坐在船头，那种感觉像是坐在摇篮里，又像是坐在出嫁的花轿中。你别紧张，除了你，我不会嫁给别人。我爱上这儿了，爱上了这条河流，爱上了河里的水草、游鱼、岸边的垂柳。它们让我平静，心如止水。它们多么安宁，这才是我渴望的世界，是摩托车的后座所不具备的。我不是有意打击你，因为这正是我实在的想法，真切的感受。原谅我的多情吧。

她摁下了发送键，接着编写第二段——

在我眼里，那艘大船是座流动的城堡，不是最豪华的，但却是最安全的，最自在的。虽然航行的区域有限，可在这有限的空间里是自由的，你想停泊在哪里就停泊在那里，甚至可以停泊在水中央。那样它就是水上宫殿了。宫殿里的人是这河上的王，是这河上的主宰。恰好你忽视了这一点，或者对此不屑一顾。你是个自私的家伙，残忍的家伙。给你一座城堡都不懂得珍惜，给你一座宫殿都不知满足。你是不是太任性了？太贪婪了？你去了南方，拥有了什么呢？那辆摩托车就是你的全部……我也错了，在一个不能扎根的地方幻想着扎下根来，并且幻想把你也拴在那儿。那时候，我们满以为幸福就在那里，可现实呢，真的距离我们非常渺茫，像沙漠中的海市蜃楼。你的摩托车速度再快，超音速，超光速，都抵达不了目的地。我不能多说了，你会不高兴的，会愤怒的，会冲我咆哮的。我可不希望看见你这种狰狞的面目。我知道，你同我一样，现在的结果……是谁都不想要的。笛子，对不起，我不是有意让你难堪的。

河汊里的时间是极慢的，河水也变成静止的了。划船出去，在河汊同大河的交汇处，有时能看见漩涡，一圈绕着一圈，在原地旋转。柳上梢不出船的日子渐渐多了起来，有时出去，一两个小时，纯粹遛一遛两只鸬鹚。他不出船时干脆放开它们，让它们在河汊里蹦跶，任由它们自己觅食。后来，他不知从哪里学到的办法，将剩饭剩菜抛进河汊里，吸引河汊外的游鱼进来，这样鸬鹚就不会饿肚子了。德国牧羊犬和猫，还有鹅，全靠季小麦从招待所带回来的食物养着，顾客剩下的饭食中鱼肉不少，养活它们并不需要多少。也幸好她学会了划船，不必依赖他来接送，早出晚归，都是她独自来往。

小麦，你还是搬到岸上去住吧，别跟着我在这儿受罪。有一天，柳上梢带着愧怍似的对她说。

柳叔叔，咱们都住到岸上去，这对您的腿伤有好处啊。她正好顺水推舟来劝说他。

我呀，哪儿也不去，就想老死在这艘船上。他瞥了她一眼，叹口气，扭过头去看身后同他一般苍老的大木船。

她被他的话给堵住了，往后不知如何开导他。他们俩的行为是反向的，他将她往岸上推，她不走，她将他往岸上拽，他赖着不动。她很清楚，他袒露的是内心的真相，对他来说，如果没有腿伤，这儿的确是个理想之地。可现在，这潮湿的环境对他的腿伤有百害而无一利，她不能放任他这么做，总有一天要把他弄到岸上去。

您把腿病养好了再回来。她企图消除他的心理障碍。

小麦，你说这大船还能回到河里去吗？他顾左右而言他。

它本来就在河里呀。

他觑了她一眼，呆滞了一下，而后起身走开了。他的腿伤影响了他，走动时上身无力摇摆着，好像风中一株被烤晒发蔫的植物。

没过多久，现实给了她残酷一击，她被招待所辞退了。没有任何理由，哪怕是仅仅作为借口。她得重新找个工作，问询了好几处，无奈同她的预想不契合，要么要她住宿，要么上班时间太早，又或者下班太晚。她只能暂时回到河汉里。她又开始同他一块去捕鱼，不同的是过去偶尔他会叫上她，而现在是她主动要去，而且一路上都由她来操桨。有她的加入，收获多了许多，得重新卖到城里去。晚归时，她在船尾摇桨，他坐在船头抽烟，她在明明灭灭的烟火中将船驶得平平稳稳。此时的心境同之前坐在船头不一样，她的双臂凝聚了让她难以置信的力量，她掌控着双桨，仿佛掌控了一条河流的走向。

她同他就这么在大河里漂荡着。有时，他会打破沉静，用低沉的嗓音唱起歌谣——

　　一出东门"二神滩"，遥埠"刷帚"不须拦。

　　磨滩小桥容易过，石枭滩前早早拦。

　　铃盘滩里挨山走，鹅头抱子出西关。

　　上下彭姑容易过，心中又愁北岸滩。

　　歌声中有着被河水浸泡过的悲凉，被河风吹打过的凄楚，很多说不清道不明的东西，像河水一般从身体的某个部位汩汩流过。柳叔，这是什么歌啊？她问他。滩歌。他回答。后来，有时她单独划船出去时，不知不觉也会哼唱起这些歌谣，从这些古老而又苍凉的歌声中似乎品咂到了什么。

　　有次捕鱼后进城，他让她先将船划回河汊，然后从大船上抱下来两只船模，放到船舱里带进城。她很纳闷，不知他要干什么。她以为那些船模完全是他自娱自乐的道具而已，除此之外，想不出还能派上什么用场。卖完鱼后，他让她抱着船模跟他走，两个人穿街过巷，后来进了条破败的小弄，弄堂底还有条小弄堂，到底是座老房子。上了三楼，也是顶楼，过道，一边安装了铁栅栏，还锈迹斑斑的。柳上梢上前推它，没动静，摇撼了半天，整幢楼都摇动了，才有个人用手转动着轮椅出现在铁栅栏的另一边。是个老妇人，头发稀败的白，核桃脸，瘪着嘴，用浑浊的眼警惕地注视着他们。

　　老魏在吗？柳上梢问。

　　老妇人依然死死地盯着他们。

　　老魏在吗？柳上梢喊着问，他的声音高得过头了，楼顶发出叫人发怵的听听声，某个地方好像被震裂了。

　　你吼叫什么呀，我不是聋子。老妇人翻了下白眼，沙哑着嗓子说。

这是老魏让我做的。柳上梢从季小麦手上要过一只单桅船模，展示给老妇人，但对方只是追着船模看，没有开门迎接他们的意思。他只得把船模放在铁栅栏前的地板上，我放这儿了。

放那儿就放那儿，我又不是瞎子。老妇人不满地咕嚷说。

下楼时，铁栅栏嘎嘎响了几声，之后又哐啷一声巨响，寻思是老妇人将船模拿进屋了。去往另一处的路上，柳上梢同季小麦说起了这个老魏，老魏是航运公司的老船工，年轻时骁勇得很，有次运粮时遇险，就凭老魏一支桨顶住巉岩，才化险为夷。船模是老魏央求做给他孙子的，说不能叫他的后人断了对河流的念想。

十

后来的一天，柳上梢将大船搁浅在河汉里的缘由、细枝末节，毫无保留地告诉了季小麦。好像她有这个知情权，不能对她有所隐瞒。她揣测，这段历史柳笛该是清楚的，不让她知道可能是觉得太琐碎了，没必要说出来，况且他在她跟前隐藏的远比坦白的要多得多。大河断航以后，柳上梢在南门头的渡口摆渡，后来政府为了解决老城区和新城区的交通瓶颈，修建了几座跨河大桥，河面上又搭起了浮桥，摆渡的营生被釜底抽薪了。那艘大船成了水上浮萍，在水面上漫无目的地漂荡。航运管理部门觉得不能让它这么自由散漫地漂着，万一生出什么事端就麻烦了。他们几次动员柳上梢，尽快将船处理掉，要么挪往他处，要么拆除。并且承诺，在费用上会给予一定补偿。柳上梢不为所动。他们不得已给了他最后期限，最终还是他们亲自动手，卸除了船上的柴油机，没有了动力系统，大船成了艘死船，哪儿也去不了。后来，柳上梢请了几个人帮忙，将船转移到了河汉里。

翌日，河汊里发生了件意外的事情，进窃贼了。窃贼从哪里进来的，应该不是从水上。有船的人家就那么几个，都是打鱼的，大家都是老熟人。有些人还到河汊里做过客，有时口渴了，绕进来喝杯水。有时船突然出了小麻烦，它的主人前来借修理工具。问题可能出在后山上，后山那边还有不少小山包，小山包下有路连通村落。新城区慢慢扩张，后山到处是工地，熙熙攘攘的。可能是工地上的人，误打误撞翻过山，见河汊里没人，就滋生了歹意。窃贼的收获不算多，但也不少，掳走了两只鹅，抱走了一只船模，顺手牵羊拿走了没卖完的一小袋鱼干，将季小麦藏在枕头下的几百元现金给搜走了。

当天早上，季小麦同柳上梢是分开走的，柳上梢撑着扁舟带上两鸬鹚走在头里，她是划着乌篷船进城，想去试试运气，看能不能再找到一份合适的工作。她比他晚一步回来，老远就见他坐在河岸边的石头上，呆呆地朝她回来的方向张望着。她以为他在盼着她回来，下了船，才发觉不是。她都快走到他跟前了，他还没有反应，不曾觉察她回来。她喊了声，柳叔叔。他仍不见动静，眼神像被冻住了似的，仿佛不认识她。柳叔叔，您怎么了？她以为他的腿伤又犯了，失声叫了起来。他的双眼茫然向着她，鹅呢？

她看他不像是在开玩笑，紧张地瞄了眼河面上，河面上只有细碎的水波，看不到任何活物。两只鸬鹚静静地立在扁舟的木架上。德国牧羊犬躲得远远的，似乎明白了自己的失职，没有看守好两只鹅。猫不知逃到哪儿去了。渐渐地，她留意到了更多异常，原本堆放整齐的物件不知被谁翻动过，有的跌在了地上，有的还保留着被侵犯时的凌乱状态。棚垛里也有人动过的痕迹，米缸被揭开了，缸盖扔在地上。为着防老鼠也防猫，鱼干原本挂在棚垛的横梁上，现在不知去向了。大船上更是狼藉一片，柳上梢睡的房间成了重灾区，木鼓凳翻倒在地，塑料桶滚到了门边，渔网、雨衣、组装船模的工具，甚至床上的被褥，都胡乱地抛弃在甲板上。盘点过后，暂时只发现丢失了那艘夺人眼目的龙舟。季小麦的房间相对好一些，是因为存放的东西不多，窃贼想有更大的作为也不可能。床上的被子只是掀开了一角，大概是窃贼轻而易举就得到了想要的，她的背包有些惨，里面的东西全都被倒了出来，小圆镜、口红、护手霜、柳笛送给她的一根手串……天女散花般的，到处都是。她同柳笛的那张合照飘落得远一些，正面朝下，它的背面蒙着一小块弧形的灰色印迹，可能是窃贼鞋印的一角。她将照片拾起来，小心地拭去了上面的印迹，然后裁了张纸巾将它包裹起来，放进随身背着的小包里。

柳上梢的心情始终好转不过来，在水边踟蹰到快天黑。吃晚饭时，他还在念叨，那两只鹅呢。德国牧羊犬可能肚子饿了，很不识趣地凑到他跟前，遭遇了一顿臭骂，你个不识好歹的家伙，同那臭崽子一个样，需要你时跑得不见鬼影了。

换了谁都听得出，他表面上是冲着狗去的，话外音却是在责骂他不争气的儿子。季小麦忽然惴惴不安起来，他会不会看见照片了？落在甲板上的照片那么显眼，只要他进了她的房间，不可能看不见。是他看过照片后故意原样放在了地上，还是他没上她的房间去，或者上了她的房间却没注意到照片？那晚上，她躺在床上怎么也睡不着，翻来覆去地思想。她将回到河汊后，他的表现仔仔细细地反刍了好几遍，除了他因痛失两只鹅而流露的悲伤外，似乎没有别的异常。如果要说异常，以前他从不在她跟前提起他儿子，他咒骂狗的时候分明在向她暗示什么。他一定是看见照片了！她腾地从床上坐了起来，该怎么办，把她同柳笛的一切向他和盘托出？她暗暗自责，也许早该告诉他……她的隐瞒是恶意的，是别有用心的，是对一位老人的犯罪！可是，她实在没有勇气说出来……她都不敢朝这方面去想，若是真有这种打算，该怎么面对他的双眼？她莫名联想到那些罪犯，他们接受审判时是怎样的心理状态，特别是那些主动认罪伏法的，经历了怎样的心理争斗，该需要多么强大的心理支撑。她触摸到了自己的怯弱，却无力去战胜它。思前想后，她宁可臣服于自己的怯弱，暂且不向他坦白。

她得有个准备，她交代她是柳笛的女朋友、未婚妻？还是同事，或者刚刚认识没多久的朋友？她该给他怎样的答案，又能拿出什么答案。她能欺骗他，还是能欺骗自己？这些问题在出发之前没有考虑过，现在自然没有明确的答案。或者她曾想借助长期瞒别来遗忘一些东西，任何有形的历史不都是这么消亡的吗？

他没有像她预想的那样来质问她什么。他的情绪完全被那两只鹅左右了，不经过脑子都能知道，它们会是怎样悲惨的结局。失窃后的第二天，他没有出船打鱼，也没有心情同她说话。早上他下了船，去关鹅的竹橱里看了一转，而后又瘸着腿回到船上。上船时他很吃力，右手用劲扣住栏杆，整个身体的重量右倾，几乎全部压到了栏杆上。所幸栏杆很结实，才不至于被压崩。他的样子让她很不放心，想上去扶他一把，又怕他尴尬。她就那样绞着双手，眼睁睁看着他上了船，进了船舱。

中午，他没下船吃饭，她上去看他时，他正在修理一些材料，从摆在长条桌上的骨架看，可能是准备再造一艘龙舟。柳叔叔，吃饭啦。她怕扰乱他思路似的轻轻叫了他一声。我不饿。他回复。一整天他都待在船上，直到吃晚饭才下船。他坐在饭桌的对面，似乎忘了要干什么，只是拿眼睛痴痴傻傻地看着她。她陡然一惊，内心某个部位像软体动物受到针刺似的痉挛起来。她在痛苦地等待他提出那个令她纠结了好久的问题，可他一句话不说，就那样直视着她。她心虚地埋下了头，他的目光落在她的头顶上，像烈焰似的灼人。可能就差那么一点点……她就要崩塌了，向他投降了。当她鼓起勇气抬起头时，他已端起饭碗，在认真吃饭。

饭毕，她收拾碗筷正要离开时，他忽然叫住了她，小麦。

她复又坐下来，听他要说什么。

我为什么要买那两只鹅呢？他好像不是要对她说，而是自言自语。从两只小毛球养到现在，都快二十年了。她推算，那会儿柳笛该是多大，那时他该还在船上。我那狗崽子是只水猴子。他这么称呼柳笛。柳笛从小就淘气、调皮，没少给人家添乱。有一次，他偷了两枚鹅蛋，被人家发觉了，偏对方是个暴躁而凶狠的女人，用一根断篙险些将柳笛的胳膊打折了。后来，柳上梢买了那两只鹅，为的是给儿子下鹅蛋。可没想到鹅蛋也没能拴住儿子的脚，更没能拴住儿子的心。下的鹅蛋都留着，都留坏了。鹅也老了，一只已经不下蛋。他舍不得杀了吃，不管怎么说，它们都是有功之臣。虽然它们的"功"没有人品尝，可他不能过河拆桥，不能兔死狗烹。他养着它们，当养着自己一样。

她好像一艘满载负荷的大船，被他的话给击沉了。她觉出了她的苍白，那是对爱情的肤浅的苍白。她无论如何也不能说出真相，真相是件威力无比的利器，同样会把老人给击沉的，虽然老人的船远比她的船承载更多。

她沉默了。

十一

许多日子，季小麦都是在惶恐不安中度过的。她很害怕聆听老人谈论柳笛，之前可不是这样，她对柳笛的一切是那么感兴趣，巴不得一秒钟掌握他所有的秘密。如果当时有人将柳笛的事情讲给她听，即便对方讲完了，吐了个干净，她肯定还会追着问，还有呢？她弄不懂自己为什么会变得这样，扪心自问，她还是以前的她吗？她不能拒绝当一位忠实的听众，在他缓慢的叙述中保持足够的耐心。也许正因为她的表现，老人的讲述越加从容不迫，低沉的嗓音，拖长的语调，仿佛一把把细小的刀子，一刀刀从她心头上划过。他是个优秀的刽子手，在拉长行刑的快感。她不能责备他，也不能埋怨他，他有权利这么做。为什么他不直截了当问她呢？而总是以这种曲折迂回的方式，含沙射影的方式。她情愿他痛快一点，麻利一点，把想从她嘴边知道的一股脑儿说出来。有时她的内心会骤然生发一种鲁莽的不计后果的冲动，不消他主动追问，把什么都吐出来，不必再忍受这种剖心沥肝的痛苦。

两个月后，她找到了新工作，在餐厅当服务员。对方先前只答应每月给她两天休息时间，争取后勉强给了三天。她又过上了朝发夕归的生活，早上乘着薄雾驾船从河汊出发，晚上在不尽的苍茫中归来。这种生活也是有小变故的，如果遇上暴雨倾盆大河涨水的日子，她就不能划船出去，只能旷工。罚过她两三次旷工款后，餐厅老板了解了事情的原委，给了她一项优待，遇上大雨天旷工，只扣发当天工资，不再额外惩罚。

柳上梢很少出去捕鱼了，不只划船困难，撒网也不利索了。两只鸬鹚也好像有意捉弄他，每次都同他争抢到手的猎物。他完全局仄在河汊里，主要的工作有两项：一项是勤勉地打理那几畦菜地，争取蔬菜自给；另一项是无休无止地制作船模。他和他豢养的两只宠物，其生活费用差不多全落在了季小麦的肩上。有一天，季小麦突发奇想，那些孩子不是喜欢船模吗？能不能把它们拿去变卖呢。她征求他的意见，他沉吟片刻后点头答应了，大约他也意识到了他们的窘境。南门头的不远处有个临水公园，公园里有个游乐场，每逢周末有不少孩子在里面玩耍。她趁着休息日，在公园门口摆了半天地摊，带去的几只船模全都卖出去了。有两个孩子同时看中了仅剩的一只三桅帆船模型，互不相让，结果是她承诺下个周末一定带只一模一样的船模来，才平息了他们的争端。那个礼让的孩子不放心，还同她拉了钩，才恋恋不舍地走开。

当她将卖船模的所得交给柳上梢时，他几乎不敢相信，接过钞票的手始终哆嗦个不停。这无疑给了他另一条活路，是他的手艺，更是她的发掘。她的内心轻松了许多，好像从一个狭窄而憋闷的空间里走出来，遽然呼吸到了新鲜的空气。她想把这份愉悦同柳笛分享，拿起手机时才记起，已经好长时间没给他发短信了。

笛子，很抱歉，这么久没给你发短信了。我要学会适应你不在我身边时的生活，不是吗？我相信我会做得很好。你见过你父亲制作的那些船模吗？它们多么精致，多么完美，每只船模都是一座堂皇的岛屿，随便摆在哪里，那里仿佛就是一个璞玉浑金的世界。我把它们拿到公园里，很快被孩子们抢购一空，你想象不出他们是多么欢喜。你父亲，不，也是我父亲，我们的父亲，他已经答应制作更多的船模，以便更多的孩子得到并喜欢上它们。我们的父亲说，他们会因为他的船模而爱上身边的这条河流。这是一定的！实际上他们早就热爱上了这条昼夜不息的大河。

亲爱的笛子，以后我不会给你发太多信息了。你别挂念我们，我和我们的父亲，一切安好。

季小麦在餐厅工作三个月后，遇上了餐厅的厨师余双庆。他们的分工不一样，他在厨房，她在外厅，只在传菜窗口才有机会碰个面，那样的环境彼此都不会留下什么印象。是一场雨让他关注上她了。那天早上，她驾船出来时天气尚好，半道上突然下起了雨，浑身都被浇透了。到餐厅换上工作服，还是打起了喷嚏。餐厅的一位老大姐怕她感冒了，吩咐后厨给熬碗姜汤，后来是余双庆掌勺，并亲自将姜汤送到了季小麦手上。

晚上下班，季小麦在距离餐厅不到百米的地方巧遇余双庆，后者正要去河边散步。余双庆是个话匣子，一路上说个喋喋不休。季小麦因对白天那碗姜汤的感激，不好冷落对方，多半在听，偶尔也插上几句，怕他觉得她在敷衍。说的都是餐厅里的人和事，有的听过，有的新鲜。还因姜汤做媒，围绕老大姐的话题相对多一些，老大姐是餐厅老板的亲戚，可不端一点架子，特别会照顾人，是个暖心的大姐。如果不是她说话，我才不会熬那碗姜汤呢。余双庆倒是不会讨好人，话到这儿，河边也就到了。她解缆上船，起篙摇桨，他站在台阶上挥手目送她离去。

这似乎成了彼此心照不宣的情节，往后每天下晚班余双庆都会在餐厅前守着她，同她一块走到河边。她有过矛盾，躲避过他几次。可他没有什么出格的举动，连带暗示性的话也没有说，倒显得她有些多心了。再者，他不是个讨厌的人，虽然有点夸夸其谈，可哪个男孩子在女孩子跟前不是这样表现的呢？他的不少话是实锤，真实，不掺水分，稍加琢磨，还是他说的那个道理。她也就由着他，有个人说话不至于太孤寂，要不然满街灯火只会让她徒增伤情。有次，他们在河边告别时，冷不防柳笛从她内心的某个角落跳了出来，她想起了柳笛接送她上下班的情景。有段时间，她在咖啡厅当服务员，柳笛每天骑着摩托车将她送到咖啡厅的后门，下班时他总是提前在那里等候她。有时他会载着她，到海边的林荫大道上兜一圈风，然后再回出租屋。若果柳笛在这儿，他一定会亲自划船送她回去。她的内心遽尔怏怏的，像是丢失了什么。

她有过另一种假设，若是余双庆真的送她，也不能答应。倘若被柳上梢看见，该作何解释，况且她还不能确定老人家有没有看见她同柳笛的合影。如果真是那样，老人家不说，她也会无地自容。

有一天，余双庆问她住在哪里，为什么非得驾船往来。她的回答半真半假，她说她住在河边的村子里，划船等于抄近道，要是骑车可就绕远了。他听后似乎相信了。过后，他又问，你不是本地人？她含糊其词回答，我从小在外地长大。后来，她反过来问他，听你的口音也不像是本地人？

我是本地人，同你一样，也是在外地长大的。他向她笑了笑，笑容里夹杂着看得见的苦涩和落寞，我是个弃婴。

听我养父说，我小时候体弱多病，先是被福利中心收养，后来是养父母领养了我。他的语调并不显得沉重，可能早就接受了这个事实。我八岁时，随养父母离开了这儿，前几年他们才将真实的情况告诉我。他们让我回来，是希望有一天我能找到亲生父母。

你找到他们了吗？她愕然问。

谁能告诉我他们在哪儿呢。他的眼睛里全是迷惘。

慢慢找，总有一天会找到的。她安慰他。先前他们之间阻隔着一堵墙，现在这堵墙忽然被打通了，在她和他之间辟开了一条秘密的通道，从通道里透过来的光亮只有她看得见。

十二

雨季来临时，柳上梢的腿疾再次暴发了，准确说是加重了，因为他的伤痛就没有痊愈过。此前，他全身心投入船模的制作中，可能忘记了病痛。季小麦每天提前给他做好了中晚饭，并遵照他的嘱咐将热饭的炉子搬到了船尾的甲板上，那样他就不用下船。待到她察觉时，他已经卧床一整天了，粒米未进。也是从此开始，他控制了自己的饮食，将饭量减少到了平常的三分之一，水也喝得极少。与之相对应的是排泄物的减少，排泄次数的减少，及排泄间隔期的拉长。他很理智，怕增加她的麻烦。她要送他去医院，却遭到他强烈反对，妥协的结果是先找医生开几剂中药，服用后看疗效再做决定。他是在拖延离开大船的时间，或许他有某种预感，一旦下船就是永远的告别。她的内心骤然一阵酸楚，不能不顺着他的意愿。她请了几天假，守在河汊里照顾他。这也是她留下来的初衷。

几剂汤药煎服完，他的病患不见任何好转。于是，去医院的事又突兀在他们中间，到底是听他的，还是由她安排。再买几剂中药吧，万一治好了，就没必要到医院花那冤枉钱。他恳求她说。您喝的中药还少吗？要是能治好，早该治好了。她反驳说。他见恳求失效，换了种方式，耍赖加威胁，我哪儿也不去！就让我死在船上。她被他气晕了，一句话都说不出，直掉眼泪。他可能觉得还不够狠，又添加了一句，我就要死在船上。

咱们是去治病，不是离开这里。您的腿伤治好了，谁阻挡得了您回来？缓过一阵气后，她开始劝说他。

他闭着眼，不答话。

考虑再三后，她放弃了同他协商的幻想，不能由着他任性，柳笛不在跟前，她得当家拿主意。明天去医院。她告知他，再不容他争辩。事实上他也没有争辩，而是睁大双眼绝望地仰视着她。她不看他的眼睛，因为她清楚不能心软，如果再顺从他，那是害了他。可单凭她一个人，没法将他送去医院。她特地去了趟餐厅，请余双庆帮忙，余双庆二话没说就答应了，餐厅老板却不让，要另派人去。余双庆坚持要自己去，餐厅老板退让了，叮嘱说，忙完赶紧回来。

这中间，柳上梢可没闲着，从床上翻滚到了甲板上，再靠双手的力量一厘一寸往外爬。待季小麦赶到时他已爬到船边，上半身正往下栽，眼看着就要从船上跌下去。余双庆反应快，抢先一步拽住了老人，两个人合力把他抬上了床。虽然船上通风，可老人的床铺上臊臭熏人，更别说他身上了。季小麦很是愧疚，再也顾不得许多，烧了盆热水，给老人擦洗了身体，换上干净的衣裤。干这一切时，老人始终紧闭双眼，像件物品般任其摆弄，其中的羞辱可想而知。临到出发，老人指示季小麦取出一纸存折，存款不多，可能他早就预想到有这么一天，平常省吃俭用积下的。存折藏在一个小暗格里，外表钉了木板，余双庆费了好大的劲才撬开木板，取出存折。

柳上梢在医院住了一星期，医生就让出院了，这病完全康复是不可能的，以后怕是要坐轮椅了，回家养着吧。

季小麦将城东的老房子做了一次大扫除，拾掇齐整了，买了张轮椅，将柳上梢从医院接了回去。从医院出来时，柳上梢朝河汊的方向张望了几眼，又扭头看了看她。等您的腿好全了再去吧。她摇摇头，否决了他的想法。他已无力反抗，只能屈从于她的做法。待她去河汊收拾东西时，他不忘嘱托说，记得把狗和猫带过来。猫却野了，还惧怕她，总是躲躲藏藏。她设法要逮住它时，它幽灵似的钻进了山林，再也不现身了。狗很乖巧，她上了船，它也老老实实跟着上了船。两只鸬鹚在征得他的同意后，转送给了一个同他熟识的打鱼人。

最后一趟去河汉是在搬到老房子后的第一个休息日，她怕遗漏了什么东西，将船里船外仔细搜寻了一遍，只寻回几块木板。菜地里仅剩的一点青翠也被她拔干净了。她站在乌篷船上回望空无阒然的河汉，眼泪猝不及防淌了出来。这泪是为她自己流的，也是替柳上梢流的。从将他抬下大船的那一刻，她深知，他不可能再回来了。她涌起过一股莫名的冲动，要点把火，把大船连同河汉里能够燃烧的东西都烧它个灰飞烟灭。她克制住了那股冲动。她没有剥夺它们生命的权利，也不能干预它们的存在。特别是那艘年逾半个世纪的船舶，它的结局不是她能给予的。从诞生之日起它就注定了死亡的方式，死亡的航向，别人想改变也改变不了它进入历史窄门的路径。她吃力地划着桨，乌篷船后拖着那叶扁舟，宛如一根粗硕的尾巴，那也是她切割不了的。

柳上梢在城东老房子的日子远比在河汉里热闹，周边昔日的朋友熟人闻听他回来了，一个个前来看望。有几个是坐着轮椅来的，患的是同柳上梢一样的顽症。那个买鱼说要把鱼鳔留着给孙子吃的老妇人来过好几回。他们在一起叙谈的都是陈年旧事，间或插上几段柳上梢不知情的故事，毕竟他好久没在这里了，不是什么事都能知道的。也有人问柳上梢，季小麦是他什么人。女儿。他回答得挺自然的。没听说你有女儿呀？问的人惊诧。你没听说的事情多着呢。柳上梢回敬得不留余地。别人便不再多问了，就当季小麦是他女儿。船上人家多是见怪不怪，当年跑船忽而多个人，忽而又少个人，都不是什么稀奇事。船上客嘛，愿走就走，愿留就留，不关旁人什么事，刨根究底是跟自己寻烦恼。

柳上梢的腿疾依然不见起色，身体也每况愈下，但这日子暂时还是进入了有序状态。季小麦照常去餐厅上班，因为离得近，下午还能抽空回来一趟，看看柳上梢有什么要处理的，或者小憩一下。下晚班时，余双庆照例陪着她一同走，直到将她送到老房子跟前。有时，她也会邀请他进屋坐坐，上次帮忙将柳上梢送进医院时，他们已经认识了，同老人再见面也不会尴尬。余双庆每次都会说上几句让老人宽心的话，老人的应答也很正常，少不得感谢一番，有次还让季小麦代他送了只船模给客人。

没过多久，余双庆还是曲径通幽地表明了他的心迹，正因他没把话说透彻，才给了季小麦回旋的余地。你说什么？她假装没听懂，其实早已猜到了他的心思，只是还没做好准备接受他。我该怎么办？我该怎么办？她在内心一遍遍问柳笛。她承认，余双庆是个比柳笛更有安全感的人，可是，有安全感就够了吗？好在余双庆见了她的态度没有穷追猛打，而是自觉退了回去。他遮遮掩掩说，没什么，你别放在心上，我就随便说说。

后来的某天，他乞求她，能不能载他到河上转一转。我还没去过河上呢。他讪笑着说，好像这是个非常大的遗憾和错误。她应允了。他们是在晚上下的河。她荡着双桨溯游而上，水很静，阻力不大，船行驶得很悠闲。他们不是在河上讨生活，不用那样着急。他们不必朝哪个固定的目标航行，也不赶着上岸。他们是在享受这条河流。她偏爱夜晚的河流，或者说河流的夜晚，那样的光和影，那样的平静和神秘。有鱼跃出水面，泼剌一声。看，鱼！余双庆像个孩子似的快活地叫了起来。她在黑暗中微笑了一下。而后，她从容地操着桨，拐了道弧，将船头对准河流的下游。

往下游行驶时，每经过一个地方，她都会准确地报出它们的名字。这些地名好像路标一样，提醒船在哪里，提醒她在哪里。有个地方叫老码头，拦河大坝筑起来后被水淹没了，水面上什么也看不到了。但柳上梢仍叫它老码头。

他们漂到半夜才返航。下船时，他带着憧憬信誓旦旦对她说，我一定要在这里买个大房子，小麦，你愿意同我一块住吗？

她的心猛然抽搐了一下。当初，柳笛也说过同样的话语，只不过地点不同，时间也不同。某天下班，她从洗头屋走出来——那会儿她成了洗头妹，柳笛及时摁响了喇叭，等她上了后座摩托车就风驰电掣起来，好像长出了翅膀。他载着她在海边转了一大圈后去了火锅城涮火锅。他们挑了个靠窗的位置，窗外是满街灯火。两罐啤酒下肚，柳笛不知从哪里拿出只黑色的塑料袋，隔着桌面扔给她。塑料袋有点分量，落在她的胸口上，将她的乳房都砸疼了。他让她打开袋子，她差点失声尖叫起来，袋子里居然是几沓纸钞。这是她第一次见到那么多的现钞。天啦！他哪来这么多的钱？当着大厅里三五成群的食客，她不敢贸然将疑问说出来，只是一脸狐疑看着他。他偏不作解释。

我给你买套大房子，要不要？他隔着升腾的雾气笑着问她，他的脸有些模糊，让她看不真切。

十三

老房子喧闹一段时间后慢慢归于岑寂，究其原因可能是柳上梢不太习惯这种经常受人打扰的生活。德国牧羊犬成了他忠实的护卫，他用铁链子将它锁在门口，铁链子有些粗，估摸是早年在船上用过的。犬看上去很温顺，可不明就里的人还是会悚然，万一被它咬伤了呢。那些前来探访的人在门边喊叫几声，通常都得不到回应，又不敢冒险闯进去，只得悻悻然走了。时间一长，门庭自然冷落了。

为了方便柳上梢活动，季小麦将室内整饬了一番，该填的坑都填平了，该铲的也铲除了，几处门槛叫余双庆给锯掉了。可柳上梢哪儿也不去，就猴在自己的卧室里。他将那些工具重新找出来，又开始埋头制作船模。当船模累积到一定数量时，季小麦会趁休息日去公园摆上一天半天地摊，多多少少换回来一些收入。他们需要钱，柳上梢的那张存折早在医院就掏空了，往后还不知有多少需要钱的地方。好在街道办得知了老人的窘况，上门给他办理了城镇低保，日子勉强能够维持。

有一天，季小麦不知是心血来潮，还是想取悦老人，缠着他要他将制作船模的手艺教给她。他将信将疑，嘴上没说，但手底下已经行动了。从选取材料，划线打孔，到组装的顺序，一个步骤一个步骤做给她看。她上学时数学成绩向来不好，几何更是一塌糊涂，这些同数学几何有着紧密关联的木工活仿佛疑难杂症，令她愁眉苦脸。他却很有耐心，不厌其烦，一次次推倒重来。她有些泄气，恨自己太笨了。

有次上课时，他忽然停下手中的活计问，小麦，你说我那狗崽子到底去了哪里呢？

她被他问住了，直眼看着他，半天都想不出话来回答。他的问题让她想起了那张照片，他一定是看见它了。他在等着她自首，等着她坦白。后面的课程她上不下去了，找个借口中断了。

半年后的某天，老房子来了两个陌生人，被狗挡在门口。季小麦将他们迎进屋，来人自称是开发区拆迁办公室的，找柳上梢商量搬迁的事情。河汊那一带已被规划成湿地公园，那样一艘破船停泊在那儿有碍观瞻，必须把它挪走，要么就地解决。所谓就地解决，是直接拆除它，破木烂料全当垃圾给运走。他们了解到，之前在整顿航运时柳上梢没有得到补偿，这次拆迁会弥补。他们特地来征询他的意见，看他有什么要求。

老人闻听要拆除那艘相依为命的大船，慌张得像溺水一般，双手胡抓乱刨，想要从床上爬起来。他爬了几次都没能起身，季小麦见状赶紧搀扶他坐了起来。你们……说什么，再说一遍！老人的气还没喘匀，说话有些结巴。

来人将刚才的话复述了一遍，并解释说，不只您老的船要挪走，那一带的建筑也全部要拆除。

如果不挪走呢？老人硬邦邦地问。

这恐怕不行。来人中个子较高的那个说，您老要是不方便去办，我们会帮您把它挪走的。

船都那样了，放在那里也没什么作用啊。个子矮一些的那个帮腔道，再说也不是白拆您的船，我们会照规定补偿。

没有作用？！眼瞎的人才会这么说！它运粮，运蚕茧，运茶叶，什么东西没运过？！什么风浪没经过？！老人愤怒难掩，继而嘲弄矮个子，那会儿你还没在你娘肚子里投胎，哪里看得见？！

您老别激动，咱们说的是现在，不是过去。高个子朝矮个子丢了个眼色，示意他别说话，让他来说服老人，您看，咱们把那里规划成公园，是美化环境，是让人们在茶余饭后有个舒心惬意的好去处。这是社会的发展，时代的进步，也是人们对幸福生活的向往和追求，您老得做些让步，咱们都得让步，换了谁都得让步。

我都坐在轮椅上了，还得给人让步？给谁让步？我挡着谁碍着谁了？谁又给我让步？是不是要我死了才罢休？要我死了才一了百了？老人的脖子上青筋暴突，脸色乌紫，两只眼睛喷得出火来。他的嘴唇嗒嗒嗒地翕动，宛如两片飞速碰撞的桨叶。

商谈没有结果，来人丢下一句话，您老再考虑考虑吧，然后夹着带来的文件走了。后来，又来过几拨人，一拨是两个中年女人，尽拣些好听的话说，妄图打动老人，后一拨是几个男人，之前的高个子也在其中，好话硬话轮换着说，老人就是不松口，两拨人都无功而返。第三拨来得晚了半个月，是一个男人和一个女人，女人出面将季小麦叫了出去，男人则向她动之以情晓之以理，大意是船必须拆除，无论如何都会拆除，何况那早就不是一艘船了，让她代替老人签字，现在签字他们还能给争取点奖励，要是等到强拆，那就什么都没有了。男人说话的同时，女人将笔塞到她手上，几乎是捉着她的手把字给签了。补偿款是一万二千元，一万元补偿，两千元奖励。对那样一艘船来说，这个价格不低了。

你有空的话去河汊里看看，能不能拆点有用的东西。临走时，男人好心提醒说。

季小麦几乎不敢相信，是她把字给签了。手上的现钞成了烫手的山芋，是无法抵赖的证据，她的确这么做了。她是叛徒，彻底背叛柳上梢了。她朝他心上捅了一刀。她不能去想象，如果让他知道，该会怎么对待她。他肯定恨不得杀了她。他会把她绑上石头，沉到河里去。他会把她逐走，永远不想再见到她。这简直是一定的。可是，如果她不签字，那船会怎样呢？他们会听之任之吗？不可能！他们照样会拆了它，其实她签不签字，那船的结局都明摆着的了。他们也很清楚是这样的结果，为什么还找她来签字？仅仅是为了给他那笔钱？或者他们是为了他们自己心安理得？对于男人的建议，她不予理会，甚至觉得那是个陷阱。拆几块船板，物尽其用，这会是延续了船的生命吗？这很荒诞。纵使有一千个人一万个人在拆除它，她也不能参与其中。

绝对不能。

她在想，该把这些钱存放到哪儿，可不能让老人看见。以后的日子，老人绝对用得着，这是唯一能让她减轻愧疚的地方。后来，就这事她给柳笛发了条短信，一句话，我做得对吗？

十四

那些声称要拆船的人再也没有出现，这让柳上梢疑虑丛生，可是病患让他下不了床，只能干着急。他们是不是将大船拆掉了？有一天，他忍不住问季小麦。您都没同意，他们怎么会动手呢？她诓他。我们去河汉里看看吧。他几乎是在乞求她。她的内心一酸，眼泪直往肚子里流。过几天吧，您要出去，我得请个人来帮忙。她想到的办法唯有拖延。他不吭声了，这是现实，她一个人没法将他带到河汉里去。他不能再强求她，她同他非亲非故，已经为他做得够多了。

几天过去，他没再提要求，对那艘大船也不再念念叨叨。可能在他心里已经认定，它早就被拆除了。他一定是绝望了。在她看来，这有些残酷，也没什么不好。这在与不在，全在人们的意念之间。有些东西即使天天得见，可在见者的眼里它们早已死了，不复存在了。有些东西不存在了，看不见了，摸不着了，可在人家心里依然活得好好的，上升成了无形的存在。外界再不能破坏它，毁灭它。她委婉地拒绝他，是想给他保留一些幻想，这尘世总该给人些许美好的记忆吧。

可能是因为心理的缘故，柳上梢的身体日渐衰弱，大多数时候卧床不起，心情好些的日子才会披衣靠坐在床头。季小麦规劝他要多吃点东西，他总是嘴上答应，而端给他的饭菜几乎原样不动。她去市场上买了新鲜的鱼，炖了他喜欢喝的杂鱼汤，可他禁食的状况仍丝毫不见改善。

这种缓慢的灰色的生活像地下暗河般漫溻了一年多。

某个日子，城东的这片棚户区——老城区一块需要蜕掉而尚未蜕掉的残壳，也可以理解为老城区伤口痊愈后的一块陈痂，陡然间无端沸腾起来。人们都在传言旧城改造，棚户区要全部拆迁。脸上被喜悦笼罩的多是年轻人，拆迁意味着有新房住了，还能收到大把的补偿款。好日子在前面奔着呢。他们在这些低矮的屋檐下早就生活腻烦了，巴不得下一分钟就能搬进高楼大厦。老人们倒是很坦然，拆与不拆一个样，迁与不迁也是一个样，在哪儿不是日食三餐，在哪儿不是夜眠三尺。也有些老人生了留恋，毕竟住习惯了。几十年下来，脚板下早在这儿扎下根了，把它硬生生拔出来，肯定会疼，会不舒服。

果然，没过多久，来了几个人，提着红漆桶，在一家家的墙壁上画上记号，写下一个个大大的"拆"字。这拨人走后，工作队上门了，挨家挨户走访，签订协议。他们的进展不怎么顺利，很多拆迁户都在观望，探听别人家的消息，暗暗盘算该如何同工作队讨价还价，尽可能将利益最大化。来找柳上梢做工作的是两男一女，早上八点钟到，下午六点离开，准点得像上班。他们先是宣讲拆迁政策，之后自告奋勇替柳上梢算了笔账，好像他雇用了他们一般。他们说得唾沫横飞，老人家始终安安静静地躺着，一言不发。揣摸上次拆船的疼还在，不想搭理他们。工作队的人跑了一周，连屁都没听到一个，不得已向季小麦求助。她也摸不透老人的想法，不敢贸然开口。最后的期限到了，老人才摊牌，只要两套回迁房，别的都好商量。这个要求把工作队难住了，柳上梢这一户按规定只能安排一套房，还不是回迁房，是在新城区的安置小区。工作队向上级请示后再同老人商谈，如此反复几次，可能是怕闹出什么事端，最终遂了老人的愿。

事情敲定之后，柳上梢才表明心迹，两套回迁房，一套给季小麦，一套留着给柳笛，不管他什么时候回来，也不管他回不回来。

季小麦听了，又是剜心挖肝地疼。可她只能假装若无其事，赶紧去找过渡房。是余双庆帮着一块找，才找到两间车库改装的套间，不够宽敞，但暂时容身不成问题。意外的是，柳上梢搬进过渡房没几天，病情越发沉重了。又是余双庆帮着将老人送进了医院。老人在病房里躺了半个多月，出院时医生暗示，老人的时间恐怕不多了。

季小麦只是偷偷抹泪，不敢让老人看见。在护理上尽可能周到一些，细致一些，每天变着花样给老人做菜煲汤，希望有奇迹发生，老人能够好转过来。某日上午，老人将她叫到床前，断断续续说了几句话，蓝凤菊……半月庵……她在那儿。她明白他是要她去找她。半月庵在老城区的上游，距离不远，临河的一个山坳里。他先前给她讲过，半月庵的得名是因为庵里的一口水井，月亮落进井里，无论什么时候都只能看见半个，所以才叫了这名字。当年太平军经过时，不知怎的一把火把半月庵给烧了，井也给埋了。现在的半月庵是一九四九年前重修的，大体上还是沿袭了过去的格局，只在庵前挖了口水塘，栽了半塘莲，塘中央立了座手持净瓶和柳枝的观音像。

她依言去了半月庵，绕过荷塘，进了庵堂，却是静悄悄的，不见半个人影。她不敢造次，又退了出来。后来见旁边有堵女墙，一扇小门开着，进了门是一园菜地，一个缁衣在身的女人正在菜地里忙碌。她遂上前打听，蓝凤菊在哪儿。尼姑不知蓝凤菊是谁，给她指明了路，让她去找庵主。庵主是个白净的女人，看不出年岁，声音也不冷不热，施主，这里没有蓝凤菊，只有弟子静非。那——她在哪儿？季小麦问。庵主让一名叫静尘的弟子去通知静非，静非却不肯前来相见。季小麦只好央请静尘指路，独自去见静非。既见了静非，才证实柳笛所言不假，她的年龄同柳上梢有很大落差。她的眉宇间沉积着一丝不易察觉的幽怨和愤懑。明知来了人，静非仍然低眉低眼，一脸寒色。

蓝婶婶。季小麦轻轻喊了声，声音里有着含糊的哽咽和复杂的酸楚。

静非回答，这里没有你蓝婶婶。

蓝阿姨。她换过一种称呼。

这里没有你蓝阿姨。

是柳叔叔让我来找您的。

阿弥陀佛，施主，请回吧，这里没有你要找的人，只有未亡人静非。静非说完话，背转身去，再也不理睬她了。

季小麦怔住了，这是她没有想到的情景。她不知该怎么回复柳上梢。回到过渡房，不承想柳上梢已经双目紧闭，鼻孔里仅剩出气，生命垂危了。她再也控制不住自己，放声号啕起来，柳叔叔，我是来向您赎罪的呀！是我害死了柳笛！……当她得知柳笛的死讯是在他失踪三天以后，上班时接到交警的电话，让她尽快去殡仪馆协助他们处理一起案件。那一瞬间，闪过她脑海的是柳笛那张瘦长的脸，这让她几乎当场就崩溃了。一个同她走得近的小同事，用弱小的肩膀搀扶着她，陪同她打车去了殡仪馆……柳笛死于车祸，是他自个把自个摔死在一条偏僻的公路上。那里俨然是地下赛车场，据说经常有人在那条路上飙车、赌车。交警是根据死者手机里的通信录找到季小麦的，死者有两部手机，一部手机里的通信录用的都是别名，估计只有死者知道谁是谁，另部手机只储存了一个号码，就是季小麦的手机号。

根据柳上梢的遗嘱，最后举行了水葬，将他的骨灰撒在那条大河里。季小麦让余双庆划船，她则捧着骨灰盒跪在船头。余双庆划船的动作还不太熟练，乌篷船不听他的使唤，划了老半天船还在原地转圈。后来，他干脆停住了双桨，任船随着流水往下游缓慢地漂去。每经过一处，季小麦都会喊出柳上梢曾经告诉她的地名，同时往河里撒去一把骨灰。那模样像是乡下给失魂的孩子招魂。有时船打旋时，她会低声唱起那些老人教会她唱的歌谣——

客人劝我三杯酒，纷纷醉下东渡滩。

杨柳小港双凤口，小滩出口对崖山。

或往吴城或往省，或往九江湖口关。

或往饶州景德镇，或往樟树龙头山。

那天的河流风平浪静，好像它向来都是如此温顺，如此悲悯，如此善解人意。

当水葬仪式结束后，余双庆将双桨交给季小麦时问，你会离开这里吗？

她乜斜了他一眼说，你说呢？

我不知道。

一滴水能够往哪里流。这是她的回答。

之后，她操起双桨，朝上游划了起来。

斑鸠入画图

一

这世界总得有个人来写悼词吧。这活儿我已经干了三年，累积下来，撰写的悼词快要上千篇了。也许我不是最合适的，可我一直在努力，以求把这活干得漂亮一些。

三年前，我还是常州亥市晚报的一名记者，主要从事社会新闻报道。我进晚报工作的时间不长，资历浅，一些重大活动或重大题材的报道轮不到我，报社自有挑大梁的角。我只能捡拾别人挑剩的边角料，残羹冷炙的，哪儿失火了，哪儿被盗了，反正都是上不得台面的杂碎。即便这样，我还不能不认真对待，晚报已经在走下坡路了，万一哪天它垮塌了，我就惶惶然没有了去路。我要养活一家三口，妻子在晚报当清洁工，工资少得可怜，这还是报社领导体恤下属，要不然连清洁工都没得干。我起早摸黑，像条泥鳅似的，在大街小巷钻来钻去，收获甚微。

新媒体的崛起阻断了晚报的前程，眼见得大厦将倾，谁也不能力挽狂澜。有门道的人早已攀了高枝，鲤鱼跳了龙门，平日里的大牌没剩几个，离开都是迟早的事。置之死地而后生，没人相信后生了。像我这种根基浮浅的，无处可去，只能在这儿窝着，像干涸的池塘里的鱼一样苟延残喘。某天，报社忽然派给我一件差事，让我给一位患脑梗死猝然离世的副总编写一篇悼词。我很纳闷，虽说这是丧事，可对晚报来说是件大事，按惯例不应该落到我头上。后来，我思忖了一下，把派活给我的理由猜出了个一二。这位副总编活着时口碑不太好，贪财好色，待人苛刻，有时还爱使阴招，同事们对他颇有微词。他能够当上副总编，靠的却不是阿谀奉承、百般手段，而是过硬的业务能力，从普通记者一步一个脚印爬上来的。没想到他当上副总编后变脸了，变得让人嫌恶起来。我受到他批评的次数不比别人少，有时甚至是赤裸裸地挖苦和嘲讽。我没有记恨他，对于这样一个人，我好像恨不起来，反倒有点替他可惜。该怎么写他的悼词，没有人告诉我。但我告诉自己，不能把仇恨写进悼词里，没必要羞辱一个逝去的灵魂，总之，我完成了任务，按时把悼词交了上去。在我心里，没有什么是不可以原宥的。事后，总编为此表扬了我，说悼词写得不错，只是至今我都没弄明白，他说的不错指的是什么。

我万万没想到这成了我以撰写悼词来谋生的预演。在晚报上班的后几年，我的家庭遭遇了不幸，十二岁的女儿患上了白血病，有限的积蓄耗尽了，一些好心人向我们伸出了援助之手，可依旧没能挽救女儿的生命。这个打击来得太残忍了，好像摘去了我们的心肝一样，令我们痛不欲生。妻子整日以泪洗面，身体消瘦得不成人形，在晚报停办的前一年，她到市郊的仙姑寺出家了。不瞒你说，我也有过轻生的念头，可一想到为救治女儿欠下的债务，又暗暗鄙视自己，太不争气了。如果真要是轻生了，第一个对不起的就是死去的女儿。我警告自己，无论如何得把债务还清，得让女儿干干净净，让自己干干净净，不然死了也没脸皮去见女儿。那时，报社支付给我的工资已经少之又少了，我不得不找些别的活来干，以应对捉襟见肘的日常。一些老同事知道我的困境，隔三岔五会介绍一些类似于打短工的活计给我，给一些机关单位写材料，先进事迹或者经验交流什么的。这类材料审阅的笔杆子多，谁的意见都要听，一个材料往往要修改上七八遍，才勉强过关。

晚报停刊后，始终不遗余力帮助我的是蒋知初，一个被晚报公认的无用之人，刚开始他在办公室打杂，半年后调到广告部，仍是打杂，因为没有业绩，一年后被扔到了发行部。用那位患脑梗死去的副总编的话说，晚报没将他辞退，已经够仁慈、够宽宏大量了。在晚报入不敷出时，蒋知初首当其冲成了裁减对象，他也很识趣，向报社递交一份辞职申请书，拍拍屁股走人了。我同他有过一些交往，回忆起来好像也没有什么特别之处，君子之交淡如水，如此而已。在晚报，我即便不归属于无用的序列，也是个可有可无之人，彼此同病相怜吧。离开报社后，没人知道他去了哪里，也没人关心他有哪里可去。大家都是自顾不暇，哪还有心思去关顾别人呢。我偶然想起过他，那只是刹那间的事情，随后便放下了。在吃过晚报的散伙饭后，某天，我突然接到蒋知初的电话，让我帮忙写一份悼词。我才知道，他在殡仪馆找到了工作，当上了礼宾部的部长。我们在电话里彼此说了些近况，听他的语气应该比在晚报惬意多了。同活人打交道那个真叫累呀，同死人打交道就不一样了，他们不会折腾人。他深有感触，我也理解他的心情，应和说，那是自然。我把我的近况避重就轻，简要说了几句，他听得有些唏嘘。别做悲伤的奴隶，别让恶狼把你们的未来给吞噬了。他不知从哪里搬来几句话，拿来鼓励我说，去吧，把嫂子接回来，你们都还年轻，一定再要个孩子。我被他说到了伤心处，半天说不出话来，他可能感知到我的异样，安慰我说，别着急，慢慢来，一切都会好起来的。

电话挂断后，蒋知初通过微信将对方的资料发给了我，并言辞恳切地说，请我务必帮他这个忙，同时也暗示我这个忙不会白帮，对方会给报酬的。他这么说是为了照顾我的面子，同时也是安抚我，让我安心写，可我觉得有点画蛇添足。这份悼词我写得有些吃力，毕竟我不认识死者，对他一点也不了解，只能分析、琢磨蒋知初发过来的资料，以此推测死者是个怎样的人，他这一辈子是怎样度过的，有哪些值得肯定的地方，有哪些被人们称道的可贵之处。我通宵达旦都在干这件事情，好不容易弄出了初稿，又觉得不妥，撕掉了，重新写，如此反复，总算在规定的时间内把完稿的悼词交了出去。从这以后，我不时接到蒋知初的电话，都是要求我写悼词的。他好像成了我的经纪人，非常称职的经纪人，不断给我招揽生意。他不再用请求的口气给我打电话，而是像布置工作一样，通知我该干活了。完事后，他立马会将对方支付的报酬转给我。我很乐意这么做，足不出户，就能挣到养活自己所求不多的费用，多余的钱可以用来偿还债务。

我不分白天黑夜干着同一件事，又不是同一件事，因为死者不同，死者存世的亲人也不一样，悼词的内容自然千差万别。大多数人的命运大体相似，纵有波折，起伏也很小，仿佛一根长度有限的线段，未及伸展就被掐断了。有时也会遭遇一些奇特的人生，为了写出一份剀切的悼词，我几乎绞尽脑汁。我像一头身陷绝境的困兽，站在窗口，朝自由的街道上张望。我期望在街对面的广告牌上获取灵感，它们形形色色，五彩斑斓，上面写有各种动听而美妙的词汇。我的确从它们身上获得过某些灵感，并把它们移植到悼词中。我每次站在窗口前，总能听到一只斑鸠的鸣叫。我四下里探寻，可惜的是找不见它的踪迹，只能听见不知从哪个方向传来的叫声，咕咕，咕咕——咕——

二

我蜗居在一栋楼房的二楼，楼房的北面向着小区，南面临街。楼上还有六套相同结构的房间，至于住的谁，我就不知道了。楼下是店铺，以前开的是家药店，我以为还是那家药店，药剂师是个外地女人，个子不高，身体纤细，嗓门却挺横，只要她张嘴满大街回响的都是她的河东狮吼。回音窜进我居住的房间，卷起无数隐形的漩涡，来回震荡，萦绕不散。特别是清晨或夜晚，我无数次被她的大嗓门给吵醒，再也无法入睡。久而久之，我都有些神经衰弱了。可我没有傻到去劝说她，让她放低声音。有些人就是这样，天生嗓门响亮，好像惧怕这个世界忽视了她的声音。我能做的只有关闭窗户，将女高音拒之门外。

直到有一天，我不得不下楼去找女药剂师，因为药店新做的广告牌遮挡了卧室的光线，往日我站在窗前，对街的店铺以及它们亮丽的广告牌都看得一清二楚，不仅如此，连街道上奔驰的汽车，窗户底下过往的行人，也都尽收眼底。小区的南门限制进出，我绕着小区转了半个圈，来到我家楼下。这才发现药店不知什么时候搬走了，取而代之的是家广告店。挡住我卧室窗户的正是他们的广告牌，差不多有半个篮球场那么大，上面红底白字写着：广告之王，每个字足有半人高。底下还有一行略小一些的字迹：我撰一字　君得千金　非凡创意　成就梦想。隔着玻璃往大堂瞧去，大堂的东边摆着几台电脑，一个留长发的青年坐在电脑前，好像在忙碌着什么。大堂的西侧摆着一台广告打印机，往里放着一张茶台，三五个人围坐在那里喝茶。

我虽是有理的一方，可没有贸然走进去，说不定人家有客户在，那样会对别人造成不好的影响。我不是那种得理不饶人的人。我在人行道上徘徊起来，不时瞥一眼大堂，看看那些人有没有要走的意思。走了三五个来回，可能里面的人觉察到了什么，一个高个子女人走了出来，朝我招呼，大哥，您有什么事吗？请进来坐吧。她的声音里有种啤酒泡沫似的热情，脸上浮着职业性的微笑。她比我高出半个脑袋，可身高没有遮掩她身上的妩媚，反而释放出某种令人信赖的感觉。我犹豫了一下，问，你们老板在吗？我想找他商量点事情。她狐疑地看了我一眼，表情有些诧异，但仍旧不忘微笑地对我说，在的呢，请进来说话吧。我朝她走近了两步，又停住了，觉得还是不宜当着别人的面说这事。能不能请你们老板出来一下？我尽可能把话说得客气一些，万一对方的性情有些暴烈，我可招架不了。再说楼上楼下的，低头不见抬头见，我不想把关系搞僵，心平气和地解决问题对谁都好。

高个子女人瞄了我一眼，见我没有进去的意思，便转过身退回了店里。少顷，一个年纪同我差不多的男人走了出来，他穿着黑西服、白衬衫，脖子上却没有打领带。他的头发油光可鉴，脸上也像镀了一层油光。手上握着一个手把件，油黄的一团。您找我？他的目光上下滑动，估摸是在打量我。是的，我想同您说说广告牌的事。我回复他说，顺带告诉他我叫莫未来，是二楼的住户。莫先生想订做广告牌？他的脸上泛起油光闪亮的笑容。不是，是您家广告牌的事。我的声音有些慌张，好像他要强迫我订做广告牌似的。他乜斜了我一眼，皱着眉头问，我们的广告牌能有什么事？

贵店的广告牌挡住我家窗户采光了。我仰起头，拿手朝那巨人般的广告牌指了指。

他没有跟随我的手向上看，而是用不信任的目光盯着我说，还有这样的事？

瞅他那模样，好像我在说谎，要讹诈他。我感觉受到了侮辱，有些没好声气地说，来，你站到这里来瞧瞧。

他眨巴了几下眼睛，瞥了我一眼，似乎在评估我会不会给他带来凶险。他有些拿捏不准，略微停顿一下后招手让我进店去，莫先生，里边请，咱们坐下来谈谈，没有解决不了的事情，什么都可以商量不是？

我迟疑了一下，没有响应他的邀请立即走进店里，因为我从他的话里预感到事情可能不会太顺利。但后来，我还是走进了广告店，除此之外，也没有别的路径。我倒要听听他的说法，更重要的是看看他的做法。

店铺的进深比我在外面看到的要长一些，到了茶台那，光线有些暗淡了。三个人围着茶台而坐，高个子女人、和两个陌生男人。穿黑西服的男人给我让座后，那两个男人冲我点点头，很识趣地站起来，离开了。高个子女人用乒乓杯给我斟了一杯茶，茶水的颜色同红酒类似，或者说更像一杯红酒。高个子女人做了个手势，让我用茶，我说了声谢谢，端起茶杯浅啜了一口，茶香醇厚，茶水滑溜溜的。穿黑西服的男人似笑非笑看着我，待我放下茶杯后，他用那种薄而稍微带点金属音的嗓子说开了。他先自我介绍，说他叫林山泉，他的合作伙伴叫邱桂芳，他们合伙经营的这家广告店开业快半个月了。他从同房东签订租赁合同说起，到店面装修，再到招聘工作人员，事无巨细，前前后后说了一遍。您是知道的，想干番事业起步总是很艰难的。他顿了顿，反问我，莫先生，您说我们的广告牌挡住了您家窗户采光，为什么早没来找我们呢？

我被他问得愕然了。林山泉他们的广告牌挡住我家窗户至少半个月了，我居然丝毫没有察觉，这段时间干什么去了？我努力回想刚刚逝去的那些日子，好像什么也没有发生，每一天都在重复前一天，唯一的区别在于，我在电脑上悼念的对象不一样。也可能是因为我整天沉浸在撰写悼词中，不知不觉被悲伤的情绪笼罩，对外部世界的变化感觉迟钝了。后来，我还想到有可能是天气的缘由，八月天，俗称灯笼天，云遮雾罩的，几乎见不到太阳。太阳偶尔露一会儿脸，也是苍白的，如同贫血病人的脸庞一般。这种鬼天气，即便窗户没被遮挡，房间里也是一片幽暗，像是薄暮氤氲。

当时没怎么注意，因为我正在写……手头上正有一些事情在忙。我险些把悼词说出了口，幸好及时收住了，如果对方听了觉得不吉利，会误以为我是有意这么说的。

是那些工人不懂事……我要是在场，一定会制止他们。林山泉似乎有些歉意，向我解释说，那会儿我太忙了，太多事了，一刻都静不下来。

傻瓜都听得出他在推卸责任，可我不是来追究责任的，是来解决问题的。做生意不正需要忙么？忙是好事，忙才有收获，忙才会日进斗金。我笑着说。叫邱桂芳的女人附和着笑了，就怕赚了一场忙。天道酬勤，不会的，你们一定会赚个金银满仓。我说了些俗气得想吐的客套话，邱桂芳脸上的笑容更妩媚了，借莫先生吉言。林山泉却不为所动，只是若无其事地看了我一眼，他的注意力全在掌心的那团蛋黄上。他用双手摩挲着它，像揉搓着一个温软的面团。

林总好有雅兴。我故意问，是和田玉吗？

哪里是和田玉啊。林山泉的脸上骤然凸起一种讥诮的表情，将手把件示威似的展示给我看，这是蜜蜡，印度产的。

蜜蜡？我假装被吸引，事实上对它一点也不感兴趣。

琥珀的一种，您可以说它是树的眼泪。

好漂亮。我言不由衷地献出赞美之词。

他仿佛被我勾引起了兴致，把蜜蜡的形成、产地、品种、价值及象征意义，用一种极为煽情的语言宣讲了一遍，好像他是个卖蜜蜡的商人，把我当成了潜在的客户，引诱我也买上这么一坨。

一块石头还有这么多学问。我佯装惊讶道。

这怎么是石头呢？是宝石，罕见而珍贵的宝石。他白了我一眼说。

莫先生，别听他吹得天花乱坠的，来，咱们喝茶。邱桂芳适时给我斟了一道茶，解除了我和林山泉之间的紧张和难堪。

三

我都记不清楚了，贾小沫来找过我多少次。每次来，我都会劝告她，让她别来找我，但不起丝毫作用，她照旧一次次找上门来。她的固执犹如某种坚定的信念，好像她全赖此支撑着。第一次来时，她敲了起码不止十遍门，每次都是两下，咚—咚，声音很轻，轻到你不敢相信有人敲门，轻到让你怀疑自己出现了幻听。敲门的人该是多么胆怯，好像害怕把门敲破了。其实，第一声门响我就听见了，我没理由不听见，敲门声被房间的寂静放大了，满屋子都是敲门声。有时斑鸠的叫声也是这样，会在室内制造出许多回声，像有无数只斑鸠在啁啾，我却看不见它们的身影。

我懒得去开门，以前也有过敲门声，大多数时候是对方敲错了门。有时是楼上的孩子玩的恶作剧，等你打开门，人早跑没了影。也有时候，敲门的人敲了两遍三遍，见没人开门，带着失望离开了。贾小沫来时却不是这样，她每敲两下门就停顿一小会儿，好像等待屋里的人来开门，接着又敲两下，不急不缓，始终保持这种节奏。她好像知道我在门里边，并且相信我会开门。最终，她如愿了，敲门声对我构成了巨大的干扰，我无法安下心来写悼词，只得把门打开了。

　　一个三十多岁的女人站在门口，双手死死地握着手提袋的提襻，有些局促不安。她怯生生地看着我，原本苍白的脸上浮起了两团红晕。我不认识她，印象中好像从来没有见过这个女人。您找谁？我颇有些警觉地问。您是莫先生吧？我叫贾小沫，以前给您打过电话的。女人忽然来了精神，目光灼灼地盯着我。遗憾的是，我在脑子里搜索了一遍，没有找到同贾小沫有关的任何记忆，不得不摇了摇头。您还记得吴月亮吗？她受到了我的打击，情绪迅速低落下去，有些惴惴不安地问。她的这句话像是火光，突然照亮了我记忆中的那些名字，不错，是有这个名字，他的悼词是我写的，大约在半年前。他是我丈夫。她黯然说。这个结果让我很意外，那些让我给他们逝去的亲人写悼词的主顾，付给我报酬后，几乎没有人联系过我，更别说来找我。谁愿意同一个以写悼词为生的人建立友谊、保持长久的联系呢？除非他脑子有问题，哪根神经搭错了。我为那么多逝者撰写了悼词，从来不会保存任何一位逝者亲人的电话，也从未受邀参加过逝者的追悼会。唯一的一次，我接到某个为安葬死者而成立的治丧委员会的电话，邀请我参加答谢晚宴。晚宴安排在殡仪馆的宴会大厅，除了蒋知初，我谁也不认识。没有人问我为何而来。席间，有个孝子敬酒的环节，一个披麻戴孝的中年男人头顶酒壶，挨桌给客人们敬酒。

一个吹唢呐的，鼓着腮帮子，吹奏着哀乐。偌大的宴会厅弥漫着一种无言的哀伤，哀伤的肃穆，让我鼻子发酸，泪水差点就要夺眶而出。我承受不了那种压抑的悲伤。从那以后，大凡我接到类似的邀请，一定找个托词来委婉谢绝。

仔细回想起来，我的确接到过贾小沫的电话，因为蒋知初把吴月亮的资料发给我时，只有寥寥数语，简单得不能再简单了。我只好向蒋知初求助，让他补充一些资料。蒋知初哦了一声，说待会儿去找死者的亲属，后来他回话给我，说把我的电话给了对方，会有人联系我的。不久，我便接到了贾小沫的来电，因为悲伤的缘故，她的声音都变调了，说话语无伦次，以至于她站在我面前时，我从她的声音中压根没有听出丁点似曾相识的感觉。

我有些不解，她为什么来找我，这有点不太合乎情理。如果悼词有什么不得体的地方，那念悼词的人不会愚蠢到照本宣科把它念出来吧。她眼巴巴地瞧着我，等待我的回应。我一时找不出话来缓和气氛，只好把她让进门，给她倒了一杯凉开水。她在客厅的沙发上落座后，神情就没那么拘谨了，边喝水，边大胆地打量我的房间。妻子出家后，我很少收拾房间，脏兮兮的鞋袜、来不及浣洗的衣服、空的啤酒瓶、快餐盒，随手扔在哪儿，它们就在哪儿。快餐盒里甚至长出了霉斑。这让我很是难堪，好像内心一个阴暗的角落被她看到了。我恨不得她快点离开，可又不能把恼怒和烦躁表现在脸上。

您找我有什么事吗？我带着对待陌生人该有的礼貌问。

她愣怔了一下，好像忘记了自己来干什么。好半天后，才嗫嚅说，我是来谢谢您的。

她谢谢我什么呢？我有些摸不着头脑，就因为我给她的丈夫写了悼词？那是我的职业行为，她也没让我白干，向我支付了报酬。两下里等同买卖，谁也不欠谁的。

真的，我是来感谢您的，您说出了我的感受，说到我内心深处去了……他是爱我的，不是吗？他是爱我的。她扬起头，语气诚恳而真挚，眼睛里能看到光芒。

想不到一篇悼词会让她如此激动，这让我暗暗有些吃惊。她一再强调，她丈夫是爱她的，好像唯恐别人剥夺她被爱的权利似的。我在悼词中都写了些什么呢？赞美过他们的爱情？我努力回想那篇悼词的具体内容，想把它还原出来，可是事与愿违，我怎么也记不真切了。当时，虽说贾小沫打过电话给我，可她的情绪极不稳定，没有给我提供更多实质性的素材。为了增加悼词的篇幅，我不得已写了许多虚饰的话，这些话用在大多数人的悼词中都是剀切的。有些话使用的频率高了，我慢慢回忆起了一些，比如，"他是个好父亲""他是个好丈夫""他把全部的爱给了他的亲人，他爱他的妻子，更爱他的儿女"。只要不是十恶不赦的坏蛋，这些话都是合情合理的，即便是十恶不赦的坏蛋，他心中的某个角落也必定藏着微小的爱。我猜想，一定是这些话引起了贾小沫的共鸣，让她有些情不自禁。

其实，我不只是在给吴月亮写悼词时这么干，在很多悼词中都这么干过。我会有意增加一些褒义词和修饰语，还有一些闪闪发光的词汇。这些词汇不只生者爱听，死者若是能听到，也必定会开心。我几乎把这当成了一种套路，好像古代科举考试中的八股文一样。

他肯定是爱你的。我把瞎编进悼词中的话视为事实，拿来安慰她。很快，我又觉得不妥，这不是让她更为悲伤吗？

果然，她的脸又灰暗起来，眼眶也红了，泪水溢出了她的眼角。我不知说什么好，好像说什么都是错的，只好撕了两张面巾纸递给她，她用它擦拭了一下眼睛，有些难为情地说，对不起。平静一会儿后，她接着说，别人对他说三道四，说他这不是，那也不是……只有我知道，他是个好人，一个诚实的好人。我不便再阐明我的态度，只用一些拟声词来作答。我也暗自庆幸，那些修饰语用对了地方，没有玷污它们。

四

现在，我站在窗户前朝南张望，只能看到街对面半截高楼，以及楼顶上灰色的天空。高楼是常州亥市第二人民医院的主楼，听说底楼是太平间，我没有确认过。窗户没有被广告牌遮挡以前，高楼底部临街可见的都是店铺，没有什么特别之处。偶尔，高楼的某扇窗户里有人号啕大哭，可窗户太多，无法确定是哪扇窗户，唯一可以肯定的是，哭声不是从高楼底部传来的。殡仪馆接运死者遗体的车辆走的都是医院西门，被高楼挡住了，我无从看见。

有阳光的日子，窗口红彤彤的一片，那是广告牌过滤阳光后呈现的色彩。我像被浸泡在一汪血红的湖泊里，室闷得慌。我的感觉越来越不好，撰写悼词的能力似乎一下子丧失了，越想快点交稿，越是写不出来。那块巨大的红色幕布阻断了我同世界的通道，我站在它的背后，再也无法从那些绚丽的广告牌上获取灵感。那只斑鸠也藏匿了起来，不歌唱了。房间里空空寂寂的，空间被一只无形之手拓展了，掏空了，无穷地空旷。

我对那块广告牌生出了莫名的恐惧，它像个刽子手，正在扼杀我的什么。我逃亡似的跑出房间，下了楼。妻子刚出家那会儿，我也有过类似的恐惧，轻易不敢待在房间里。我成天在外游荡，有几次还睡在了公园的长椅上。其实，不管在哪我也睡不着，只要闭上眼，女儿的音容笑貌就鲜活起来。加上妻子悲寂的眼神，我逃无可逃。我斗胆回到那已不能称之为家的家，打开房门的刹那间，一股死寂扑面而来，把我给俘虏了。我像一条被抛上岸的鱼一样，拼命张大嘴巴，可依旧喘不过气来。我的胸口像被谁揪住了，憋闷得慌。我再次逃离了房间，无数次反复之后，我渐渐说服了自己，待在房间里，至少还能闻得到妻子和女儿留下的气息，虽然它们越来越寡淡了，越来越稀薄了。我就在她们残存的气息里，过着行尸走肉一般的生活。

　　我数次跑到楼下的广告店里去找林山泉，不凑巧的是每次他都不在，接待我的只有邱桂芳。她照旧给我斟茶，向我说明林山泉的去向。她的动作轻柔，声音温软，看着我的眼神很平静。也许是受到她的感染，我仓皇的心也慢慢安静下来，好像服用了镇静剂一般。她不说话，只是静静地陪着我，间或伸出手请我喝茶。有时，她可能觉察了我的焦躁，不无歉意地说，请您稍等一会儿，他应该快回来了。她完全可以打个电话给林山泉，却始终没有这么做。这种安静让我有了片刻解脱，与其回到死气沉沉的房间里，还不如坐在这里喝茶。沉默一会儿后，她又做出手势，用那种平稳而客气的声调对我说，莫先生，请用茶。

　　去了几次广告店都没能见到林山泉，我内心的气馁慢慢多于恼怒，另外，还没来由地滋生了一层顾虑，别人会不会以为我是故意挑选他不在的时候才去广告店的？好像我的目的不是为了找他，而是接近邱桂芳。这种想法是阴暗的、龌龊的，我没法阻止别人不这么想，我能管住的是自己的腿，把不准林山泉在不在时就不往楼下跑了。

　　广告店装修时做了门楼，使得广告牌同窗户之间隔开了一截距离，透过玻璃窗往外看，好像一条深深的壕沟。楼上的住户不检点，将垃圾从窗户里扔出来，刚好落在壕沟里。打开窗户时，一股臭气扑进屋来，熏得我直想吐。我恼恨至极，真想把林山泉揪过来，让他也闻闻，看他作何感想。我暗暗发誓，一定得逮住他。

我又去过楼下两回，假装从广告店前路过，隔着玻璃窗往里瞅上两眼，看看林山泉在不在，结果都落空了。只有邱桂芳和那个留着长发的青年守在店里。这林山泉神出鬼没的，不像个正经的生意人。忽然有一天，我接到一个陌生的手机号发来的短信，就四个字：他回来了。我以为别人发错了短信，就没有理睬，后来才想到，有可能是邱桂芳发给我的，之前她让我把手机号留给她，说等林山泉回来，让他给我打电话。我赶紧往楼下跑，果真，是我要找的人回来了。我走进广告店时，邱桂芳站在一张电脑桌旁，手里拿着一本小册子，见了我微微笑了笑，她那眼神只有我能心领神会。

林山泉同上次见到的那样，依然一身黑西服，坐在茶台那同一个穿皮夹克的男人说话。他见是我，朝我招招手，示意我过去。他的嘴唇始终在快速翕动，蓝总啊，把广告交给我，您尽管放心，我敢说，这常州亥市再也找不出第二家像我们这么有创意的广告公司。那个被称为蓝总的人点了点头说，我相信林总的实力。

我在一旁干坐着，听他们一来二去说着生意，都是一些车轱辘话，没有什么秘密。我喝了三四盏茶，那个叫蓝总的人才起身告辞。莫先生，您瞧瞧，我忙啊，都分身乏术了。林山泉送走蓝总后折回茶台旁坐下，向我摊开双手说，要是能像您一样悠闲自在就好了……请问，莫先生到敝公司来有何贵干？瞧他那神情，好像在期待我会像蓝总一样，给他带来一笔广告生意，这让我更为气愤可又难以开口。

林总的前途不可限量啊。我奉承他说，其实我在内心巴不得他的广告公司快点倒闭。

莫先生过奖了。他似乎没有听出我话语中的嘲讽，略微表现出了一些谦虚。

趁着他的兴奋度下降，我把广告牌的事说了一遍，要求他整改一下，别遮住我的窗户。他的眼睛一眨不眨盯着我，盯了足足半分钟，可能觉察到我是认真的，这才说，莫先生，这是多大一个事，明天，我明天就叫人改过来。我对他的话不放心，邀请他上楼去看看，也许通过实地察看后，他不会这么不以为意了。

这敢情好，我正想去莫先生家参观呢，咱们是邻居了，得多走动走动。他的爽快让我有些诧异，但这正是我需要的，至于他肚子里怎么想的，我才懒得理会。

林山泉上了楼，进了门，却不急于往窗户边走，而是在屋子里转了一圈。客厅有点空旷，中央摆着沙发和茶几，液晶电视挂在正对沙发的墙壁上，完全成了摆设。靠窗户的那边放着几盆绿色植物，之前是妻子在照看，它们被遗留给我后，就慢慢枯萎了，好在光线昏暗，才不显得那么刺眼。房间就更没什么可看的了，女儿曾经睡过的房间门关着，余下的去处只有我和妻子共处过的主卧室，现在成了我一个人的卧室，我给它增添了一项功能，兼做我的工作室。

莫先生，您这房间有点空阔啊。林山泉无所顾忌的话语像是一把锋利的匕首，准确无误地插在我的心脏上，令我好久说不出话来。后来，他发觉我脸色不对，颇为关切地问我，您是不是哪儿不舒服？那一刻，我将他踢出房间的心都有了，可还是忍住了，冷着脸说，没什么。到最后，他只是象征性地扫了一眼广告牌，回头对我说，这房间也没您说的那么幽暗嘛。阳光好像为了迎合他的说法，从广告牌上方斜射进来，加上广告牌的红色映衬，将室内渲染得红红黄黄。

面对这种无礼之徒，我能怎么办呢？我耐心地向他解释，广告牌挡住采光只是问题之一，而最重要的是广告牌阻挡了我的视线，让我看不见外面的风景。外面也没什么风景呀。林山泉仰头朝窗外看去，进入视野的是医院那栋高楼单调的外墙。冒昧问一句，莫先生做什么工作呀？他收回目光，转头问我。

写悼词的。我直愣愣地告诉他。

还有这种职业？他听了一愣，好像不相信，不过很快恢复了常态，揶揄似的笑着说，都是吃文字饭的，咱们算是同行呢。

他的话让我觉得很别扭，在内心，我可不愿意与他是同行，一个开广告店的小老板标榜自己是吃文字饭的，这种话也只有他说得出口。可是，话说回来，我的职业并非那么高尚，虽然每天同文字打交道，说得难听一点，是吃死人饭的。

可不敢同林总比肩。我勉强笑了笑说，我是混口饭吃。

依我看，广告牌立在这儿，也许是个好事，把嘈杂挡在了窗外，屋子里安静了，您就能安心创作，不会受到干扰。他为他的无理找到了借口，忽闪着眼睛对我说，悼词么，肯定不是写写窗外那些东西，是要给死去的人歌功颂德吧？都是一些高尚的词语吧？莫先生，不知道我说得对不对？

五

每隔三天，贾小沫就会光临我家一次，她来时窗外市声鼎沸，一天的热闹刚刚开始。我还蜷缩在床上，通常是接到蒋知初的微信，来活了，才会起床。如果碰巧这天没什么事，我会睡个懒觉，因为大多数夜晚我都是清醒的。只要我闭上眼睛，妻子和女儿就会手牵着手，在我眼皮上跳舞。贾小沫把门敲响时，我只得从床上爬起来，虽然一百个不情愿。我慢腾腾地套上裤子，慢腾腾地走过去开门。她像往常一样站在门口，一脸的怯弱不安，好像害怕遭到拒绝。她的手上要么提着火龙果，要么是几只梨或苹果。我把她让进门，她向我莞尔一笑，挺感激似的。

我无法回到床上安睡了。贾小沫将水果放到茶几上，挎包扔到沙发上，转身就忙开了。她抹桌子，拖地，倾倒垃圾，把散乱的物品收拾齐整，分类摆放好。她干活很利索，顶多个把小时，便收拾得妥妥帖帖了。整洁的房间原本让人赏心悦目，在我看来，却是越发空洞了。妻子走时，把属于她个人的物品全部清理了，衣服、鞋子、手提袋、丝巾，甚至唇膏、牙刷等等，什么都没有留下。好像她从来没有在这屋子里生活过，如此彻底而干净地把自己清除了，像是在电脑上摁下删除键，屏幕上空白一片。我明白，女儿的离世把她的心给掏空了，只是没想到她会以这种方式来告别，当我发觉这些时为时已晚，她已悄然离开了。

贾小沫第一次打扫卫生时，我阻止过她，可是不管用，我拗不过她，再说房间也的确需要清扫。哪儿都是脏的，哪儿都蒙着厚厚的灰尘，一定是我的潦倒和邋遢让她看着不顺眼，才不顾我的反对，决意动手干了起来，好像要尽快把我从垃圾堆里拯救出来。我只好由着她，同时也提醒她，除了我女儿的卧室不能动，其他地方她想怎样都可以。她尊重我的意见，清扫了女儿房间里的灰尘，其中的陈设保持原样，一动未动。女儿用过的书本整整齐齐摆在书桌上，练习簿仍旧摊开着，碳芯笔搁在练习簿上。衣服挂在衣橱里，毛茸茸的泰迪熊放在她的枕头边。她十岁生日时拍的一张照片，用相框装裱着挂在墙上，照片里的小人儿正对我甜甜地笑着。每当看到这一切时，我都会有一种恍惚，好像女儿只是离开了小会儿，并没有走远，随时都会回来。

　　我对贾小沫的做法有些不解，她完全没必要这么做，也找不到有说服力的理由。而另一方面，她的善解人意让我颇为感激，对她产生了些许好感。有一次，我知道她另天要来，特意在头天晚上把房间打扫得一干二净。我想，如果她发现无事可干，或许就不再来了。我不欢迎她来的原因，除了有些怕见到她之外，也担心妻子知道了会产生误会。第二天，她果然如期而至，我把她让进门，她把带来的一只火龙果放在茶几上，洁白的手提袋随手放在沙发的扶手上。我故意在客厅里磨磨蹭蹭，为的是方便观察她。刚开始，她对我的存在并不在意，环视一圈客厅后看待我的眼神立刻有了变化，她诧异地看了我一眼，想说什么又没有说。她接着钻进了厨房，从厨房出来时表情很不自然，两只手绞在一起，脸上洇出了苍白，用几乎绝望的眼神觑了我一眼。这让我的内心哆嗦了一下，我假装没看见，低头溜进了卧室。后来，她一个人默不作声地在沙发上坐了许久，走时也没同我打招呼，只听门砰的一声响，回声消散后，房间里又恢复了寂静。

　　在她走后，我检讨自己的行为，似乎有些太残忍了。讲真的，不管她出于什么目的，她的做法并没有妨碍我什么，更没有伤害到我。她抱着善意走近我，我却恩将仇报，朝她脸上泼去一盆冷水，不，不是一盆冷水，而是一盆冰。我有些自责，又有些暗自庆幸，或许她因此不再来了，这也不完全是件坏事。

　　出乎意料的是，三天后，她又准时叩响了我家房门。她像之前一样，脸上挂着虚弱的笑容，拎着几根香蕉站在门口。我一定是惊愕了一下，但很快意识到自己有些过分了，慌忙给她让出道路。进屋后，她像往常一样自然，不停地清扫、洗刷，将屋子里侍弄得洁净而光亮。活儿结束后，我给她倒了一杯水，让她坐下来歇一歇。她接过水杯，顺从地坐在沙发上。一种奇怪的气息在温馨地流动。我很想同她说几句话，内心也像有话要对她说，其实我有些感激她的，她的到来给这空间增添了许多生气。你最近还好吗？我问她。挺好的。她安然地看了我一眼，微微地笑了笑。她的额头上有些细小的汗粒，大概是劳动赐予她的。她脸上的悲寂淡去了，取而代之的是健康的肤色。她大概走出了丧夫之痛吧。

屋子里宁静了一会儿，她低头抿了一下水杯，然后抬起头，似乎是攒足了勇气对我说，您去把嫂子接回来吧。

我被她的话给捅伤了，胸腔里噗的一声响，好像有个球状的物体给她捅破了，悲恸、思念、愧怍、自责、负罪……千万种情感瞬间迸发出来了，像龙卷风一样在我的内心旋转，激起噬人的漩涡。我说不出话来，只能维持外表的镇定。她可能没意识到她的话杀伤力如此巨大，依然目不转睛地看着我，目光里流露出来的是真诚和期许。

她已经……不愿意回来了。我摇摇头，苦笑了一下，尽可能不让她察觉我内心的风暴。

您耐心一点，给她点时间吧。她宽慰我说，咱们都要有信心不是？！

或许是因为多了一个忠实的听众，我把去仙姑寺找寻妻子的经过说了一遍。仙姑寺离得不是很远，坐公共汽车半个多小时就到了。我沿着盘山公路往上爬，仙姑山不高，不过一刻多钟，便来到了仙姑寺门前。来时我拿定了主意，如果妻子不答应下山，我就待在寺里不走了。我向一位正在寺前清扫落叶的中年妇女打听妻子所在，中年妇女放下扫帚，合掌向我施礼，我照葫芦画瓢还了礼。再说话，说了老半天，中年妇女才弄明白，阿弥陀佛，施主说的是了尘吧？她在菜园子里呢。我按照女居士的指点，果真在寺后的菜园子里找到了妻子，她正弯着腰，在菜地里薅草。我喊了声妻子的名字，她直起身，见是我，愣在了原地。

她皂衣皂裤，头上戴着一顶灰色的布帽子，一脸的憔悴和苍白。我进了菜园子，朝她走去。她死死地握着那把刚刚拔除的杂草，没有半点迎接我的意思。她的样子让我很心疼。我伸出双手想去搂抱她，她抖了一下身子，把我的手抖落了。咱们回家吧。我在内心呼唤她，可一旦说出口，又像往常那么平静。你不该来找我的。她的声音是颤抖的，像被风卷动一样，我看见你，只要看见同女儿有关的……我这儿就疼。她用手捂住胸口，泪珠从她的眼眶里迅速滚落出来，啪啦啪啦砸在地上。我们作了什么孽啊？不是你上辈子作多了恶，就是我做多了缺德事……才落得如此报应。她萎坐在地上，呜呜咽咽起来。我试图去扶起她，她愤怒地甩动胳膊，拒绝我的搀扶。

我像接受惩罚似的站在她面前，站了许久。她哭泣的声音渐渐低了，休止了。寺里的钟声当当当响了起来，晚课的诵经声像水流一样漫漶。妻子从地上站起来，她脸上的泪痕已干，留下像是蜗牛爬过的印迹。我不会回去的，你走吧，以后不要再来找我了。她的声音传到我耳朵里，带着晚风的凉意和沧桑。

贾小沫哑然了。

六

有一天，蒋知初给我打来电话，问我最近过得怎么样，我说不怎样，还是老样子。他隔三岔五会询问我的近况，这是他关怀我的一种方式。我会如实回答，不会隐瞒，也没有隐瞒的必要。我同妻子的关系，贾小沫的来访，以及撰写悼词的过程中蔓生的一些枝节，我都一五一十地告诉了他。他听后有时会说几句感慨的话，更多是鼓励我，好像我在跑马拉松，他不断给我加油，让我坚持跑完全程。你对贾小沫的印象如何？他忽然话头一转。他的问题有些唐突，但我从中听出了他的某种好意。其实我早就猜测到了，贾小沫之所以能找到我的住处来，必定是他给她提供了不少我的情况。还好吧，是个好女人。我回答说。这么说我并不是敷衍，她给我的印象的确不错，只是我了解她太少，无法说得更具体一些。你是不是可以……考虑她？蒋知初吞吞吐吐说，她不下山来，可你的生活还得继续不是？！他这是在谈论未来，更准确说是在重新谋划我的未来，对此我没有任何想法，也没做任何准备。我含糊其词地回答，再说吧。

　　一席话说过，蒋知初才给我发来要写的悼词素材，还特意叮嘱我要认真对待，逝者的亲属可能会有些挑剔。我费了一些时间来琢磨材料，以锚定他的人生轨迹，合理推断他事业上的成就。我不能给他盖棺定论，但一份悼词又不能完全回避这些。我用了将近四个小时才写出初稿，反复修改、推敲、打磨，才把成品交出去。我对它还是很满意的，在我撰写的悼词中，是数一数二的作品。令我没想到的是，对方的反应恰恰相反，措辞虽然不是很激烈，可是说得轻，落得重。来人自称是逝者生前好友，喊逝者一声老哥，从他饱经风霜的嗓音中听出，年纪应该不轻。他说，老哥生前最讲究实事求是了，过分夸大其词的话还是不要说吧？别给他脸上抹黑，尽可能平实一点、客观一些。我诺诺接受了他的意见，毫无保留地画掉了形容词和修饰语，把修改后的稿子给对方发了过去。随后，给我反馈意见的却换成了逝者的长子，他在电话里怒气冲冲，大发雷霆，质问我为什么把悼词改成那样，是谁给我的权力。我不便顶撞他，就把先前那位长者的意见告诉了他。逝者的长子吼叫道，改回来！我父亲的悼词应该是富丽堂皇的，得像……得像一座巍峨而雄伟的宫殿。

这篇悼词把我折腾得差点崩溃了，如果不是怕自己在这个行当里留下恶名声，我早撂挑子不干了。我前前后后修改了五遍，按下葫芦浮起瓢，对方不是这个不满意，就是那个一腔怒火。我把面临的困扰告诉了蒋知初，免不了向他吐槽，他的回答很简单，顾客是上帝，上帝可不是那么好待候的，慢慢打磨，终究会磨出来的。我按照他说的，耐着性子磨，磨得喘不过气来时，便打开卧室的窗户透口气，卧室的窗户太小，我把客厅的窗户也打开了。我的目光越过广告牌，望向对面高楼顶上蓝得发灰的天空。这并没有给我减轻压力，带来创作的灵感，反而多了一重压抑。那只斑鸠肯定藏身在附近街边的某棵香樟树上，咕咕，咕咕——咕，重复而单调的叫声很是聒噪，让人烦躁不安。谢天谢地，那两位上帝最终有可能相互妥协了，在我交出第七稿后，再也没人在电话里冲我咆哮。最后一稿总算找到了平衡点，用逝者长子的话来说，半是宫殿，半是市廛。

我顾不得许多，能把悼词完成算是解放了。我下楼去找林山泉，要求他拆除广告牌，拆除不掉也得降低一些。它成了一堵高墙，不只是阻挡了我的视线，还把我给围困死了。我提醒自己，再不能听他花言巧语了，必须表明自己的态度。我并非因为一篇悼词的难产把恼怒转嫁到他头上，而是广告牌的的确确妨碍了我。

我几乎是冲进了广告店，里面却空空落落的，电脑前没有人，只有邱桂芳站在茶台那。因为室内外光线的反差，我的眼睛一下子适应不过来，没有看清楚她的表情。这让我有些茫然，不知接下来该怎么办。好半天，才听见邱桂芳说，莫先生来了，请过来坐吧。她的声音不冷不热，近似于机械音，失去了之前的柔媚。

落进我的耳朵，像鞋里掉进了沙子，有些硌人。这同之前她留给我的印象有了很大的反差，我踌躇了一下，还是走了过去，在茶台边坐了下来。

邱桂芳没有说话，埋头清洗茶具、醒茶、泡茶。她的动作很流畅，像是谙熟茶道。您是来找林总的吧？她将茶杯放置在我面前时问。我猜测过她和林山泉的关系，他说她是合作伙伴，在我看来她更像受雇于他，他们俩有点像夫妻，给人的印象却是关系暧昧，有些纠缠不清。林总忙财啊？好像我又来得不是时候。我端起茶杯，抿了口茶，茶水有些涩口，不知是什么茶。她觑了我一眼说，他很少落店的。

她好像冷淡了许多，还不只是冷淡，甚至我都能觉察到一种敌对的紧张。我们像候车室里两个碰巧坐在一块儿的旅客，彼此间有一股莫名的紧张，各怀心事，陌生而又警惕。我自问，她是不是被我三番五次找上门来给弄烦了？这不应该呀，过错方不是我，而是她和林山泉。

良久，她斜睨了我一眼，没话找话似的问，听林总说您是写悼词的？

她的意思让人捉摸不定，像有些好奇，又不像是，给人的感觉怪怪的。总得给自己找点事干吧。我带着点无可奈何的语气说。

您谦虚了，这活儿可不是什么人都干得了的。她像在恭维我，说话的腔调又像是嘲弄，悼词是不是有固定的模式？一个好人的悼词同一个坏蛋的悼词有没有区别？怎么区别？

我很诧异她会问出这种问题，前者不难回答，而后者我从来没有思考过。她的问题会不会有陷阱，我忽然警觉起来，下意识地瞄了她一眼，她的表情倒没有什么特别之处，只是眉头微微皱着。任何文体都有其规格和模式，感谢信和检讨书肯定不一样。

我给出的答案前者明确，而后者只能有意去模糊它，好人的悼词和坏蛋的悼词大同小异，大体上差不多吧。

好人的悼词同坏蛋的悼词一个样？她上身前倾，紧盯着我问。

我被她凌厉的目光给逼住了。她敏锐地抓住了我话语中的纰漏，像一只猎犬一样咬住了猎物的要害部位，好在我没有把话说得那么绝对。但很快我又发现自己陷入了悖论之中，如果说大同，好人和坏蛋能没有区别吗？若是小异，在死亡面前，好人和坏蛋是平等的，小异在何处？

我觉得差不多吧……好人也有缺点，坏蛋也并非一无是处。我的底气没那么十足了，嗫嚅着说。

好人就是好人，坏蛋就是坏蛋，能一样吗？她忽然亢奋起来，义愤填膺地说。

悼词是让死者的灵魂安息，好人的灵魂需要安抚，坏蛋的灵魂也需要救赎。我不知她为何如此激动，也不想同她争论，尽可能摸着她话里的意思说，也许坏蛋压根不需要悼词，因为没有人给他开追悼会。

坏蛋就不能开追悼会？这是谁规定的？如果那些活着的坏蛋硬要给死去的坏蛋开追悼会呢？她咄咄逼人，好像故意在同我抬杠。

我佯装出满不在乎的神情，虚笑两声说，那就只能让活着的坏蛋来给他写悼词了。

莫先生就是那个活着的坏蛋？她脸上的讥诮更浓烈了。

七

我有些后悔将同妻子见面的经过告诉了贾小沫，这很容易让她产生误解，好像我在暗示她，怂恿她。对于妻子，我心里一直埋藏着很深的愧疚，我们的家庭遭遇这种变故，虽说不是我的责任，可是，在我一无所有的时候，妻子义无反顾地嫁给了我，克勤克俭地操持着这个家。特别是女儿出生后，她的负荷更重了，既要照顾女儿，又要料理家务，难得有清闲的时候。在看不到希望的生活中，女儿给了她莫大的安慰，成了她最大的希望，女儿走了，她的希望也随之破灭了。我理解她的万念俱灰，因为在我也是相同的心境。后来，我每次去找她，都只是远远地看着，不让她发现我。我尊重她的意愿，不去打搅她的平静。我像一个摆渡人，在曾经的家和仙姑寺之间，在俗世和世外之间来来回回。我天真地期待着，或许有一天她突然回心转意，愿意下山同我重续之前的生活。

　　我的每一天都成了苦渡。让我更为愧疚的是，我撰写了那么多悼词，竟然没有一篇是为女儿写的，哪怕是短短几句，哪怕是几个字。就连这我都没有做到，不是我不想写，也不是我不愿意写，事实是我一个字也写不出来啊。我避着妻子在仙姑寺供奉了一盏佛灯，那小小的跳动的火光多像女儿亮晶晶的眼睛，把我的内心给照亮了。有一次，我为一个溺水而亡的男孩撰写了一篇悼词，进行的过程中像有刀子在我心头上一下一下地划拉着，完稿时我忍不住潸然泪下。我是把那个男孩当成了自己的女儿，悲伤和思念都倾注在那篇悼词中。我悼念那个男孩，更是在悼念我的女儿。

　　虽然我想找个人来倾诉，但还是没有将这些告诉贾小沫，除了前面所说的原因外，也唯恐勾引起她的伤痛。有时我会瞎想，人要是能将记忆中的不幸和悲痛清洗掉，那该多么好。我努力想去选择性忘记一些东西，可这并不能带给我快乐，相反，因遗忘而滋生的空洞和虚无远比那些沉重的记忆更可怕。我如此热衷于撰写悼词，是因为我在悼词中一次次重温失去女儿的悲伤，写一百篇悼词，就悼念了女儿一百次。女儿是一朵蓓蕾，一张画最美画图的白纸，不存在好人和坏蛋的道德区分。在一张白纸上，坏蛋是一种玷污，其实好人也会挤占她的美和希望。

　　贾小沫肯定察觉了我的一些心事，但完全洞悉是不可能的。有时她干完活后，我们坐在沙发上说话，话题都是浅表的日常生活，好像我们都惧怕深入下去。有时候说着说着，她会突然停下来，眼睛一眨不眨地瞪着我，那神情就像钟表忘记了拧紧发条，指针停止了走动。我被她瞪得有些发虚，好像什么都瞒不过她。有时，我坐在电脑前敲打悼词，她会站在我身后观看，这让我很不自在，背部像是吸附了什么异物。我总是要找个委婉的借口，把她赶走才罢休。估计她心里很不好受，离开时脸上的表情讪讪的。

　　有一天，她向我讨要那些早已交稿的悼词，我很纳闷她要它们干什么，她说就想看看，没别的意思。我仍旧不解，悼词不是网络小说，还很枯燥，直接同死亡打交道，我要不是拿它来谋生，压根不会碰它。我出于恻隐之心满足了她的愿望，发了两篇悼词给她。再次来时，没想到她又追着我要，悼词中像有什么吊起了她的胃口。她想看就给她看吧，我打开文件夹，发了好几篇悼词到她的微信上。她当即捧起手机，坐在沙发上读了起来。她读得很认真，很入神，整个人都像陷进了悼词里。后来，可能是由于她的静思默想，我忘记了她的存在，待我从卧室里走出来时，发现她仍坐在沙发上，神情痴痴呆呆的，像着了魔，眼眶是湿润的，晶莹的液体已经流到了脸上。

　　我以为那些悼词让她回想起了某些伤心的往事，想着该怎么安慰她。谁知她见了我，慌忙用手抹了抹眼睛，有些羞赧地笑了。您写得太好了。她的声音带着些许鼻音，显然还没有完全从激动中走出来。我知道她不是在夸奖我，而是在说她的感受，她是在为那些与她不相干的陌生人的死而悲伤。你说的是哪一篇？我在想，也许是其中某一篇引起了她的共鸣。不是哪一篇，是所有的。她十分肯定地说。我哦了一声，有些怀疑她夸奖的真实性，也许言过其实了。您是个好心人……您是用悼词在安抚他们，赞美他们。她接着说，谁没有过失呢？那些都不重要了。我认同她的看法，顺着她的意思说，是啊，也许他们活着时有不周到的地方，可是人都死了，还有什么可计较的？还有什么不能放下的？

　　那么，您呢？放下了吗？她盯着我的眼睛问。

　　我怔怔地看着她，默然了。她说的"放下"同我说的"放下"并不是一回事，这中间的差别，岂是一句话两句话能说得清楚的？

　　她可能看透了我的某些心事，目光不再那么灼热，少顷，她轻轻地叹了口气说，我也是说起来容易，做起来难啊。这让我有些难过，又有些感动。面对瞬息而逝的生命，我们有太多的事情要做，有太多的话要说，可是，我们竟然难以说服自己。有时，我们看见自己辛辛苦苦建筑起来的大厦在坍塌，同样无能为力，只能任由自己成为旁观者，内心荒草丛生。

　　之后，她便开始回忆同吴月亮在一起时的生活。我不想听她谈论这些，究其原因是我对别人的私生活不怎么感兴趣，自己的生活中尚且有那么多的核化不掉，像棱角分明的石头一样硌在心头。有时候，我在电话里听别人讲述，完全是工作的原因，如果她早一点同我说，或许有些话我会写进吴月亮的悼词中。她没有留意我的感受，自顾自地说开了。她说她同吴月亮是在深圳一家足浴城认识的，在此之前，她在玩具厂做流水线。她的工资不高，家里又需要钱，偶然的机会她听老家一个姐妹说起，在足浴城做技师比在工厂挣得多多了。她做了一些了解后，果断改行了。她应聘进了吴月亮所在的足浴城，从学徒工干起，慢慢站稳了脚跟。吴月亮在男宾部，她在女宾部，工作时间他们没有多少接触的机会，可是闲暇之时，男女同事喜欢扎堆，三三五五，要么一起逛街，要么结伴去海边游玩。男女同事中有看对了眼的，偷偷谈起了恋爱。这是不被老板容许的，一旦他们偷吃了禁果，瓜熟蒂落，就会辞工走人，返乡结婚生子，足浴城就得招募新人。

　　吴月亮是足浴城的老员工，技术过硬，在顾客中的口碑不错，进足浴城点名要他服务的回头客不少。这自然引起了贾小沫这个后学的注意，总想找机会向他请教。足浴城有个规矩，每个月会组织一次业务培训，利用老员工来训练新员工。除了讲课，还有现场指导，一招一式，详细讲解，反复示范。她慢慢同吴月亮走近了，是她主动的，一步一步向着他走去。背地里，他还给她洗过脚，既是当老师给她开小灶，又是情爱升温的必然，可谓公私兼顾。最终，促使她毫无保留地把自己奉献给吴月亮的是另一件事，有一天她阑尾炎发作，在医院做了个微创手术，把阑尾切除了。整个过程中全赖他的照顾，不少同事都知道了，但在老板跟前替他们保守了秘密。

　　没多久，他们像之前修成正果的情侣一样，组建了家庭，离开了足浴城，并且很快有了他们的孩子。由于带着孩子不方便，他们回到常州亥市开了家足浴城，从小到大，渐渐在这个行当里干出了一些小名气。吴月亮却起了变化，成天往外跑，有时半个月都不见影踪，把孩子和足浴城全抛给了她。他不再像她阑尾炎发作时整天陪着她，为她端茶送水。他偶尔回来一次，也是因为带出去的钱花完了，不得不回来补充粮草。后来，他丧生于一场车祸，待她看到他时，他躺在殡仪馆的冰棺里，经殡妆师化过妆的脸上倒是一片平静。

刚开始，我被她讲述的经历所吸引，听到后面，不知为什么我的胸口堵得慌，巴不得她快点离开。那只斑鸠像是伴奏似的，又像是插话，咕咕叫着，更叫我心烦意乱。它的聒噪声甚至盖过了贾小沫的说话声。他要是看见您给他写的悼词，不知会怎么想。她像是在问我，又像是在自言自语。这是我从来没有想过的问题，那些死者到底有没有听见生者为他们朗诵的悼词？我在撰写悼词时，依据的都是生者提供的素材，包括我有意增添的修饰。死者是被动的，他短暂的生命轨迹被活着的人修改了，塑造了，似乎每个人都逃不脱这种命运。

八

站在窗户前，从广告牌上方的空隙往外望，首先看见的是香樟树的树梢，香樟树枝繁叶茂，即便是树梢，也是葱葱郁郁，好像一片小森林。这是我从窗口观看到的有限的景色之一。很多鸟儿喜欢吃香樟树细小的果实，经常在枝叶间蹦来跳去，我怀疑那只斑鸠就栖息在香樟树上。它不知疲倦地叫唤着，咕咕，咕咕——咕，声音洪亮，很有穿透力。它像是在召唤谁，又像是为了证明自己活着而欣喜地歌唱。香樟树能看到的部分就那么多，我的目光在枝叶间搜寻，不会错过任何一块窄小的空间。我有足够的时间来找寻它，为女儿治病欠下的债务还清了，这让我吐了口气，有了些许的解脱和轻松。后半辈子我只为我而活着。

我在窗户前站了老半天，始终没有看到那只斑鸠的身影，从它的叫声判断，应该近在咫尺。它被广告牌挡住了，这让我很是恼恨。我很想下楼去找林山泉，可一想起那天邱桂芳同我说的话，又犹豫了。

过几天，我忽然接到邱桂芳的电话，说林总回来了，请我下楼去坐坐。她像例行公事似的，不等我回复就把电话挂断了。她这种态度让我有些不是滋味，她好像在威胁我，去不去随我的便，别约你不来，到时又去找他们。我乖乖地下了楼，去了广告店。奇怪的是邱桂芳却不在店里，只有林山泉坐在茶台边，见我进门，像前几次一样扬起一只手朝我招呼。我在他的对面落座，他很快给我斟了一杯茶，汤色深红转黑。这茶估摸很浓酽，我不敢喝，只是象征性地敲了敲茶台。他依然穿着黑西服，衬衫领子边的纽扣没有扣上，露出细瘦的脖子。他的脸也瘦削了一些，眼圈周边是黑色的。

莫先生，看看这个。他从手提包里摸出一只手串递给我，您要是喜欢，就拿着。

手串不知什么材质的，拿在手上有些沉，珠子圆滑油润，颜色有点深，表面反射着幽幽的光芒。我在晚报工作时有人送过手串给我，后来不知被我丢到什么地方去了。

小叶紫檀的。林山泉脸上的每个细胞都在炫耀。

林总慧眼识珠，手上都是好宝贝。我一边恭维，一边将手串奉还给他，无功不受禄，您还是自己留着吧。

莫先生不拿我当朋友啊。一线白仿佛一条细蛇般从林山泉脸上滑过，钻进了他鬓角边的发丛里，不过他很快收起了那种惋惜的腔调，用无比期待的语调说，我正有一件事要同您商量呢。

我用疑问的眼神看着他，除了他们的广告牌挡住我家窗户采光外，想不出他有什么需要同我商量的。我以写悼词谋生，不能朝坏处去猜想，那样显然有些恶毒。

莫先生，我想邀请您加入我们公司，咱们成立一个礼仪服务部，由您牵头，悼词只是其中一块业务，婚庆、殡葬礼仪……这些业务咱们都可以拓展。他目光炯炯，似乎眼前就是星辰大海。

我有些警惕，大概他从什么渠道得到消息，我长年累月待在家里写悼词，获得了一份稳定的收入。他是不是怀有企图，想抢夺我的饭碗？世界上能写悼词的人肯定不只我一个，到时他随便找个人就能替代我。再有，如果加入他们公司，我成了他们中的一员，广告牌的事就更没法说了。他这一招像是请君入瓮，我才不入他的瓮呢。

谢谢林总的美意，您恐怕高看我了，我这人除了写点蹩脚的文字外，其实什么都不会干。我婉言谢绝说。

您太谦虚了，我早就说过，咱们是同行，过去的酒香不怕巷子深，现在行不通了，酒香也要勤吆喝，这广告商么，就是为别人吆喝的。您写悼词不也是为别人吆喝么？他们为您提供素材，您为他们吆喝，吆喝的范围甚至比我们还要宽泛一些，既为死人吆喝，也为活着的人吆喝。他振振有词，末了，反问我，您说是不是这个理？我说的在不在点子上？

他一连串的"吆喝"让我听着有些刺耳，略加揣摩，好像他的话又不无道理。我想找话来反驳他，又不知从哪里开始，只得沉默了。这一来让他产生了误解，以为我动摇了，默认了他的观点，嘴皮子翕动得更加殷勤了。

咱们把好的产品、优秀的产品推出去，让更多人知道，让更多人享受它们的好处。比如空调，夏天来了，天气炎热，您不能不吹空调吧？比如手机，您不可能不同别人联系吧？再比如电脑，您写悼词时可是每天都在使用。您一旦离开这些东西，那就太不方便了，甚至没法生活了。可是，按我的理解，人死了，未必需要一篇悼词，没有悼词，不开追悼会，他们的亲人照样会把死者安葬。没有悼词，死去的人不会活过来，有了悼词，死去的人同样不会活过来。悼词纯粹是多余的，画蛇添足。莫先生，您可别介意，我是实话实说，人得忠诚于自己的内心不是？

他的脸上洋溢着抑制不住的得意之色，好像刚作完就职演说一样。我算是看透了他的嘴脸，他一方面谋算同我合作，企图从悼词创作中分一杯羹；另一方面又把悼词贬得一钱不值，根本没有存在的必要。如果真像他说的那样，这是在给我釜底抽薪啊。作为悼词创作者，或者说悼词工作者，我很想驳斥他一番，也有必要捍卫自己的职业荣誉。可是，对一个把强盗逻辑挂在嘴边的人，我能对他说什么呢？我告诉他，悼词是用来追悼、缅怀死者的？悼词是用来抑恶扬善的？悼词是用来歌功颂德的？悼词是用来勉励后人的？当然，悼词也是替一个生命，替一个时代画上句号的。我能对他说这些么？我最想干的是抽他一个耳光，而最后，我什么也没有做，只是冷冷地说，需不需要悼词不是你我能决定的。

他肯定察觉了我的冷淡，可是对同我合作仍抱有幻想，莫先生，您好好考虑一下，不用急着回复我。

我强忍着心头的怒火，敷衍了他几句，不可能答应，但也没有完全拒绝。我犯不着无缘无故得罪他，这是我做人的一贯宗旨，不能扶水上圳，帮人一把，也绝不会坏别人的好事。后来，我才发现自己犯下了不可饶恕的错误，在林山泉跟前压根不能这样做。他误以为我是个墙头草，是个没有主见的人，一个极容易被说服的人。接下来的日子，他频繁打电话给我，问我考虑得怎么样，我也是鬼使神差，竟然没有一口回绝他，总是支支吾吾，模棱两可。莫先生，生意不等人啊，您可得尽快拿定主意，想同我合作的人都排着队，眼巴巴盯着呢。他下了最后通牒，敦促我尽快答复。

在电话商谈未果后，有一天，他夹着一份长达数十页的可行性研究报告上楼了。当他把它交给我时，我从他眼神中读出来的是焦急和渴望。我装模作样地翻开报告，一页一页读下去，一直读到最后一页。报告应该出自内行之手，内容很翔实，从市场调查到项目细化，再到前景分析，思路清晰，层次分明，呈现出令人信服的专业水准。我读到最后一部分，投资预算，总算找到了回绝他的借口。

林总，这的确是个好项目，很有前景，祝贺您……我也想参与，可是……不好意思啊，我拿不出这么多钱来投资。我不无遗憾地告诉他。

这不应该啊，莫先生。他大张着嘴，一脸错愕的表情。

我不得已把这些年的情况简单说了说，不可避免再次触摸到女儿去世带给我的伤痛，我的内心像有一把锥子，一下一下扎着某个地方。我压抑着内心的伤悲告诉他，我写悼词挣的钱并不多，偿还债务后几乎没有剩余的了。

他一脸狐疑地看着我，显然不相信我说的话，可是由不得他相信不相信。他的目光慢慢由灰转暗，见不到任何神采了。不急啊，以后还有机会。他宽慰我说，神情却是极为沮丧。

九

后来，贾小沫每次来我家，都会给我说一些她同吴月亮在一起时的生活细节。他们怎么在南国的街道上漫步，通常是他牵着她的手，这里看看，那里瞧瞧，什么也不买，纯粹观看街景。或者下晚班时，他骑着电动车，载她回出租屋，遇上下雨天，他怎么用雨衣裹住她，不让她淋湿了。他第一次亲吻她是在荔枝树下，晚上，正好荔枝树叶把灯光挡住了。在荔枝树的阴影里，他突然抱住了她，她有些不知所措，傻乎乎地让他抱着，然后脸颊上忽然一热，又湿乎乎的一团。她才知道他吻了她的脸。您知道吗？他的手劲特别大，握着我的手时从来都是轻柔的，一次也没有弄疼过我。她说这些时似乎沉浸其中，脸上浮现出羞涩的绯红，一副神往的表情。

假使我先前知道这些细节，能把它们写进悼词中吗？我的回答是不能。我几乎是信笔涂鸦，无法把吴月亮对她的爱落实到每一个实实在在的细节上。悼词只是广而泛之，夸夸其谈，死者在纸页上活了一遍，同人间烟火总是隔着一截距离。这让我有些惭愧，扪心自问，我在创作每篇悼词时竭尽全力，去捕捉死者生前的闪光点，那些闪光的部分毋庸置疑被人们升华为精神或品德。我忽略了他们的俗世生活，并把它归罪于文体局限——这是悼词所不容许的。我免不了联想，一个人在世上要怎样活着，才能留下一篇毫无瑕疵的悼词呢？

在经过漫长的回忆之后，有一天，贾小沫向我提出了一个请求，让我重新写一篇吴月亮的悼词。这让我很是诧异，又充满疑惑，这有必要吗？一个人，两篇悼词，他是活了两回，还是死了两遍？她不像在开玩笑，她的眼眶里积满了哀思，脸上的神情肃穆而庄重。这是我一个人的悼词，我一个人对他的悼词。她唯恐我没有听明白，把话说了两遍。我愣住了，这是我职业生涯中从来没有遇到过的，一对一的悼词，而不是多对一，往常我撰写的那些悼词都是亲朋好友、同事邻居，所有人都在场的，对某个死者集体追悼时的悼词。我被她的恳求给卡住了，答应不是，不答应也不是。这一个人对另一个人的悼词有意义吗？况且吴月亮去世了这么久，她为什么坚持要写这样一篇悼词呢？

一瞬间，我怀疑她接近我的真实目的，仅仅是为了这个。很显然，在她这个请求背后，是对我先前写的那篇悼词不满意。然而，我在一篇悼词中能满足每一个人的情感需求吗？在死者的亲属眼中，一百个人有一百篇不同的悼词，我把他们概括了、归类了、同质化了。我们常说求同存异，而在我撰写的悼词中明显是求同去异，把其中的差别给抹杀了。我没有区别对待每个个体，而是一视同仁，面对大家，一个聚散无常的集体。

我不为难您了……她的声音因为极度失望而哽咽。

小沫，不是为难，是我从来没有这样写过……我向她解释，而且，我没有拒绝她的意思。她根本不听我解释，低着头，快速朝门口走去。

贾小沫走后，我的耳边莫名其妙出现了那只斑鸠单调而孤独地叫唤，咕咕，咕咕——咕。我凝神谛听，发现并没有斑鸠的叫声传进室内，而是我的幻觉，也可能是听到它的叫声太长时间了，那种声音在我心里扎下了根，静寂时忽然就鸣叫起来。它像是在提醒我，又像是在抗议我。

一个多星期过去了，贾小沫毫无动静，既没来找我，也没有电话和微信联系。在她眼里，也许我的拒绝太冷漠了，伤着的不只是她的自尊。在我这边，她何尝又没有弄疼我？她讲述的与吴月亮热恋的那些细节，让我不由自主想到了我的妻子，以及我和妻子在一起时具有相同温度和热度的细节。我带着这种疼跑去了仙姑寺，在寺外守了一整天，才见到妻子一面。她当时从大殿中走出来，在一棵银杏树下站了两三分钟，转身穿过大殿一侧的廊檐，消失在拐角处。我没敢去打扰她，如果她已经平静了，没必要让她再次坠入悲恸的深渊。

从仙姑寺回来，我一直恍恍惚惚，好像丢失了魂魄一般。有时，我暗自苦笑，是不是该为我支离破碎的家庭写篇悼词？当我萌生出这个荒唐的念头时，真的在电脑上敲下了几行字迹，尔后光标就停留在最后一个字节上，一闪一闪地跳动。那好像不是光标，而是女儿可爱的脸庞，一下子活灵活现，一下子又成了空白的虚无。

就在我堕入这种痛苦而颓丧的无望之中时，贾小沫再次敲响了我家的房门。我开门时，她的身体颤抖了一下，仿佛被吓到了。她在沙发上落座后，脸上的表情像是隐藏着某种不安，好半天都没有看我一眼。在我转身准备回到卧室去续写中断的悼词时，她叫住了我，我想请您看看这个。她从手提袋里摸出几张对折的打印纸，我接过来把它打开，纸页上的标题是"给吴月亮的悼词"。她在开头模仿了我写悼词的格式，但正文的内容我敢说它根本不是一篇悼词，而是她写给死者的一封情书。我在文章中读到了大量诸如"你是我的骨头""你是我的心脏""你是我的血液"之类的句子。还有，"你的掌心是我温暖的世界""你的怀抱是我生命的殿堂""你的呼噜是我的安眠曲"等等。我怀疑它们不是她写出来的，而是东拼西凑，从哪里抄来的。还有一些更肉麻的内容，我就不便详述了。那些内容只有热恋中的男女，躲藏在属于他俩的私密空间才说得出口。当然，这也有可能是他们鲜活生活的真实记录。结尾部分，是她对他的希冀，希冀他在另一个世界过得好好的，没灾没病，享受在尘世没有得到的乐趣。她也承诺她会好好地活下去，但并没有许诺，有一天到了那个世界她会去找他。

我花了几分钟把文章浏览了一遍，整个过程中，她始终用征询的目光注视着我。她在期待我说点什么，可是，我能说些什么呢？这封情书的语言相当漂亮，那些浮华的句子让我想起了一些什么，但终究没有感动到我。她分明受到了我的影响，把我惯常使用的浮华得有些苍白的语言当成了一种追求，并用来表达内心的情感。事与愿违，这反而给我一种虚假的感受，是做作和虚构。是不是炽热的情感一旦搬移到纸上，原有的浓度就被稀释了？被过滤了？举个具体的例子，比如肉体的快感，写在纸页上时实在是隔靴搔痒，怎么也抵达不了心痒之处。思想、精神，脱离了它们存在的现实，还能鲜活如初吗？我故作沉吟了一下，用一种我认为非常肯定的语气说，挺好的。

真的吗？

真的。

我看见她眼眶中的液体泛出了晶莹之光。

接连几天，我都没有接到蒋知初的电话，这种情况之前也有过，正好让我轻松一下。对于悼词这活儿，有些死者的家属出于多种考虑，不放心把它交给外人来完成，何况还是一个陌生的职业悼词写作者。有些死者生前在单位上班，他所在的单位自然无条件把这活给包揽了。正应了那句话，生是单位的人，死是单位的鬼。

我多数时间都躺在床上，屋子里是静寂的，没有一点哪怕微小的声音。那只斑鸠的啾鸣似有若无，它一定飞得很远，同我隔了几百米的距离。这种缥缈没法填充房间，相反，它会把房间变得更加空旷，虚无得没有边际。我的耳朵却格外灵敏，不放过任何细微的声音，内心也虚空得慌乱起来。我从床上爬起来，穿着内衣内裤在屋子里走来走去。我不知要去哪儿，这有限的空间里没有明确的目的地。这在我忙于创作悼词时是不曾有过的，我沉恋于给死去的生命安魂，殚精竭虑，心无旁骛。现在我才意识到这一点，不是我在安抚他们，而是他们的魂灵在安抚我。

把我从这种慌乱的虚无中拯救出来的是林山泉，他忽然给我打来电话，莫先生，您在楼上吗？我不假思索回答，在！我已经不在意他来找我干什么，哪怕他想把我家的窗户全部封闭，至少此刻有一个鲜活的生命来打碎这快要固化的阒寂。房门很快被叩响了，林山泉立在门口，腋下夹着一只鼓鼓囊囊的鳄鱼皮手包。也许是刚上楼的缘故，他的呼吸有点粗重，脸色有少许红润。他进屋后像前一次那样逡巡了一圈，还推开了我女儿卧室的门。女儿的卧室依旧维持原样，连床上的被子都没有换过。在那些思念入骨的夜晚，我曾躺在女儿床上，抱着她睡过的枕头，呼吸着她残存的微弱的气息。

瞧瞧，窗户有广告牌挡着，您想干什么就可以干什么。林山泉转到我卧室时朝我暧昧一笑。

他的玩笑让我有些不适，但我容忍了他的存在。转遍了每个角落之后，他主动回到了客厅，把自己投进沙发里。他的一只手搭在沙发的扶手上，几根指头像弹钢琴似的跳动着，一双眼睛左顾右盼，似乎还想发现点什么。如此过了一会儿，他才说，莫先生，我有件要紧的事情想拜托您帮个忙。他的声音轻飘飘的，全然没有重量感，脸上却是恳切而真诚的表情。我有个朋友的父亲去世了，想请莫先生写篇悼词。他边说边拉开手提包的拉链，从包里拿出两张写满字迹的 A4 打印纸。我接过来细细看了一遍，去世的是位姓蓝的老人，一辈子务农，青年时娶妻生子，中年时丧妻，晚年一个人在乡村度过。这正同大多数人一样，除了茹苦含辛、勤劳本分之外，几乎看不到什么辉煌之处。给这样一位普通得不能再普通的老人撰写悼词不是什么难事，此前我就给不少类似的对象写过悼词，无非增加一些形容词和修饰语。

我答应了他，正好借此排遣此刻的清闲和空虚。我很快完成了初稿，之后反复推敲打磨，前前后后弄了三四次，才最终定稿。虽说同林山泉之间有些龃龉，可对待悼词我向来是认真的，这事关我的职业荣誉，自己的羽毛得自己爱惜，况且也不想让他看笑话。我当晚就把悼词通过微信发给了他，之后安然睡了一晚。每次完成一篇悼词之后，我都是这样，深度入眠，好像悼词成了我的安魂曲。第二天早上，一阵急促而响亮的敲门声把我给吵醒了，来人好像拿拳头在砸门，每一响都惊天动地。我不知发生了什么事，痛苦、疑惑、恼火，可不得不起床去开门。没想到敲门的是林山泉，他将我发给他的悼词打印出来了，拿着它兴冲冲地站在门口。我的脸色一定很难看，他压根无视，不等我邀请几乎冲进了屋，甚至还撞了我一下。然后，他在电视机前收住脚步，照着悼词朗诵了起来。令人惊奇的是，他的声音一改之前的轻飘，有了金属的重量，像是压在我的耳膜上，沉甸甸的，连带我的恼怒也给压住了。

这是很荒诞的事情，一个人被另一个人叫醒，被迫倾听给第三者写的悼词。这好像是死者缺席的追悼会，又像是我的追悼会在预演。

他终于把悼词朗诵完了。他的眼睛亮闪闪地看着我，像是有话要说。其实他不必说出来，我猜得到他要说什么。结果却出乎我的意料，他说，莫先生，哪天我要是没了，悼词一定请您来写。他说得很郑重，表情却是笑嘻嘻的，像在开玩笑。

林总，这话可不能乱说。我皱着眉头制止他。

怕什么，一个人总是要死的。他依然笑嘻嘻的，带着好奇问，我就想知道您会怎么写？要么现在说一句给我听听？

当着一个活人的面念他的悼词，那不是诅咒他早日归西吗？他同我没有十冤九仇，我才不会这么缺德而恶毒。但林山泉的玩笑的确影响到了我，此后的许多天，我抑制不住胡思乱想，如何用一句话来归纳一篇悼词，或者说用一句话来概括一个人的一生。我拿自己作为范例：一个给世界撰写悼词的人。刚开始，我对这句话还是挺满意的，甚至有些得意，可是有一天，当我听到那只斑鸠啾鸣的时候，忽然悲从中来，酸楚的眼泪忍不住淌得满脸都是。我给自己写下了另一句话：一只无用而孤独的斑鸠。后来，我把那只斑鸠也纳入了范例：它用一辈子的力量在发出声音。因为这句话，此后每次听到它的鸣叫时，我都心怀愧疚，好像无形中侮辱了它，伤害了它。对于林山泉，由于我不了解，始终无法为他写下一句精准的悼词。这是一种遗憾，但也很宽慰，我没有伤害到他。

后来，我才知道，我绞尽脑汁创作的悼词没有助林山泉一臂之力，反而给他帮了倒忙。这个结果我是从邱桂芳那里听说的。好长一段时间，我都没再去过他们的店里，这期间，我偶尔从那里经过，朝店内扫描一眼，每次所见都是空空荡荡的。我推测他们的生意并不怎么样，结局可想而知。有一天，于我也是空闲的一天，百无聊赖之际，我接到了邱桂芳的微信，莫先生，有空下楼坐坐不？我应邀下楼，广告店的现状让我有些吃惊，几台电脑全不见了，广告打印机也给搬走了，只剩下一张孤独的茶台。邱桂芳坐在她惯常坐的椅子上，正用一块暗红的揩布擦拭茶台。她的脸色很平静，看不到丝毫波澜，见了我，微微点了点头。电热壶里的水开了，醒茶，冲泡，把茶奉给我，整个过程都是默默进行的。

店内的空气有些凝滞。我很想问问她这是怎么了，就怕问到人家的伤心处。也许我所见的败颓不是真相，他们要搬迁到别的地方去。一杯茶入口，她很快给我斟了第二杯，好像有些迫不及待要把这待客的礼数完成。泡的是绿茶，有些陈了，茶汤偏浊，杯底还能见到一些沉淀的微尘。莫先生，您对您写的悼词是不是很自信？她放下茶海后若无其事地问。我像脑袋上挨了一记重锤，不疼，但足够让我发蒙。我怔怔地看着她，听她话里的意思像是要兴师问罪，又像是真诚地同我交流撰写作悼词的经验。在没有摸清楚她的意图之前，我什么也不能说，既不能解释，更不能替自己辩护。

您知不知道您写的悼词并不那么受欢迎？她问出了第二句话，随之目光锥子似的盯着我。

我听出来了，她这是在打击我，贬损我，甚至诽谤我。在我看来，事实恰恰与她说的相反，我创作的悼词受到客户普遍欢迎。即便当时有个别地方不满意，但经我修改润色后，他们再无话可说。这几年，我靠着撰写悼词糊口，且偿还了债务，这是最好的证明。除此之外，我也拿不出更有说服力的证据了。悼词这玩意儿，不可能有售后服务，也不可能进行满意度调查。正因为如此，我没有足够的底气去反驳她，也不想同她争辩。

也许吧。我说。

我就知道您是这种态度。她的目光没那么凌厉了，好像软弱了下去。随后，她告诉我，林山泉让我帮忙写的那篇悼词，被死者的亲属当废纸给扔了。那个死者是蓝总的父亲，那个蓝总是他们要发展的客户，之前我在他们店里见过他。我记起来了，在我把那篇悼词交出去后的某天，林山泉给我打过一个电话，我摁下接听键后，他却一句话也没有说，静默一会儿后就把电话挂断了。我当时觉得莫名其妙，只是没有朝这方面去想。

莫先生，您以后写悼词还是要慎重一些，不要信笔而来。她忠告我。

她的情绪有些激动，声音都扭曲了，冲撞进我的耳朵时挟带着一股野蛮的巨力。紧接着，她为了堵住我的嘴，不容许我辩解，哒哒哒地向我射来一长串话语。

您把一个恶棍美化成流芳百世的圣人，您不觉得这是莫大的讽刺吗？

草鸡就是草鸡，死了也是草鸡，死了也不可能变成凤凰。

这是对死者的不尊重，死者有知也会无地自容。

死者正以恶棍而自诩。

我的前夫就是个恶棍。她愤怒地盯着我，眼眶内火光闪闪，好像我就是那个恶棍，他的悼词就是您写的！

这叫我有些目瞪口呆了，我还能替自己辩解什么呢？我被曾经的客户指着鼻子臭骂了一顿，不，她是戳着我的脊梁骨在谴责我。这不是我的疏忽，在经年累月的悼词写作中，我千篇一律抹去了死者的恶行，把他们变成了一个干净的人，一个高尚的人，一个荣耀的人。在邱桂芳跟前，我成了另一个被诅咒的恶棍。她受到她前夫的伤害，那简直是一定的，否则她也不会如此义愤填膺。

好了，明天，明天您就解放了，明天我会彻底拆除广告牌。她几乎咬牙切齿地说。

十一

穿过香樟树与香樟树之间的空隙，我看见对街黄金首饰店金灿灿的招牌，两行竖排的字迹仿佛从天而降的巨人：钻石恒久远，一颗永留传。紧挨着它的是家服装店，招牌走的不是首饰店气宇轩昂的路线，而是都市丽人的风范：最美　最靓　最高贵　最典雅，每个字都足够妖娆。还有名为第一夫人的婚纱摄影店、婴儿用品店、鞋店、蛋糕店……它们构成了一道亮丽的风景线。每当我站在窗前，内心总有一种不可遏制的感动，这就是我生活的人间，我向往的人间啊。曾经为了获取创作悼词的灵感，我一遍遍欣赏它们，从它们身上找到那个让我内心沸腾的热点，把它转嫁到悼词中。我不是为死亡撰写悼词，而是为活着而歌唱。

广告牌被彻底拆除了，我的房间无比亮敞。

生命的幻灭何尝不是另一种开始？

我曾为林山泉和邱桂芳惋惜，一次创业就这么夭折了。我记得那天邱桂芳指挥工人拆除广告牌时的情景，她站在香樟树的阴影里，仰头看着天空，阳光透过香樟树叶，在她脸上印下一块光斑。完事后，她冲我做了个OK的手势，此后，我再也没有见过她。

广告牌拆除后的那段日子，我几乎处于真空状态，其实当时我已经失业了，只是还不知道。趁着空闲，我又去了一趟仙姑寺，找到了住持静尘法师，请她帮忙劝说妻子下山。静尘法师行了个合掌礼，道了声阿弥陀佛，她的尘缘已尽，施主就别勉强了，还是请回吧。

从仙姑寺回来的第二天，我接到了蒋知初的电话，他照例询问了一番我的近况，还问到贾小沫怎么样。我回复我的情况时，还是此前N次使用过的那种腔调，那种轻描淡写的语言。说到贾小沫时我迟疑了一下，最后还是把她给她丈夫写悼词的事告诉了他。电话那端哦了一声，大概蒋知初也愣怔了一下。过后，我听到的都是一些不着边际的话，不知他要说什么。这是一个过渡。后来，他才吞吞吐吐告诉我，殡仪馆已经开始给客户提供撰写悼词的服务，往后再也不能给我介绍业务了。我感受到了他说这番话的艰难，为了让他释怀，我回答得尽可能轻快一些，我感谢他这么多年对我的帮助，请他不要担心，最困难的时期已经过去，我会尽快找到别的工作的。活人不会被尿憋死，车到山前必有路，总之，我会有另外的活路，会有另外的活法。

贾小沫似乎没有发觉我失业了，仍旧按照惯有的节奏上我这儿来。她给我买来水果，打扫卫生，让屋子里始终维持着家的形象。我适应了她的存在，对此还有了些许依赖。开门时，我会说些简短的话来欢迎她，你来了，或者进来吧。她干活时，我就站在客厅的窗户前，朝外张望着。香樟树的树龄快二十年了，树冠冲到了三四层楼的高度。风吹进屋里来，携带着香樟树特有的香气。有一天，从香樟树繁茂的枝叶间突然传来斑鸠的轰鸣，咕咕，咕咕——咕，好像一种特别的鼓声。我循着声音搜寻过去，可是香樟树叶太茂密了，总也找不见它。我挪动了一下位置，变换了一个角度，所见仍是香樟树叶。贾小沫不知什么时候也跑了过来，隔着防盗网朝外打量。您看，在那儿。她小声告诉我，因为这个发现，她的脸蛋一片酡红。我顺着她手指的方向看过去，终于在香樟树叶的缝隙里看到了那个不知疲倦的歌手。它的身体被香樟树叶遮蔽了，只露出一颗小小的脑袋，摇来摆去，好像也在探寻着什么。

我们并肩静立在窗前，被那喜悦的歌唱所包围。而在下一刻，贾小沫突然抱住了我，她的双手穿过我的腋下，十指交叉，搂住了我的胸部。她身体上的热量洪流似的奔向我，温暖着我的背部，并迅速向我的全身扩散，我的身体热烘烘的，好像被暖阳照耀一般。

有一天，她干完活后见我站在窗前，将我拉到沙发上坐下。

她静静地看了我一小会儿，然后才说话，您得帮帮我，我一个人都应付不过来了。她的表情挺认真的，好像迫切希望得到我的帮助。她仍旧经营着同她丈夫一块创办的足浴城，同时还得照顾一个六七岁的孩子。我知道这有多么不易，仅凭一个单身母亲的力量。我也体会到她的良苦用心，她这么说是为了照顾我的面子，维护我的尊严。她需要帮助不假，而我也的确需要一份稳定的工作。

我答应了她。在去足浴城上班之前，她提议让我见见她的孩子。她说得小心翼翼，可还是刺疼了我。这种疼是发生在内心的，我尽可能表现得正常一点，不让她有所察觉。她似乎在谋划着未来，而我的内心也像有什么东西被她唤醒了。在她的安排下，我见到了那个叫元元的孩子，他是个健康的小男孩，圆脸，眼睛很大，睫毛很长，有点女孩子的气质。我同他单独相处时，他一个劲地眨巴着眼睛，莫伯伯，我有个问题。我说，你问吧。他的表情忽然严肃起来，郑重其事问，您是不是爱着我妈妈呢？

瞅着他专注而天真的模样，我不由自主笑了。事实上这是个不好回答的问题，爱与不爱，好像都不是此刻该有的答案。我拿手刮了一下他的鼻子，我是喜欢上这个男孩了。

他没有躲避，反而更加严肃起来，老师说做什么事都得认真。

你的老师说得对。我附和说。

同元元见面后的第二天，我来到了足浴城上班。足浴城的规模不小，面积有五六百平方米。我什么活都干，会计、保安、清洁，有时还得维修一些损坏的小物件，比如水龙头什么的。我早上八点上班，晚上让贾小沫先走一步，去照顾元元，而我会守到凌晨一点，足浴城打烊才下班。有一天，贾小沫暗示我，想再要个孩子。我没有明确答复，只是用手抚摸了一下她的脸颊，而后亲吻了她一下。后来，她再也没有提起过此事。

日子风平浪静了。有时，我一个人独处时，免不了会胡思乱想，如果女儿没有遭遇厄运，我们一家的生活会是怎样的呢。这是一种谵妄的幻想，始终断绝不了。后来，记忆慢慢被琐细的日常风化、瓦解、掩埋，什么痕迹也没有留下。在这种日复一日的平静中，某一天，我忽然接到邱桂芳的电话，她的声音有着我曾有过的悲痛，一定是有什么重大的事情发生了。

他走了，她呜咽着说。

她说，您答应过他的，他的悼词由您来写。

帝　师　街

楔　子

万承风，字和圃，江西义宁人。乾隆四十六年进士，选庶吉士，授检讨。直上书房，侍宣宗读。六十年，典试云南。时仁宗在潜邸，赐诗宠行。累迁翰林院侍读。……嘉庆十七年，引疾归，寻卒，入祀乡贤祠。宣宗即位，追念旧学，赠礼部尚书衔，谥文恪。道光十二年，晋赠太傅，子方楸等加恩有差。

——摘自《清史稿·列传一百四十一》

一

常州亥市《关于更改新城区街道名称的报告》摘要：一经路更名为承风路，二经路更名为散原路，三经路更名为濂溪路，四经路更名为九九路，五经路更名为阜西路；一纬路更名为宁红大道，二纬路更名为义宁大道，三纬路更名为山谷大道，四纬路更名为秀水大道……

帝师街

不知何年有凤凰栖于临水的山头，山就叫了凤凰山。山下有水，水往南流，先入鄱阳湖，再入长江，环山涌流，春涨秋落，像个调皮的小儿，岁岁都不消停。有山，有水，就有人择此而居。唐贞元十六年，山下筑起了县衙，称常州亥市。当下幸存的古城不一定是当年的旧址，本城的文史爱好者爬罗剔抉，穷极考证，终究不是名城大埠，得到的不过片纸风传，几无定论。一千二百多年间，常州亥市发生过多少轰动的大事件，远的不说，就说晚清，太平军经一口古井挖掘隧道，用棺木装填炸药，炸塌城墙，发生过骇人的屠城事件。抗日战争时期，常州亥市遭遇日本鬼子的飞机轰炸，为便于疏散，居民自发拆毁了残存的城墙。

常州亥市本是鞋楦之地，到二十世纪九十年代末，旧城区好像凤凰山垂下的一只巨乳，眼瞅着要被急遽膨胀的人口给挤爆了。为缓解紧张的交通状况，引流人口，城西头新建了一座跨河大桥。新桥南端的引道同省道呈"丁"字形连接。引道西侧，省道同水流之间的夹隔地带，大约六平方公里的土地，被规划成常州亥市行政中心区域，心脏肺腑之地。先前这里大部分是茶园，规划出台前，茶厂本来要死不活了，谁料想峰回路转，柳暗花明，成堆的银子从天而降，至于那珍贵的老茶树宁州小种，再也没那个心神去眷顾了。茶厂的人们欢天喜地，连茶园里的临时建筑都摇身一变成了皇亲国戚，陡然间添增了许多贵气。补偿到位后，茶树被悉数挖走，或被泥土埋葬。建筑物被推倒，山包被铲除，坑洼被填平。空气中到处弥漫着清新的泥土气息。土是黄土，色彩旖旎，带给人们的视觉冲击力新奇而躁动。

路网铺开时，人们对新城区的憧憬也随之打开了。一条条宽阔的水泥路纵横交错，划出无数巨大的网格。没人敢怀疑这不是幅大手笔。当一个个网格被崛起的高楼占据时，原本宽敞的街道好像被人砍去了大半边，瞬间逼仄不堪。一条畅通无阻的道路被无数十字路口砍断，一节节地，好像一只受伤的行动迟缓的百足虫。人们不能不疑心，这个规划者可能是豆腐西施的后代，从豆腐西施那里继承了划豆腐的手艺，照葫芦画瓢规划了新城区。那一个个住宅小区都成了低矮的豆腐块，间或冒出来的高层建筑好像羊肚菌一般，这儿一竖，那儿一杵，毫无规律地散落其间。

　　如何给众多街道命名倒不是个难题，规划者没有为此而烧脑，从一经路、一纬路开始，到二经路、二纬路，如此递延下去，纵使有再多的街道，每条街道都会分配到应得的名字，谁也不会落下，无非先来后到。这种偷懒的做法可能招致了一些非议，不久一批崭新的名字应运而生，诸如北京路、上海路、南京路，取代了之前数字加经纬构成的路名。常州亥市处于群山包裹之中，这种以大都市来命名街道的做法俘获了不少年轻人的芳心。可惜第二代名称也没能存活多久，又夭折了。

　　新桥引道西侧第一条南北走向的街道，最初叫一经路。这条街道规划时并不贯通，中间被一个叫新城花园的住宅小区阻断。新城花园是新城区最早修建的住宅小区，被命名为迎春寓的一期工程竣工时周边还是漫漫黄土地。开发商是几个温州人，不知哪根筋搭错了，迎春寓的楼层内高还不够二米八，被看房者戏称为侏儒房。房价足够低廉，接近成本价，仍鲜有人问津。可能是为了让开发商挽回损失，经过默许之后，温州人在迎春寓西边开发了二期工程，叫百合苑。至此，新城花园硬生生被劈成了两半，好像一经路刚刚张开的两瓣叶子。百合苑的楼层内高比迎春寓高十厘米，可依然没有达到当地人习惯的高度，楼盘卖得不温不火。这是个招商引资项目，眼看温州人要铩羽而归，市政府不得不出面，点将财政局和税务局，发动干部团购，才勉强消化掉。百合苑的南边，一街之隔的另块土地更是命运多舛。那里先前是石英厂，研发了多年石英粉，据说是静电反应没法解决，一粒石英粉也没卖出去厂子就倒闭了。石英厂的旧址上筑起了高楼，某个商人雄心勃勃要创办私立医院，结果胎死腹中，新楼易手，进出那里的人们都穿上了印有第二人民医院字样的白大褂。

被迎春寓与百合苑挤压的这条街道，好像一把狭窄的刀片，刀身不长，不过六七百米。随便站在哪一端，一眼便能望到尽头。特别是街道两旁的建筑崛起后，越发见得其扁而薄，好像是个易碎品，落地即折为几段，哪一段都难超过两百米。它被命名为一经路，像是反讽，又像是命名者的自嘲。后来的更名更是坐实了这一点。一经路的名称仅仅保留了一年多，很快被改为南京路。南京路更是短命，不出几个月，又被改口唤成了承风路。这"承风"二字是有来历的，出自常州亥市历史上的文化名人万承风的名字。史志上有记载，万承风曾在白鹿洞书院读过书，是清朝道光皇帝的老师。这段记载源于《清史稿》，编撰市志的人只不过当了回搬运工。一条断刀片似的街道，无非引车卖浆者流往来其中，哪里配得上这么个儒雅的名字？真不知命名者的依据何在。如果硬要帮它找点儿来头，街道的南端倒是有个中学，不是一般的识时务，一经路更名为承风路后，它前脚搭后脚改弦易帜，在校门口竖块威风凛凛的大石头，上凿四个字：承风中学。

那一日，耿小善可能吃了不干净的食物，拉肚子，耿初春夫妇俩抱着儿子上第二人民医院就诊。那是他们全家三口第一次进入承风路。耿小善痊愈后，耿初春夫妇俩才有心情领着孩子去逛街。那一年，耿小善六岁，再过一年该上小学了。他们仨出了医院朝北走，十字路口立有蓝底白字的路牌。耿小善好奇，问，那上面写的啥字呀？他母亲吕瑞香指着路牌一字一顿说，承—风—路。为啥叫承风路呀？耿小善接着问。这一问把他的父母给问住了。而后，吕瑞香留了个心眼，背着孩子询问了几个路人，都没能得到确凿的答案。后来，在某家茶叶店前遇到一长者，长者下巴下吊着一绺半白不黑的胡须。万承风知道不？！他可是道光皇帝的老师。长者说话时眼睛瞄着天，胡须也朝天翘起，像擎着一把小扫帚。

吕瑞香给羞臊得耳脸通红。

咱们家要住到这儿来，小善要到这儿来上学念书。讪笑着告别长者后，耿初春几乎喊叫着说。

为啥呀？吕瑞香问。

女人家头发长见识短，这万承风给皇帝老儿当老师，那得有多少能耐？！这儿可是帝师街，我儿要是在这儿念书，再不济，无非比皇帝老儿差那么一点点。

吕瑞香窃笑。

你笑啥？

吕瑞香附在耿初春耳边说，就怕你下的不是龙种。

老中青发屋

忆起第一次来到帝师街的情景，耿初春的内心止不住像被剃刀一刀一刀活剐似的剧痛。这种剧痛往往是突袭式的，没有任何先兆。它似乎寸步不离地躲藏在他身后，或者隐身于某个暗黑的角落，像只秃鹫似的眼睛一眨不眨盯着他。它变色的伪装始终叫他无法防范。顾客离开，老中青发屋空寂之时，或者夜深人静，都让它有机可乘。它猛然从藏身之处蹦出来，用那锐利的爪子扑击他，他体内好几个地方好像地陷般塌陷，爆炸出那种山崩地裂的巨响。

每当回忆侵袭，他便在接待客人的那张转椅上坐下，头枕靠背往后仰，闭着眼，任由过往一幕幕在脑海里播映。在别人看来，他是在假寐，是偷空打个盹。他情愿别人误会他。闭上眼睛的那一刻，时间像被谁踩紧了刹车，将他推入了缓慢的黑洞之中。在那里，时间是倒流的，回忆也是倒叙的，一步步朝记忆深处滑行。两年前，吕瑞香遭遇了车祸，在距离老中青发屋不到一百米远的地方。他的天空意外坍塌了。事发时他正在给一位叫卢大毫的老主顾理发，没有目击那灾难性的一幕。他用剃刀给客人修脸，当剃刀走过客人的鼻梁时，刀口红亮了一下，像是把客人的鼻梁给刮破了。他收回剃刀，拿指头在刀口上拭了拭，指头上没有沾染血迹，只有一绺茸毛和皮屑混杂的颜色混沌的污垢。再看看客人的鼻梁，好端端的，因刚被刮过而显得光滑无比。这是从来没有过的怪事，他可能发生幻觉了。后来这种幻觉一直困扰着他，有段时间，以至于一拿起剃刀就莫名心悸。

事发地在帝师街同义宁大道相交的十字路口。这个路口有些邪门，几乎每个月都有车祸发生。熟悉这个地方掌故的人说，十字路口那原是个山包，山包上是个坟场，坟摞坟，坟压坟，不知埋葬了多少死魂灵，肯定是那些野鬼幽灵在作祟。对这个说法，听的人半信半疑，十字路口事故频发是有原因的，这里没有红绿灯，且总有人爱在义宁大道上飙车，特别是半夜里，飙车的噪声有如飞机轰鸣。若果真有鬼魂，怕是早给发狂的车辆给惊走了。

吕瑞香每天至少要四次横过义宁大道的斑马线。她在第二人民医院当保洁员，对这份工作，耿初春自始至终都是不赞同的。

她完全可以在他的发屋给客人洗洗头，做些杂事，不必到街对面去挣那个辛苦钱。况且当保洁员的收入不高，一个月才两千多一点。她宁可让他雇请陌生的女孩来帮忙，而那个女孩子的收入至少是她的两倍。唯一的好处是，她方便接送耿小善，早上将他送到校门口，再折回医院上班，放学时她从南门出医院，穿过马路便到了那块刻有"承风中学"字样的石头跟前。

他无法说服她，她爱使些小性子，像条调皮的小鲢鱼，时不时会蹦出一簇簇小水花。他偏偏喜欢这簇小水花，欢喜得要命。她选择去医院当保洁员，可能就是有意撩给他看的一簇水花。起初，他放弃去广东，决意将发屋开在帝师街，她很不乐意，但还是依了他。她同他是在东莞长安镇认识的。他在她上班的工厂附近开了家简陋的发屋，她上他那做头发，一来二去就熟识了。他在珠江三角洲浪荡了好多年，刚一安定就遇上了她。要不要同她发展下去，那时他很犹豫，犹豫的原因是先前的生活还在影响着他，叫他如浮萍在水，不得心安。他开张发屋，是想将自己从往昔的阴影中挣扎出来，拯救出来。他没别的手艺可干，他父亲是在乡村奔走的剃头匠，小时候就教过他怎么拿剃刀。他父亲的手艺没的说，一招一式，都是父亲的师父用鞭子一鞭鞭调教出来的。剃头的手艺他也学得不赖，全得了父亲的真传，特别是刀功，一般的理发师是没法同他比拟的。在他七八岁的光景，他父亲宁愿牺牲那张老脸，逼着他给他修面。他父亲的头皮、脖子、下巴，被他刮破过无数道血口子，但这种代价是值得的，他剃头的手艺眼见得青出于蓝而胜于蓝。他父亲幻想他继承衣钵，可村子太小，容纳不了两个剃头匠，年轻人不是奔广东，就是去浙江。他是有些热血的，跟着闯荡去了，天下之大，又何止浙江和广东。东边一年，西边半载，年年居无定所，他很快厌倦了那种漂泊的生活，这才想着要在某个地方扎下根来，过上同别人一样饭饱茶暖的日子。最终，他抑制不住她对他的吸引，对她的渴望，豁出去了，把她给逮住了。当年底，他们结婚了，婚后他照顾他的理发铺，她仍旧在工厂上班。后来，她生下了耿小善，孩子周岁后就托付给了他奶奶，他们依然手挽着手回到了南方。

或许来到帝师街时，她冥冥中有种不祥的预感，只不过没有说破。他很后悔，为啥没有听她的，如果不到帝师街来，厄运就不会发生了。要知道，他们一直都是顺风顺水的呀。也许真有那么一位帝师在暗暗护佑着他们。他最初租赁的店面在迎春寓的西门边，面积不大，仅十多个平方米，店面的主人是个爽快人，很厚道，三言两语就谈妥了租金，甚至都没收他的押金。在他的印象中，收租婆可不是好对付的角色。在东莞时的那个房东是个戴着粗大的金项链、镶着金牙、抽烟的肥胖中年女人，隔三岔五会闯到店里来转一圈，生怕他偷走了什么似的，遇到他忙不过来时，她总是用带着妒忌的语气警告他，下个月要涨租金，不然就得滚蛋。瞧她那神情，好像他是她养着的一只鹅，随时随地准备挨刀子。有了对比，便增添了幸福感，毕竟是帝师街呀，同别处相比就是不一样。店铺的内在空间很高，他雇人浇筑了水泥楼板，楼下是他的工作室，楼上住人。唯一美中不足的是不能装扶梯，只能用竖梯爬上楼。这也不碍事，耿小善上下楼梯都很自如，不需要人照顾，他们更不必说。

帝师街的两侧栽有香樟树，花开时通街都是馥郁的香气，秋天里香樟树籽成熟了，惹来无数鸟儿，特别是傍晚时分，那种叽叽喳喳的鸟雀声简直把帝师街给闹翻了。耿初春有时会搬张折叠椅，在香樟树下坐会儿，抽支烟，没准还会眯会儿。这种悠闲的时光屈指可数，更多的时候连吃饭的闲暇也没有。他的剃刀在为他赢得巨大声誉的同时，还赢来了撵都撵不走的庞大的顾客群体。在帝师街，他的手艺得到了那些古稀耄耋之年的老人赞美。那些爱剪板寸的中年男人也青睐他的手艺，他们来时往往三五结伴，一个下午全给霸占了。最见功力的还是剃婴儿头，婴儿的皮肤吹弹立破，粉嫩得不行，手腕稍有不稳，剃刀便会见红。这种败风景的事还从来没有发生过。第二人民医院的妇产科医生都知晓他的绝活，不知免费给他做了多少广告。那些刚做妈妈的年轻女人带宝宝来老中青发屋理满月头时，得提前预约。有人好奇他的刀功是怎么练成的，他透露的秘密是，做学徒时把自个的大腿当成顾客的脸，不知刮掉了几层皮，手艺就是那样一刀一刀刮出来的。

老中青发屋要扩张了，至少地盘上得宽敞些。附近间或有铺面转让的，要么租金不合算，要么转让费高得离谱。在新城区，帝师街是繁华地段，铺租水涨船高，一年盖过一年。待到第三年，他才逮住机会，将老中青发屋挪到了迎春寓的西南角。帝师街的地势北低南高，新铺面的高度不够，起不了阁楼，面积倒是增加不少，租金也翻了个跟头，这是无法承受之重。他便招聘了两个人手，一位理发师和一位洗头工。刚开始来应聘的人走马灯似的，今天来明天走，一个都没留下，不是不想挽留，实在是人不中意。后来，来了个驼子，外表不入目，有几分憨巴，搭话时他便有些轻视，不想驼子却是个有些硬气且很自尊的人，几乎让他下不了台。那会儿正好是个空当，前一个应聘者刚走，权且将驼子留下来试用几天。驼子明显憋着口气，同他几乎不说话，同顾客倒说得来，顾客拿他的驼子说笑，驼子也不生气。叫他走眼的是，驼子的手艺不在他之下，甚至比他的路数更宽泛。处了个把月，他同驼子的关系缓和了，驼子也不记仇，是个极好相处的人。驼子姓郑，单身，定下来后，就把发屋当家了。

他很快体会到郑驼子的好处。早上，郑驼子总是先一步到发屋，离开得也比他晚。有时他有些琐事要处理，外出也不必关门，郑驼子会把顾客侍候得妥妥帖帖的。不知不觉间，他的内心像香樟树似的生出了许多条根，想要扎进帝师街的土壤里。这种无形之根一旦伸出了触须，再也倒不回去，而是要在物质世界中变化成某件具体而有形的事物。变化之一是住宅，他在迎春寓买了套二手房，房价不高，把几年的积蓄全给搭进去了。翌年，又长出了第二条根，他在对街买下了间铺面。他动用了他的一笔秘密资金，这笔资金是他认识吕瑞香之前隐藏下来的。两处房产都办在吕瑞香的名下，她质问他哪里来的钱，他解释说向朋友借的，加上银行的按揭贷款。吕瑞香当即忧心忡忡起来，欠了这么多钱，该咋还？他安慰她的理由很简单，现在的房子商铺可是比皇帝的女儿还俏，到时候还不上干脆卖了，还能赚上一大笔呢。

是他害了她，若不是他那么武断，固执己见，那么……回想这些，他是拿剃刀在自残，在自我戕害，那把锋利的剃刀一刀刀划在他的心坎上，刀刀见血。在帝师街落户，他付出的代价太惨痛了。如果这是她用生命搅起的一束水花，实在是太残忍了，叫他不堪目睹。他绝望地紧闭双眼，可是无济于事，她立刻活生生地站到了他面前，那么忧心忡忡的脸，那么忧心忡忡的目光。他不敢轻易走出发屋了，只要出了门，站在香樟树下，忍不住会朝十字路口张望。他是多么渴望她会从那边走过来，像往常下班一样。如果能够替代，他情愿代替她死去。一段浑浑噩噩的日子过后，他暗自决定要离开这儿，离开这个伤心之地。当他将想法告诉耿小善时，后者正上小学六年级，已是一个十三岁的少年。

您是说把妈妈一个人撂在这儿？耿小善抬起一张略显苍白而过早忧郁的脸向着他。

他被儿子的话给击哑了。

恍惚片刻后，他捉紧儿子的手，横过承风中学门口的斑马线，往帝师街回。人们看见的只是他们父子俩走在帝师街的人行道上，看不见的是一个叫吕瑞香的灵魂正同他们俩走在一块儿。

后厨小娘

后厨小娘不像一家餐厅的名字，更像是某个女人另类的芳名。这类名字绝不是女人自诩的，大概率拜男人所赐。乍一听如同"牛仔女郎""太平公主"之类，细细品哂，究竟几个意思，不是完全能拎得清。有点像自虐，自个给自个扣顶碎花小帽，又有点像鄙夷，不拿她当个正经女人来看待。还有点小赞美，小喜欢，小风骚，是对她的容貌，对她的小性情，没法子形容，才琢磨了这四个字。最后一点可能是从内心抽穗出来的，像禾本科植物的穗状花序。

这恰恰是贺晓丽给自己餐厅起的名字。我的地盘我做主，自己的餐厅自己命名，不是天经地义，起码理所当然。别人再怎么智慧，再怎么有学识，又怎能把名字起到主人的心里去呢。

后厨小娘在百合苑东门的北边，中间地段。餐厅由三家铺面打通，合为一体。名字想好后，她请人刻了块小匾额，魏碑，黑底绿字，镶在门框的正上方。之所以镶，不是挂，是有着永久的打算，有着孤注一掷的决绝。这是她的死地，也是她的生地，甚至是她的归宿地，外人是看不出门道的。匾额之下是扇仿柴门，临街的落地窗外吊着花篮，花篮里是蝴蝶花、太阳花一类的低矮的草本花卉。窗玻璃上贴有窗花，主要是阻挡街上行人往餐厅内打探的视线。落地窗下放有一个两米长的花岗岩水槽，水槽是从乡下淘来的，先前是用来给猪喂食的。水槽内养着铜钱草，放在这象征聚宝盆。用餐的桌椅都是原木的，餐桌长方形，一桌仅有四个餐位。这种摆设仿佛在告诉顾客，这儿是小众的所在，不欢迎吆三喝四的喧哗。吧台在西南角，这是她给自己留下的位置，进来的客人全都落入眼帘，一个也不会漏掉。楼上是雅间，雅间内的摆设与一楼雷同，只不过有了相对独立的空间。那是给需要隐秘的客人预备的，特别是正处在黏糊期的男女，难免会有不愿意让人看到的，不愿意让人听到的。服务员都是培训过的，点过单，上过菜，雅间就完全交给客人了，没有招呼她们不会主动推门服务。

后厨小娘供应的都是家常菜，小炒小炖，同常州亥市人家里的餐桌没两样。采购的蔬菜也是时令的，什么季节出产什么蔬菜，都是真材实料，菜单与此是同步的。不花哨，不突兀，不让客人花冤枉钱，有的只是温馨的实惠。上这儿来的人多半是回头客，慕名而来的，最终也成了回头客。再来用餐就得提前预订，不然得排队等候。

开张后厨小娘的三个铺面是贺晓丽仅有的资产。这笔资产是个姓刘的男人赠送给她的，名义上是赠送给她，实质上是留给他女儿刘薇子的。她是刘薇子的生身母亲，他没有给她妻子的名分，可她还是让女儿姓了刘。他可能因此感激，也可能是替女儿的将来着想，在刘薇子四岁生日时，把这三个铺面过户到了她的名下。她没有推辞就收下了。她深知他的良苦用心，有些事情是不必说得那样明白的。在她跟前，除了男人对女人该有的必要的交流、肉体和情感，别的话他一句也不会多说。她对他的生活介入得不深不浅，不浅的是他的肉体，不深的是他的情感。她不会过问太多，也不想知道得太多，知道多了又能怎样。他有他的自由，她也有她的自由，这种自由的维系让她有种自如感，有种空旷感，带给她的一半是孤独，一半是惬意。

在很长的时间里，同她近距离交往的就剩刘先生了。她是在常州亥市旧城区长大的，儿时的玩伴不少，后来的同学更是遍布旧城区的角角落落。先前是她抛弃了他们，不管是用功念书的，还是整日在巷子里疯疯癫癫的，他们都不是她的同路人。她的同路人是谁，她自己也不太清楚，至少刘先生不是。正因为她同刘先生的交往，身边仅剩的几个亲近的人一个个都走掉了。她在她们眼里是个堕落的异类，同她在一块只会让她们蒙羞。她们肯定是这样以为的。其中的三几个，经过失败的婚姻之后主动同她联系，试图恢复她们曾经的友谊。她在电话里还不至于那样冷淡，如果约她见面，会找个理由委婉地拒绝。碰巧在哪儿撞见了，她的冰冷就倾盆在脸上了，幸好她们还算识趣，没有过多的纠缠。她们在她背后会说些什么话，大体上她能猜得到。她是她们的敌人，是她敌人的同类。同她交朋友，她们本就犯了方向性的错误。她不会怜悯她们，她这儿不是垃圾桶，不可能收留她们，也没义务没空间容纳她们。

同家里，她也是断绝了来往的。她的父母尚在这世上苟延残喘。还有两个哥哥，一个在牢房里蹲过三年后，经常醉倒在小酒馆里，另一个成了郊区火葬场的守门人，成天猫在一间不足十平方米的门房里。大约从初中开始，她同他们就无话可说。她父亲是从乡下进城来的，刚开始在市工艺美术厂当学徒工，整日累成狗，工资却少得可怜。这学徒工不是谁想当就当得上的，她父亲倚仗了一位亲戚的关系，才捡拾到别人施舍的这么块鸡肋。谁曾想鸡肋的后面跟着只瘦鸡腿，她父亲居然分配到了两间公租房，是一栋破祠堂改造的，那么窄小的空间安顿了五六家人。两间房中临巷的那间有扇小窗，另一间黑咕隆咚的，身处其中，仿佛不像在人世。厨房设在天井里，没有卫生间，各家都用便桶。有了鸡肋和瘦鸡腿的光环，她父亲再回村光荣得像颗太阳，把所有待嫁的姑娘的眼睛都照亮了。懂事之后，她认定她母亲是她父亲诓骗来的，如果他还在村里，她母亲即便是个瞎子也不会看上他。她父亲在娶了她母亲之后，好运算是走到头了。她的第一个哥哥出生不到半年，市工艺美术厂破产了，树倒猢狲散，各人奔各人的前程，谁也顾不上谁。她父亲拎回来半麻袋各式各样的木梳子，她得到过一把，上面刻着女人的头像，只是自始至终都不知道刻在梳子上的女人是谁。

　　失业后，她父亲都干过些啥，她们一家是怎么活过来的，这些都不是她探究的问题。从记事时起，她母亲在菜市场搭了个雨棚，踩着缝纫机，给人缝缝补补。她母亲是有些容颜的，后来也遗传到了她身上。她母亲生下她后，把她也带到了菜市场，一边给人缝补衣服，一边哄着她。在她八九岁时，她父亲总算干了件有意义的事情，将临街的那间房一分为二，有窗子的半间分给了两个哥哥，她住的半间夹在中央。从那以后，她开始了由黑暗的音乐伴奏的生活，偶尔从木板的缝隙中漏进几缕微弱的光线的那边，两个哥哥经常举行盛大的武林大会，勒袖揎拳，棒打棍飞，没得片刻安宁。每当夜晚，在另一边，从她父母的房间里传出来的声响极为复杂，先是有老鼠爬出洞口时窸窸窣窣的脚步声，接着床板嘎吱一声响，像是谁在驱赶老鼠。老鼠是惯犯，压根不惧怕这种虚张声势，反而示威似的吱吱叫喊起来。奇怪的是，床板也应和着欢叫，同老鼠玩游戏似的，一唱一和，像是比谁更有节奏。发展到后面，她听见了她母亲的叫声，被她父亲掐住脖子的挣扎声，最后是几声哀号，她母亲一定是被她父亲掐死了。她吓得埋进被子里，大气不敢出。结果，她的父母一次次欺骗了她，在这场旷日持久的战争中，他们谁也没有死去。后来，她意外地发现了他们的伤痕，有次她父亲穿着裤衩在天井边洗澡，他的肩膀伤痕累累，背部更是惨不忍睹，好像被猫给抓挠得花烂了。而她母亲从黑暗中走出来时，总是一脸满足的倦容。

她仿佛生活在一幕无休无止的闹剧中。她的内心不可遏制地长出了与青苔类似的植物。她在巷子里行走时，目光尽可能不落向墙根下，每次看见青苔她的嗓子眼里就生出难挠的异物感。那样的巷子她是不喜欢的。旧城区多的是弯弯曲曲的古巷，羊肠似的，窄细、潮湿，像是隐喻她所在的世界。她不愿被围困在那种不见天日的牢笼里。上学的第一天，即是她逃离的开始，像有人在背后拿鞭子驱赶着她，又像内心有根无形的绳子，被拽扯着没头没脑往外走。那天放学回来的路上，她父母没有接她，她迷路了。记忆中，她好像半点也不惊慌，甚至遐想，要是真回不去该多好。往后散学，能多晚回她就赖到多晚回，那时的巷子已被暮色吞没，拐个弯，又拐个弯，到头来还得回到那个破败而黑暗的所在。初中二年级时，她同几个女同学逃跑过一次，那注定是无望而夭折的行动，身无分文，能走多远呢。高中上到一半，高二的第二个学期，她终于逃学了。有段时间，她同父母捉迷藏似的，想方设法躲到他们找不见的地方。有时不小心碰上她的两个哥哥，他们也懒得管她，顶多瞟她一眼，然后各走各的道，谁也不碍着谁。她同几个姐妹一块租了房，同寝同食，总能找到一些办法来应对当时存在的困难。那是她度过的最有意思的一段时光。三四年过后，她们就散伙了，各奔前程。二十二岁时，她在工作过程中有过一次再正常不过的相遇，这次相遇改变了她后来的大半生，也让她彻底从巷子里逃脱了出来。这次相遇意外地结出了一颗非正常化的果实，这颗果实有可能她一辈子都啃不完，即便啃下去了，一辈子也会消化不良，可她是心甘情愿的。

那一年，她在某家房地产公司当售楼小姐，遇上了刘先生。

二

本报讯　10月28日8时30分许，常州亥市警方接到事主报警，称在承风路某珠宝店内部分珠宝被盗，价值人民币100多万元。接到报警后，警方立即成立专案组展开侦查。

"利剑2010"专案组深入调查发现，在28日凌晨3时许，一名身穿黑色上衣、戴黑色鸭舌帽、墨镜及口罩的可疑男子潜入珠宝店，撬开珠宝柜台，将挑选好的珠宝首饰装进黑色双肩背包，快速离开现场。

此案尚在进一步侦查中。

大亳珠宝店

进入帝师街后，认识卢大亳是种必然，无非是时间早晚的问题。帝师街的人只知有大亳珠宝店，极少有人认识幕后的老板卢大亳，即便他从眼前经过，也没理由将他同大亳珠宝店联系在一起。这店名也让人琢磨，有人怀疑写错了，这"大亳"该是"大豪"，是豪杰之豪，富豪之豪，否则很难说得清这"大亳"有啥特别的含义。有人在城区其他地方见过相同的店名，才知这是连锁店，并非帝师街独有。至于它们腰缠万贯的董事长，一般人是极难得见的。避人耳目或许是出于安全考虑，又或许其人低调，不事张扬。

在内心，耿初春是抗拒认识卢大亳的。这种抗拒的产生只有他自己知道，是他自身潜在的原因，不是卢大亳多么霸道，做过让他极端反感的事情。上辈子他们都不曾相识。如果早点知道卢大毫是大毫珠宝店的老板，他会避着他，如果避不开，也会保持不让对方逾越的距离。待他知晓时，晚了好几步，早已错失了腾挪的空间。老中青发屋开张三个月后，卢大毫慕名而来，此后，每隔半个月左右必定莅临，有时晚点，也不过晚个两三天。他的发型似乎不值得上这儿来，他剪的是锅盖头，头顶一块留着米粒长的薄发，周边则是青光溜溜的头皮，寸草不留。他来享受的可能不是这个，而是修脸，或者挖耳，要不然没法解释。对于这种近乎信仰坚定的回头客，耿初春的服务自是殷勤周到，客人闭着眼，不说话，他也不会打扰他们，精神劲全施展在手头上。偶尔有陪同卢大毫来的人喊卢总，他也不在意，这带"总"的人太多了，不必在意"总"之后的确凿定义。来者都是客，他不会怠慢任何人。

　　有一次，卢大毫来时，耿初春正给别的客人修理，便让他在一旁候着。落座后，卢大毫展开随身携带的报纸，边看报边等待。卢大毫有耐心，耿初春也是慢条斯理，如此过去漫长的一刻钟，才将前一位客人打发走。耿初春留意到今天的卢总好像神情有异，登上那张供客人专用的转椅时嘘了口气，似有话要说，终究未说出口。正因观察到这些，理发师手头的推子和剃刀比平日更为豁达、迅捷，这种心情下客人一般都会不耐烦的，不愿久坐。就快了三两分钟，客人似乎很诧异，用怀疑的眼神瞧了他一眼。还对着镜子转动了一下脑袋，发觉没啥不满意的地方，才起身付了款，一言不发走了。客人忘记带走的那张报纸落到了耿初春手上，那是一张常州亥市晚报，几年前的。他在社会新闻栏目读到一则消息，是帝师街的某家珠宝店失窃了。那会儿，他还没到帝师街来，当然不可能听到此类消息。他的内心痉挛了一下，好像遭受到了某股突袭而至的力量重击。

　　这大概是大毫珠宝店发生的事，帝师街仅此一家，别无二家。

他在大毫珠宝店给吕瑞香买过对耳环，她做保洁员，戴手镯不方便，戴项链又被工作服罩住了，只有耳环不碍事。她干活时耳环会身随影动，金灿灿地一闪，一闪，像是夕阳里水花的反光。他把报纸收藏了起来，毕竟是客人落下的东西，说不定会回头找他要呢。过半个月，卢大毫又上老中青发屋来了，收拾停当后，耿初春将报纸还给了客人。看过这则消息没有？这是我的上家。卢大毫指着报纸上的那行黑体字——承风路一珠宝店价值百万珠宝被盗——对理发师说。他此时才明白，眼前的客人是大毫珠宝店的老板。卢大毫后来还讲道，案子破了，窃贼也抓到了，珠宝却没能追回来。不知窃贼是个粗心的笨蛋，还是太倒霉了，用来装珠宝的双肩背包底部居然裂开了，待窃贼逃回窝藏处清点战利品时，背包里仅剩两只手镯和几枚戒指，其余的珠宝都丢失在逃跑的路上了。警方在电视台和报纸发布通告，让拾到珠宝的市民尽快将珠宝上交警方，概不追责，可响应者寥寥无几，追回来的珠宝不过失窃的零头。盗窃案引发了珠宝店的信用危机，债主纷纷索债，珠宝店的前任老板不得已将店铺转让给了卢大毫。谁知事情还没完，珠宝店的前任老板生意败落后，夫妻间的感情也出现了裂痕，劳燕分飞，好端端的家庭妻离子散了。

在耿初春看来，这个故事是卢大毫有意讲给他听的。说话时，卢大毫始终目不转睛地盯着他，好像他就是那个窃贼似的。当然，他绝不会是那个窃贼，要不然哪里还能在帝师街开理发店呢。他几次想别开脸，可是不能，对方灼灼的目光像是要逼视到他内心那个无人知晓的角落去。他只能像个犯罪嫌疑人那样，强装镇定，洗耳恭听对他的宣判。

人无千日好，花无百日红，世事无常啊。故事的终结处，讲述者没有谴责那个窃贼，只是沉重地喟叹。

耿初春的内心哆嗦了一下，像被尖利之物扎到了敏感部位。他不想再见到讲故事的客人，除非离开帝师街，否则怎能避免相见呢。可刚才买了房，买了铺面，搬走实在是为难自己。他暗暗盘算将客人转交给郑驼子，也使了些法子，客人却不中他的招，每次都神闲气定地守候他。他不能将焦虑放在脸上，只能在心里折腾。他掐算客人到来的日期，总想着那天借故离开发屋。他真的这么做了，有时借口买包烟，故意围绕迎春寓溜达一圈。当他返回发屋时，客人要么在店里等着，要么他前脚刚回，客人后脚就跟了进来。他照样的心平气和，轻手轻脚地侍候客人。客人不知是察觉了什么，还是体谅了他的困窘，自从讲过那个故事之后，再也没有多过话。这该是幸运的，可他依然不能释怀，不想围着他打转。

后来，他为自己找到的办法是去游泳。他出生的村子有条小河，小时候没少在河里玩水。在那些小伙伴中，他是水性最好的一个。他曾幻想自己能像电视上看到的那样，成为游泳运动员。这同他父亲对他将来的规划是悖逆的，在他父亲眼里，他早已是承桃手艺的剃头匠。他下水的地方在新桥下游的不远处，那儿有个河中之洲，洲之西南角是本市游泳爱好者的冬泳基地。从洲上下水，溯游而上，抵达桥墩处，再折回。河流的下游修建了拦河大坝，水是静水，游起来丁点不吃力。他在水里轻松了，什么都不会想，好像内心的疙疙瘩瘩都被水溶解了，带走了。他理想得像条鱼，自由自在，活脱脱一个浪里白条。

每逢客人到来的那天，如果客人上午没来，下午他准会提前泡到水里去。他成功躲过了几次，不用说，他不在发屋时，是郑驼子顶替了他的职责。令他措手不及的是，有一天他在冬泳基地遭遇了卢大毫，他以为对方是特意到河边来找他的，不承想对方也是这儿的常客。来游泳的人几乎没有不认识卢大毫的，有的人甚至隔着水面向他直嚷嚷。再回避已无可能，他只得同卢大毫招呼，反倒惊讶的是后者，耿师傅也在这里呀。耿初春讪笑。两个人说了几句闲话，各自换装下水。耿初春的游泳技能同卢大毫相比，是小巫见大巫，前者勉强算得上熟悉水性，后者才是专业的。无论自由泳、仰泳、蛙泳、蝶泳，还是侧泳、潜泳、反蛙泳、踩水，后者都像是在给前者做示范。耿初春有些沮丧，慢慢地同卢大毫拉开角度，游向另一个桥墩。卢大毫没有跟过来，而是像只贪玩的水鸟似的，在水面上嬉戏。这倒让耿初春难堪了，人家可能不是在炫耀，而是习惯使然，他这么做显见得心生芥蒂。上岸后，卢大毫主动靠近他，两个人朝河而坐，抽了支烟。返回时，卢大毫一直尾随，进了发屋，在转椅上落座，静待耿初春执刀给他理发。结束时，还留了电话，叮嘱说，耿师傅下次去游泳时记得喊声我。

耿初春嗯嗯两声，私下里却对自己说，再也不去河边了。真要禁足，又觉得太突兀，何况恋水的天性还在骨子里作怪。他依然保持原有的节奏，甚至更规律了，每半个月往河边跑一次。每次去，他都没给卢大毫打电话，也从未想过要告诉他。他这时有了宿命的想法，该遇上的，走哪都会遇上。在河边他果真一次次遇见卢大毫，每次见面两个人都要说上几句话，慢慢就聊得多了。他被动地听，被动地说。卢大毫果真经历过游泳专业训练，十几岁时，在省城的训练基地。后来，因抢救一名落水的女孩，把腿部的筋骨拉伤了，没能完全恢复功能，影响了速度，才退出专业游泳队伍。这再次印证了耿初春的悲观，不该是你的，怎么都不会是你的，即便你得到了，阴差阳错也会把你的错掉。他没把话说出来，要是真说出来了，等于在卢大毫的伤口上撒了把盐。他们俩在一块出现的次数多了，在外人看来，他们是朋友，不是无话不谈，至少是有话可说。至于哪种程度，耿初春是警醒的，在内心扎起了篱笆，从卢大毫那端来看，用剃头挑子一头热来形容也不为过。

有可能卢大毫也没有刻意经营他们的关系，拿商家的话说，他是老中青发屋的上帝，他是冲着对方的手艺去的，说耿初春是他头发的上帝或许更为恰当。他们的关系在前期大体上就停留在这个层面。

吕瑞香遭遇不测后，耿初春像株霜打过的草，彻底蔫了。即便艳阳高照，帝师街在他眼里也是无神无采，如同坍塌的废墟一般。他的作息因变故而改变，每天早起给耿小善做早餐，送他上学，放学时准时守在校门口，接孩子回来。耿小善一再表示，不用他做早餐，也不用他接送。早餐到外面买，帝师街有好几家早餐店，花样还挺多。从迎春寓到承风中学，不过六七分钟的路程，用不着担心什么。他没听孩子的话，依旧按照自己的步调行事，很快招来孩子的反抗。如果再这样，我就不上学了。看孩子的脸，比帝师街的水泥地面还严肃。他只好顺了孩子的意愿，由他自己去。孩子是很自觉的，他母亲去世后，学习成绩稳步提升，期中考试进入了班上的前十名。只是人变沉默了，脸上覆盖着刚毅，还带着点与年龄不相称的浅表的沧桑。

他试图回到妻子在世时的状态，可无论怎么努力，结果都是恍惚的，失败的。有段时间，他停止了往河边奔跑，水还是之前的水，给他的感觉像是隔了层塑料，同他的肌肤是不相亲的。而后来，又往河边跑得更勤了，一头扎进水里，什么都不用想了，缠绕他的唯有水，熨帖他的也唯有水。他在河边无数次邂逅卢大毫，照例说会儿话，照例抽支烟。卢大毫说什么，他是心不在焉的，那说的只是空白的声音，没有内容的，没有本真的。那样的声音在没进入他的耳朵前，就让风带走了，让水裹挟走了。他的耳朵仍旧是空洞洞的，满耳声音，又满耳寂灭。

有一天，卢大毫问他，耿师傅就这么耗下去？不打算干点什么吗？

他迷迷糊糊向着对方，不明白他在说什么。

这人啊，像珠宝，生而为珠宝，是要有光辉的。珠宝只要佩戴在人身上，它就活了，就会放出光辉。你把珠宝藏起来，不能说明珠暗投，至少该有的光辉就没有了。珠宝店老板的话不只形象，似乎还把他高抬了。

我一个剃头匠能干些啥呢？他被点燃了一线光亮。

那就看耿师傅愿意不愿意了。

往后，再回头看，是卢大毫将他从悲伤中拯救了出来。

鲜花和香樟树

贺晓丽的生活完全进入了由她自己掌控的轨道。每天上午十点，她会准时推开后厨小娘的仿柴门，在吧台后落座。她有将近一小时发闲的时间，从十一点开始，才会有食客陆续进来用餐。服务员给她泡了杯茶，有时是玫瑰花茶，有时是茉莉花茶。揭开杯盖，一股清新的花香扑入鼻孔。她会深深地吸口花香，再浅啜一口，然后捂着茶杯端坐在那儿。厨师、服务员，各忙各的，不会来打扰她。她很优待他们，每个人都给了相应的股份，他们不是在替她打工，而是在为他们自己干活。

她是后厨小娘的女皇，后厨小娘是她的皇宫。皇宫外是宽敞的承风路，街道两侧砖砌的人行道很宽敞，中央的水泥路面更是宽广得像篮球场。人行道的外侧常有人停放摩托车、电动车和送货的三轮车，它们占用的空间有限，一点也不碍手碍脚。阳光明媚的日子，承风路富丽堂皇，香樟树叶在水泥地上留下好看的阴影，斑马线仿佛一排洁白的小舟。她由衷地热爱，这光明的承风路，自由呼吸的承风路，同她内心息息相通的承风路。有人把承风路呼为帝师街，她第一个在心里反对，那是多么俗气，多么功利的名字，哪里配得上这崭新而圣洁的街道呢。那个成天把帝师街挂在嘴边的人，若是到后厨小娘来，她一定得宰他一回，要知道自打餐厅开张以来还没宰过客呢，宰他一回不冤。

来到承风路是拜刘先生所赐。刚搬过来时，承风路不叫承风路，叫一经路。那会儿很冷清，整个新城区都很冷清。刘先生带她来百合苑看过一回毛坯房，交给她一把钥匙和一张银行卡，说是她的房子，装修得由她自己做主。她喜欢怎样的风格，就装修成怎样的风格，他没意见，也不掺和。房子在二楼，房后有个露天阳台，面积不宽，大概二十多平方米。她将它改造成了小花园，移植了多种花木。还架设了吊椅，吊椅的大小只能接纳她一个人的身体。她不想与谁共享，连刘先生也不能。内墙被贴上了粉色的墙纸，所有的布艺都是浅色的。布置快完工时，刘先生来参观，点着她的额头说，真是个姑娘家家，说你还不承认。她噘了下嘴，算是抗议。临走时，刘先生说要给她找几幅字画，挂在客厅和卧室，她拒绝了。她早就定好了装饰物，是几幅水彩画，春天里花朵烂漫的田野，尖顶的小木屋，风车和河流，都是带有童话色彩的人间。这些原本只存在于小学生的课本里，或是课外读物上。

你早知道要生个女儿了。后来，刘先生如是说，不知他高兴还是不高兴，也不知是赞美还是揶揄。

他的话总是耐人寻味，到最后，她仍旧咀嚼不出他的话外之音。他向来如此。刚认识那会儿，她听他说话就很吃力，经常一知半解，有时不得不连蒙带猜。按说她是不会喜欢这种类型的男人的，说个话都这么费力，以后生活怎么办。她生来就讨厌费劲的生活，如果生活像猜谜，还不如不要生活了。可她偏偏喜欢上他了，他晦涩的说话在她眼里成了某种神秘，是江湖阅历在他身上的折射。这可是要命的，要知道他是个比他父亲小不了几岁的半老男人，况且他有妻有儿。她跟着他能有什么前途？！她偏就不要命了，拿旁观者的话说，她是被他的虚情假意甜言蜜语给拿住了。

她是怎样被他拿住的，肯定他是用了手段。从第一次见面，他就瞄上她了，从那以后的每次见面，都是他早已预谋好的手段。她在做售楼小姐，有天晚上售楼部的经理带她参加酒会，酒桌上她表现得很英勇，是那种心虚的英勇。她在售楼部经理的暗示下向某个特别的客人发起进攻，她是急先锋，后面还有后续部队。那个特殊客人不是刘先生。完事后，她喝得有些高了，出于礼貌，向刘先生举起了杯子。那时，刘先生有种置身事外的落寞，或许不是落寞，而是等待。他很用力地碰撞了一下她的酒杯，致使杯子里的酒大半洒泼了。他见状说了句什么，她没听清楚。后来，她一再追问他，他都笑而不答，被逼迫得紧了，才说，酒都开始跳舞了。

她一愣，啥意思吗？

酒都开始飞了。

她听得半是明白半是糊涂，他在变着法子说她喝醉了，再一思忖，他说的又好像远不止这些。

酒会后，约莫过了半个月，他来找她买铺面。她热情地接待了他，并且极力向他推介她认为极好的铺面。他总共找过她五次，买走了五间铺面。他似乎很相信她，她推介哪间，他就买走哪间。这着实让她拿到了一笔不菲的佣金。第五次成交时，他开玩笑似的说，咋不请我吃个饭？她答应得很爽快，成啊。那是他们第一次单独在一块吃饭，刘先生点的菜，她买的单。

交往就此拉开了。刘先生请她吃过无数次饭，泡咖啡厅，陪她看电影。给她送各种礼物，口红、香水、丝巾、手提袋，都是女孩的钟爱之物，且是常州亥市面上没有的。他经常出差，有时十天八天见不到人影。他从不对她说去哪里，但只要回到了常州亥市地界，会第一时间联系她。他邀请她出去走走，去香港、澳门，去泰国、新加坡，去巴厘岛，随便哪儿都可以。她没答应，不答应的原因是她从来没想过去那么远的地方。她是个没有野心的女孩，胸无大志的女孩。她挑了挑眉说，我不稀罕。他没觉得难堪。只要不让我回巷子那旮旯儿，哪儿都是天堂。她说出了内心的渴望。他哦了一声。后来，有一天，他告诉她，他的朋友有套房空着，如果她看得中，可以搬过去住。她去看了房，在省道东段的南侧，那里开发得比新城花园早一些。房子装修简单，家具倒是齐全的，拎包就能入住。她在那里住了一年光景，他暗示她，如果她喜欢，他愿意买下来送给她，他朋友外出发展了，房子迟早是要转让的。她心知肚明，他对她另有所图。她没有说出内心的欢喜，这欢喜还有些将就。

她慢慢收集到一些他的信息。他之前投资了钨矿，绝大部分股份都卖掉了，好像有三个亿或五个亿，总之，这是她不可想象的庞大的资产。他从矿山上下来后在干什么，她全然不知，从她手上买走的几间铺面，在他的财富帝国里不过九牛一毛。

她在不知不觉间渐渐对他有了依赖，依赖是成瘾的，像是魅惑的毒品，一旦沾染上，想要戒掉就难了。往回追溯，依赖的养成是从做阑尾炎手术开始的。那次阑尾炎发作时，刚巧他给她打来了电话。她强忍着剧痛同他说话，他显然听出了她的异常，很快来到她的身边，及时将她送进了医院。那瞬间，她产生了某种错觉，他一定是上帝派来照顾她的，是她的保护神。出院后，他又陪同了她数天，直到她完全康复。也是在那套房子里，她同他开启了肉体的亲昵，她在内心说服自己，既然是上帝的旨意，又怎能拒绝呢。

百合苑的新房装修成功后，她给他一把钥匙，他没有接。他的理由是，这是她的房子，他哪能拿钥匙。有了安全的空间，他光临的次数增多了，多数时候会留下来过夜。那段日子新房里弥漫着家的温馨，他不愿外出吃饭，让她做饭。刚开始可是为难她了，无论怎么努力，做出来的饭菜并不可口。后来，她想通了，那样的饭菜吃下去显然是为难他，可他全当成了美味佳肴，吃得津津有味，还夸赞她清淡的手艺。

刘薇子就是那时怀上的。当她察觉自己的身体异常时，一个人偷偷去了医院，医生的确诊消息是，她怀孕了。她几乎没有任何犹豫，就决定将孩子生下来。她当初从巷子里跑出来，这么多年都养活了自己，今后也必定能养活自己和孩子。待到有了妊娠反应，在他的追问下，她才将结果告诉他。他只是捉住她的双肩，定睛看着她。她感受到了他双手的力量，更多像是在扶持她，怕她跌倒似的。当她将决定说出来时，他的瞳孔里闪过一道细小的光亮，那是他内心的光亮，是希望之光。她捕捉到了。过几天，他给她找来了保姆，是个外地女人，姓吴，她叫她吴妈。吴妈说一口蹩脚的普通话，照顾人却细致入微。从怀胎十月到坐月子，事无巨细，都是吴妈打理，刘薇子三岁，她才辞退她。

他是不避讳吴妈的，刘薇子满周岁前来得特别勤。每次来，他都要抱过孩子，直到把她逗哭了，才交还给她。她让孩子叫爸爸，可孩子不会说话，他同她一样鼓捣孩子，叫爸爸，叫爸爸。当孩子两岁，三岁，他来的次数慢慢少了，孩子稚声稚气喊叫，他的答应也不那么响亮了。好像时光的尘垢堆积，使得他的脸慢慢变得灰暗，五官也模糊不清了。有一次，她吃惊地发现，他的头顶笼罩着一团类似暮色的不明气体。她的内心不祥地战栗了一下。在将百合苑前的三间铺面过户到她名下之后，他只来过她这两回，都是半夜里，先打电话把她叫醒，进门后对她也没说什么话，只在孩子的床头坐上片刻。她很想问问他发生了什么，估计问也是白问，得不到答案。估摸他从她的眼神中发现了什么，扭动嘴角笑了笑，一声不响走了。

后来，他再也没出现了。某天午夜，她接到一个陌生的号码来电，电话接通了，对方却不说话。她已猜到了电话那端是谁，在黑暗中静候他的声音。如此良久，才听到他的叹息声，以后——不必等我了。这句话说完，耳朵里就传来电话挂断后的嘟嘟声。此夜之后，她无数次拨过他的手机，得到的回复都是空号。在她的生命中，他已是黄鹤一去。常州亥市风传他的流言，她不知那是不是真相。传言他去澳门赌博，有专人接机，住威尼斯人酒店，这都已是昨日风光了。他从矿山上挣下来的巨额财富全给澳门赌场吞噬了，最终债台高筑，跑路了。

没有担心是假的，没有牵挂是假的，没有想念也是假的。这一切真实令她窒息，她从来没想过，同他交往是以这种方式落幕，如此突然，如此利索，仿佛琴键上的音乐戛然而止。仿佛她在梦中，醒来时发现自己赤身裸体地躺在承风路的街道中央。她又成了孤独的一个，不，还有她的女儿刘薇子。

这个男人是爱她的，这是她为自己的牺牲找到的最温暖的理由。这些年，她一直在享受他带给她的安逸，从怀孕开始就停止了工作。他送给她们母女的三个铺面，如果租出去，收到的租金不能锦衣玉食，但衣食无忧是没问题的。接到电话时她就想过，如果能救他于水火，她会毫不犹豫将铺面和房子抛售出去。他没有给她机会，甚至都不让她说出口，就把电话挂断了。

她不能再过那种生活。那种安逸是虚拟的，是温水煮青蛙。她端坐在后厨小娘的吧台后，内心充溢着空旷得毫无着落的思念。她期盼着有个男人从玻璃窗前走过，然后推开仿柴门走进来。

是的，她看见了，有个男人横过承风路，朝她走了过来。

三

常州亥市消防9月7日上午9点10分发布消息：9月7日8时35分，位于承风路北段的一家餐饮店发生火情，市消防救援支队迅速调集力量前往处置，目前明火已扑灭，火灾发生原因正在调查当中。记者上午9点在现场看到，仍有数辆消防车停在路边，其中一辆正用水炮进行扑救，建筑物内有余烟冒出。不少市民在警戒线外围观，附近的山谷大道因为事故采取了交通管制。据现场目击者称，有伤者在早些时候被送往了第二人民医院。

平安救援队

火灾发生的那天，早上七点半，耿初春被卢大毫的电话叫醒了。卢大毫要出差，得把头发修理一下。放在往日，不到八点半耿初春是不会下楼的。那个点，耿小善上学去了，屋子里难得安静，正好睡个回笼觉。说来奇怪，每次睡回笼觉都会梦见吕瑞香，要么见她在洗洗刷刷，要么是在整理衣物。还能听见她的脚步声，从这间屋走到那间屋，或者在客厅里来回走动。有时她会自言自语，好像在寻找什么东西。有时她会喊他，只要她一喊，他立马就醒了。他用手臂支起身子，屋子里空空荡荡的，什么人影也没有。他像被冻住似的发一阵呆，才慢慢腾腾从床上爬起来。

这种感觉像丢了魂似的空落，可他特别迷恋。吕瑞香在他的内心深处始终是活着的，每天以此种方式同他相见。

被电话吵醒后，他赖了小会儿，很不情愿起了床，草草洗漱了，下了楼。进到发屋，卢大毫早坐在转椅上候着，郑驼子兀自在收拾他的工作台。早啊。他招呼他的客人。我得赶着出去一趟，这头发不清理怪难受的，打扰耿师傅的清梦了。客人抱歉地笑了笑。寒暄两句后，他给客人披上白围布，拿起电推子，专心投入工作了。电推子嘶嘶鸣叫着，刚刚剪出半边锅盖头，发屋外忽然传来尖叫声，着火了，着火了。尖叫声刚落，电推子就被客人给挡开了，客人朝声音散播的方向偏了下脑袋，腾地从椅子上跳起来，连围布也不摘，径直往门外冲去。待他回过神来，客人的背影在玻璃门边一闪，便不见了。他放下推子，跟着跑出门去。帝师街的北端，冒出一股乌黑的烟雾，风往南吹，烟雾迅速在街道上扩散，仿佛一个披头散发的巫婆迎风狂奔乱跳。起火的是家叫石锅羊的餐厅，餐厅内烟雾弥漫，火光闪闪。从阁楼的窗户里钻出来的烟雾更为浓烈，好像从天空中垂下的黑幔一般招摇。消防车还没到，围观的人群呈环形，充耳都是夸张的声音。耿初春连拱带推，好不容易挤进内圈，刚巧看见卢大毫从着火的店铺里冲出来，一手用白围布捂住鼻脸，另一只手将一个瘦小的女人夹在腋下。那个女人穿着有些暴露，可能是啤酒促销员，被烟火冲昏了，躺在地上半天都没动静。人堆里总算跑出去几个人，七手八脚将女人抬到了街道中央。那边，卢大毫旋即又冲进了火海，这回只抢救出来一台点钞机。他试图第三次冒险时，有人冲上前把他拽住了。店铺内的火势汹涌，火红的长舌直往店外吐，阁楼上的火柱子将二楼的窗帘给点着了。

消防车的鸣笛声呼啸而来，没多久，火势便被控制住了。发疯的火魔头很快被水炮浇灭，火场烟雾和水汽弥漫。那个昏迷的女人被120的车子给接走了。人们渐渐散去，仅有少数人似乎余兴未尽，还不肯离开。卢大毫也没有走，始终守在现场，直到火事结束，这才想起自己的头发才剃了一半呢。

瞧，把你的围布都弄成这样了，我得给你买块新的。他摊开围布察看，围布上一团黑一块灰，有个角还被烧去了大块，边缘留下好像被啮咬过的焦黄。

买什么呀，围布都发烊了，早该换掉了。耿初春的回答有些慌乱。

两个人一同返回老中青发屋，卢大毫走在前，耿初春落在后。卢大毫回了几次头，好像希望他走快点，可他总是落后三两步。进了发屋，卢大毫先洗了把脸，接着耿初春把他另外半边头发修好了。

有个事儿……嗨，还是等我出差回来再谈。临走时，卢大毫的话说了半截，又吞了回去。

此后几天，有些画面在耿初春的脑海里无休止地跳跃、闪动，好像电影里的特写镜头。卢大毫挟着女人从火海冲出来的瞬间，他无比感动，有股神秘的力量在内心撞击着他。这个卢大毫同他剃刀下的卢大毫不一样，同那个讲故事喟然叹息的卢大毫迥然不同。这到底是个怎样的人，同珠宝店老板的身份好像不太契合。扪心自问，面对那种灼目的火海，他是胆怯的、懦弱的，没有勇气冲进去。他能做的，只是在安全地段搀扶一下受伤者，事实上也是这么干的。他同卢大毫之间好像隔着千山万壑，这是个陌生的卢大毫，可正是这种陌生给予了他某种异样的兴奋，体内有什么被唤醒了，像是只冲动的动物，随时要撕裂他的躯体，破壁而出。

他不知卢大毫有什么事要对他说。他断定对方不了解自己，如同自己不了解对方一样。他不会掌握对方的过去，也找不到进入秘境的路径。他们各自徘徊在彼此的城堡之外。这让他有了深重的忧虑，万一哪天对方破城而入呢。他在忐忑不安中等待着。

卢大毫要对他说的话是在河边说的。火灾过去后的某天下午，他照旧下河去游泳。这时候的河流分明像个女人，他一头扎进去，像是扎进了女人的怀抱。他不是在游泳，是用河水在疗伤。这伤有内心的，也有身体的。他是个正常的男人，清凉的河水从他心头流过时，正好带走了身体的燥热，暂时抑制了骚动的欲望。当他爬上岸时，卢大毫正坐在更衣室前的石凳上，朝河面上张望。他无处躲避，只有迎着卢大毫走去。

卢大毫的情绪有些低落，他递给卢大毫一支烟，卢大毫接过点着了。他们俩不止一次坐在石凳上抽过烟。石凳不长，他们几乎挨着坐在一块儿。这种距离称得上亲密了，这让他有几分不适。卢大毫不说话，目光仍锁住河面。半支烟燃去，才扭过脸凝声问他，这条大河究竟吞掉了多少生命？有谁计算过？

他搬来帝师街的这些年，每年都会发生淹死人的事，死者有不慎溺水的，也有投水自尽的。卢大毫显然不是需要准确的答案，确数的答案谁也给不了。这对他也是个问号。他在内心重复了一遍那两个问题，希望能追本穷源。如果他就重复的内容发出声音，这恰恰是最能感染发问者的响应。他没有想到这一层，只是当个静默的听众。

有兴趣加入平安救援队不？发问者从铺光堆彩的河面收回目光，漫不经心地问。

什么？他不知这是对方几次想要同他说的话题。

愿意加入平安救援队吗？

他一时哽住了。他只是从字面上隐约猜到那是个什么组织，但始终是模糊的，对它丁点也不了解。从电视上，报纸上，他知道类似组织的存在，对它们的理解也是停留在有限的画面上，停留在肤浅的字眼上。即便了若指掌，他也无法立刻确认自己会欣然加入。

发问者没有得到答案，丢给他三个字，你想想。然后朝河边快步走去，"扑通"一声，一个猛子扎下了水。

他看见了发问者的身体跃向河面时画出的漂亮的弧线，也看见了阳光下泼溅起来的金色的水花。他的沉默让对方失望了。他在内心敲打了一下自己，既是警告，也是惩罚。

他没有等到发问者上岸就提前走了。他以为不回答事情就结束了，其实不然，这个问题一直困扰着他，没法把它从心里祛除。过后几天，卢大毫也没有打电话给他。半个月过去了，卢大毫又来理发，理发的过程中也没说什么。结束后，卢大毫才郑重其事邀请，要带他去某个地方看看。他不能再拒绝了，便随同他出门，上了他的车。出了帝师街，在承风中学门口拐入省道，往东行驶，十几分钟就到目的地了。是省道南侧五线的一栋三层建筑，门口挂了块招牌：平安救援队，白底黑字。迎接他们的是个叫丁香的女人，嗓音属于嘎嘣脆的那种，听得出有些男人性子。上唇还长了括号状的一抹淡淡的胡须，使得她更男性化了。

几个月都没个电话，闲死了。丁香见了卢大毫直埋怨。

闲着还不自在吗？你要是接到电话，那对别人可能就是灾难了。卢大毫瞪了她一眼，她倒是不介意，嘻嘻一笑，拧转身泡茶去了。

平安救援队的办公条件很简陋，一间大厅加三间小办公室，面积不超过一百二十平方米。大厅两边靠墙摆着几张硬木长沙发，沙发往上的墙面挂着照片，照片上都是平安救援队在各处抢险救灾的画面。或穿着救生衣坐在冲锋舟上，或背着老人或小孩在蹚水。有一张照片上五六个人举着一副担架，在浑浊的水流中前行，担架上躺着一个孕妇，肚子隆得像座小山包。有张照片的主角竟是卢大毫，抱着头小猪，正奋力往岸边游。他的腰上系着绳索，绳索的另一端正齐心协力要将他拉上岸去。大厅的正墙上刷着平安救援队的 Logo，一枚蓝色的徽章。徽章的左边是入队誓词："我志愿加入平安救援队，遵循人道、博爱、奉献的志愿精神，勤奋刻苦、努力训练、团结友爱、自助助人，在各种危机面前竭尽所能地挽救生命。"徽章的右边是岗位栏，里面贴满了志愿者的标准照，每张照片下面都写有姓名和电话号码。

参观后的第二天，丁香送来一张志愿者表格，耿初春如实填写了。过几天，丁香又给他办了份意外险。至此，耿初春正式成为了平安救援队的一员。做这些事，他的内心有些微的欣喜和激动，也有不安和迷茫。这对他今后的生活会不会有影响，会产生怎样的影响，尚是个未知数。他是个糊涂蛋，是个没有主见的人，一个动摇分子。也许卢大毫早就看到了这一点，才巧舌如簧来劝说他。他果然中招了，背离了当初的想法——他不是一直提醒自己，离这个珠宝店的老板远一点吗？怎么反而越走越近了呢？或许对方真抱有什么目的，也未可知，想到这，他莫名地战栗了一下，好像有滴冰冷的雨水掉进了颈窝里，朝着心脏的部位滑落下去。

耿小善的午餐

贺晓丽第一次见到耿初春是在暮春的某个中午。此时，承风路的景象同别处有些不同，不同之处在于香樟树。风从东边吹过来掀动香樟树叶，那些老去的叶子纷纷脱离树枝，在空中翻飞。新叶几乎同时长了出来，很嫩、很薄，迎着阳光，一片片新叶像一小块一小块通透的碧玉。再晚些，香樟树该开花了，那时整个新城区都弥漫着浓郁的花香。

这样的季节是醉人的，和暖的风，和煦的阳光，加上浮动的花香，很容易让人的内心长出蝴蝶一样的翅膀。这样的季节，她会比往常早些到后厨小娘来，坐在吧台后，痴痴地往街上张望。香樟树影落在玻璃窗上，透过玻璃窗落在长条桌上。行人的身影在小方块地砖墁出来的地板上移动，仿佛无声电影里的镜头。阳光落在水泥地上嗞嗞地燃烧。落在香樟树叶上闪闪发亮。她的视线横过街道，走到了对面的人行道上。对面是对卖炒货的夫妻，妻子在店内忙碌，她的男人正在门口爆炒栗子。男人挥动着大铁铲，每个动作都透露着一股野蛮的阳刚的雄性巨力。一群鸟雀在香樟树上空盘旋了一圈，栖在了香樟树上，是被栗子的香气吸引住了。

同承风路滚烫的人间烟火相比，她的内心是空落落的，像座阒无一人的废弃建筑，穿堂风呼啸而过。到了十一点，她再也不能心无旁骛地欣赏街景了。第一拨客人进店了，大多是第二人民医院的，匆匆忙忙吃个中饭，赶着去上中班。点菜、上菜，都是迅捷的，忽而就人去楼空了。第二拨客人到来的高峰在十二点半，那时她正在陪刘薇子吃午饭。刘薇子在承风中学上小学三年级，上学放学都是独来独往，不喜欢别人接送。大概是小时候没有玩伴，过于寂寞了，上学后整日里往人堆里凑，连吃饭都得在大厅里。母女俩占据临窗一桌，却只上了刘薇子的饭菜。当母亲的不是陪女儿吃饭，而是充当女儿的听众，听她说笑。刘薇子打跨进店门开始，一张小嘴就叽叽喳喳个不停，说同学，说老师，也说街头撞见的怪事趣事。扒口饭说一件事，扒口饭再说一件事，往往一件事还没说完，嘴一噘，又转到另一件事情上去了。她脑子里装的花花絮絮太多，不加快速度一顿饭的工夫根本倒不完，一顿饭吃下来少说也得说上十几二十件事。如果哪天的花絮不够，她会在结尾处加上一句，你说可笑吧？最后，当母亲的也就记得这句话，你说可笑吧。

那天中午，当刘薇子说道"你说可笑吧"，忽然小嘴朝仿柴门那边一噘，放低声音说，瞧，学霸来了。当母亲的回过头，见到了女儿说的学霸，是个体形瘦长的少年，眉眼清秀，脸色却不像别的孩子一般红润，白皙得有几分清寡。身穿蓝白相间的校服，袖子有点长，都罩住半只手掌了。学霸很文静，还有些胆怯，在桌椅间收住脚步，心下犹豫着，不知在哪儿落座。坐这里。刘薇子从座位上弹起来，像个小服务员似的热情笑着，指着邻桌朝男孩招呼。男孩愣怔了一下，可能有些腼腆，没有顺从小姑娘的意愿坐到临窗的位置，而是选择了靠里的另张桌子。刘薇子讨了个没趣，小鼻子哼了一声，小嘴巴噘得老高。当母亲的见女儿热脸凑了冷屁股，一副失落得不行的委屈模样，不由得暗地里发笑。女儿见母亲落井下石，眼珠子往上一翻，送给她两颗白眼球。

落座后，男孩不安地瞥了眼刘薇子，又怕她发觉似的飞快收回了目光。他的坐姿很规矩，好像是在课堂上，双手握在一块放在自己的双腿上。有个服务员拿着菜单走了过来，刘薇子见状跳了过去，从服务员手中抢过菜单，站了男孩的桌子边。男孩可能是害羞，半张脸都红了起来。你是不是叫耿小善？这是我妈妈开的店，厨师做的菜可好吃啦，瓦罐汤、银鱼蒸鸡蛋、糖醋排骨、一锅香，还有——你想吃啥？刘薇子像个称职的服务员，呱啦呱啦说了一长溜，然后等待客人的回复。那个叫耿小善的男孩又局促地瞥了眼刘薇子，才说，等我爸爸来点菜吧。

刘薇子干脆搂着菜单，在客人对面的座位上坐了下来。始终是她像只报喜鸟似的在说，男孩在听，她说上三四句，他偶尔回答一句半句。当母亲的在旁边饶有兴致地看着两个孩子，要是这丫头真有个哥哥，不知会高兴得咋样。她被自己的想法吓了一跳，好在只是一闪而过的念头，别人也看不到她暗藏的私心杂念。

小善哥，你的学习成绩咋那么优秀？刘薇子的话是真诚的，一脸的仰慕。

住在帝师街的人，学习成绩怎能不好？！是个男人的声音，从仿柴门的方向冲撞过来，抢夺了本该耿小善回答的问题。

有股鲜血直往贺晓丽的头顶上冲，差点掀破天灵盖，要喷到天上去了。她听不得有人说帝师街，瞪大眼珠子看去，一个身材颀长的男人——猜想是耿小善的父亲，正朝她们走过来。因是侧光，只能看清楚他半张脸，是刀把脸，轮廓分明，耳根子到下巴一带留着青青的胡碴。那个男人在刘薇子让出的位置上落座，面红耳赤的耿小善不满地瞪了他父亲一眼，估摸是因对方的话太过狂妄了，叫他无地自容。

活该瞪他！再骂他几句才解恨呢。

哪里叫帝师街？帝师街在哪儿？刘薇子好奇地问。

这承风路就叫帝师街，承风本是万承风的名字，万承风可是清朝道光皇帝的老师。男人在卖弄。

后来是耿小善点的菜，有可能憋着一肚子委屈，按照刘薇子的推荐，点了五六道菜。贺晓丽的内心痛快了起来，这男孩，加上女儿，多么善解她的意思。只有瓦罐汤是小份的，男孩把它喝干了。最终，吃剩的菜打了足足三个包。刘薇子不争气，没羞没躁地，赖在那张桌边不愿意走开，连午觉都没睡。

以后别光记着讲故事，抽点时间把孩子的校服洗干净。贺晓丽留意到男孩校服的衣领和袖子口都腌臜得变了色，买单时不忘寒碜男人说。

男人被她说得脸上一赤，连带脖子根都红了。

她不是个尖钻刻薄的人，事后有些后悔，不该那样讽言讥语。他不是她的什么人，她的顾客而已，她的态度如此恶劣，如此让客人难堪，还不把客人给赶跑了。她情愿不要妄自菲薄承风路的客人。

那对父子似乎一点也不计较，隔三岔五，仍旧到后厨小娘来用餐。当父亲的进了仿柴门，会朝贺晓丽笑笑，按她的理解，这笑不只是友好，更多是讨好。耿小善的校服倒是洁净了些，但陈垢没有完全去除，衣领和袖子口仍旧废色得很。他们每次到来，刘薇子都会死乞白脸地凑过去，好像他们仁本是一家子。那男人照旧有说有笑，不过声音压得很低，刘薇子时不时会发出不加掩饰的清脆的笑声。看样子她从他们那里获得了快乐。

每当说笑声止息时，贺晓丽会不由自主朝那里扫视一眼，有时会碰巧撞见那男人正朝窗外打量。男人的脸上还残留着笑的余抹，这抹淡淡的洋溢不能遮掩其下的悲寂。也许他的内心同外表并不一致，每个人的内心藏着多少事，谁能知道呢。

她不喜欢探听别人的事情，可是因为有刘薇子这个小喇叭，才对他们的情况慢慢知道得多一些。男人叫耿初春，是斜对街老中青发屋的理发师。她不会上那种发屋的，从名字上看就不适合她。这么长时间了，她压根不清楚承风路有这么家发屋。她去做头发，选择的是名剪或新丝路一类的发屋。百合苑的北门有一家，南门也有一家。她对待头发是上心的，从背后看，头发是女人的第二张脸。她的精致、柔美，都写在每根发丝上。头发的光泽是她的另一种微笑，女人不懂得微笑咋过日子呢。

有时候，耿小善会独自来用膳，她让他同刘薇子坐在一块。因为她的陪同，两个孩子说话有些不自在了，耿小善更是拘谨。她只得找个借口回避。一段时间后，耿小善似乎接纳了她的存在，言谈举止自然多了。他本来话就不多，都是刘薇子在说，他间或接上一两句，也没有多余的字眼。这让她有些感慨，耿小善不像个孩子，倒像个饱经世事而心生城府的成年人。

小善，你妈呢？咋不给你做饭？有天，她突然想到了这个问题。

耿小善正好扒了口饭在嘴里，腮帮子忽然断电似的停止了咀嚼，就那么半张着嘴哽着，都能看见他含在嘴里的饭粒。

妈妈！刘薇子低声叫喊，声音里透着责备和阻止。

有泪珠从耿小善的眼角滚了出来，好大的一颗，又一颗，吧嗒吧嗒砸在桌面上。

后来，刘薇子告诉她，耿小善的妈妈死于车祸，事故地点就在承风路同义宁大道的交叉路口。她很愕然，隐约记得听说过那起车祸，但没想到受害者会近在咫尺。

这次午餐后，耿小善好长时间没来后厨小娘，贺晓丽旁敲侧击问过刘薇子。他在用功呗。刘薇子嘴一撇，似有不悦。她不便追着问，内心却在暗暗期待。

一个多月后，耿初春父子才光临后厨小娘，当父亲的走在头里，儿子落在父亲身后。进了门，耿小善沉声不语，大约心里仍有些不情愿。那天，刘薇子要赶写作业，草草吃过饭就上楼去了。那顿饭进行得很沉闷，父子俩谁也没有说话，父亲给儿子搛菜，被儿子给挡开了。临到告别时，耿小善才勉强笑了笑，笑容很惨淡。这让贺晓丽好一阵自责，责骂自己真不该多嘴。

有天下午放学，刘薇子风风火火跑进店来，郑重其事宣布，耿小善是她邀请来的客人，可不许怠慢了他。贺晓丽本想提醒她几句，末了还是没说，自觉地避让到了一边，由着女儿的性子来。刘薇子是老板娘的公主，服务员更是小心伺候，怕哪儿不周全招来她的白眼球。菜是刘薇子点的，都是餐厅常供的家常菜，香干肉丝、西红柿炒鸡蛋、板栗排骨汤，主食是炒粉。粉丝是常州亥市乡下的特产，发酵过的，带点臭味，吃起来有股特别的香。这几样都不是刘薇子的口味，八成是耿小善的喜好。两个孩子占据了临窗的一角，嘀嘀咕咕不知说什么。贺晓丽索性离得远远的，啥也不听，啥也不看，只把那几样菜一样不落全记下了。

往后，耿小善又恢复到之前一样，有时独自来吃饭，有时同他爸爸一起来。他单独来时，贺晓丽会安排厨房，赠送一碟小菜，有时是香干肉丝，有时是西红柿炒鸡蛋，同耿小善点的菜不冲突。这是她的补偿，也是她母性的倾注和怜悯。

日子长了，她慢慢习惯于看到他们父子共同进餐的情景。他们每次来到餐厅，都坐在同一位置，第一次来他们就坐在那儿。好像那个位置本该属于他们，他们把它买断了。在正常的家庭，这是再庸常不过的常态。在这里，纯粹是她臆想的梦幻。她看到他们父子在静默中进食，有时父亲会同儿子说句什么，可能是叮嘱孩子要好好学习，或者是传授人世中的某些经验。她品尝到了某种未曾尝试过的温馨，她的内心有个地方慢慢柔软了，那种情景像有股强大的吸引力、向心力，把她朝那个方向拽，要把她吸纳进去。有时候，她觉察到了这股蛮横的力量，努力去克制它。可是她越努力克制，便越发不可遏制，越发不可收拾。克制，反克制，两股力量要将她撕裂了。她觉得自己是拔河比赛中作为中间标记的那绺红绸带，忽而偏向左，忽而又偏向右。越是不存在，越是把它当成现实。

四

常州亥市气象局发布最新天气预报：受台风"螳螂"影响，9日凌晨至10日常州亥市有大雨到暴雨，局部地区有大暴雨。请注意防范局地强降水引发的滑坡、山洪等次生灾害。

橙色预警

那个叫丁香的女人给耿初春打电话时，声音里像是溶解了过量的兴奋剂。耿师傅，明天要训练了！她的腔调是庄重的，激昂的，好像某个大人物站在主席台上，宣布什么重大活动开幕一样。她激流似的声音灌进他的耳朵，他的耳朵是同血管连通的，那声音的激流又汩汩地流入了他的动脉，兴奋剂随之溶解在他的血液中。他全身的细胞在兴奋剂的作用下，仿佛千军万马在奔跑。

每逢有训练，丁香总是提前一天打电话给他。放下电话后，他的手都是颤抖的，如果恰好要给客人修面，他会暂停一下，向客人说声抱歉，上洗手间待上小会儿，让自己平静下来。到了晚上，他会强迫自己早点上床，结果却适得其反，半点睡意都没有。他只是闭着眼，养精蓄锐，为第二天的训练保持充沛的体能。这是教练再三强调的，训练需要全身心投入，要把训练当成实战，不能有丝毫的马虎。如果实战出现问题，那可是性命攸关的大事。他暗自琢磨自己，为啥会变得这样。像这种集体活动，在校读书时没少经历，有啥值得激动的呢。

这是当初填表时始料未及的，他的生活会因一张表格发生翻天覆地的变化。他在表格上写下自己的姓名时，内心真实的想法是敷衍一下，不让卢大毫太难堪。第一次接到训练的通知，他的回复是模棱两可的，不说不去，也不说一定去。丁香似乎嗅到了他的彳亍，收敛起激昂的腔调，换过另种口气对他说，耿师傅，您可是自愿填表的。往后的话她没有说下去，虽然他不在她面前，没准她是凛了脸的。

　　他的犹豫只是徒劳的挣扎，无效的反抗。还有另一种原因，是他对自己没信心，怀疑自己干不了救援队的工作。如此片刻后，他还是对丁香缴械投降了。参加训练的都是新近加入的志愿者，有十多人。卢大毫在说服他的同时，对别人的攻心战一刻也不曾懈怠。训练开始前，他们列队面对那枚蓝色的徽章，宣读了入队誓词。队长是个壮实的男人，给他们讲了半个小时课，介绍平安救援队的情况，以及纪律和各种注意事项。后来才是训练科目，从易而难，如何穿救生衣，给救生绳索打结，怎样使用灭火器，慢慢发展到如何救护伤员、包扎伤口、包括抢救一些特定对象，如何救护孕妇、生病的老人，等等。再往后，训练强度渐渐加大，负重越野跑、攀岩，到激流险滩等模拟现场实施救援。丁香制了一张表格，给每个人评分，每次训练结束时都会公布各人的成绩。他的得分不上不下，只有水上救援项目，才超过了不少人。好像大家都不怎么在意各自的成绩，紧张的训练完成几乎都精疲力竭了。

　　那段训练频繁的日子，耿初春极少做梦。训练结束的当天晚上，他几乎都是呼呼大睡，一觉到天亮。只做过一次梦，梦里他同一个女人在帝师街上散步，是晚上，路灯从香樟树叶的缝隙中漏下来，好像阳光一样落下点点金斑。他们俩沿着街道缓缓前行，走过了许多个十字路口，走啊走啊，午夜的帝师街好像不断在延伸，越来越漫长。在某个路灯下，他侧目身边的女人，竟然不是吕瑞香。那是张熟悉而又陌生的脸，她是谁？他想看清楚点，把她记下来，梦却醒了。

后半夜他再也没法入睡了。那个女人究竟是谁，他一遍遍问自己。他是不是背叛吕瑞香了？或者梦在暗示，他的生命中将会有别的女人出现？他是该迎接，还是一如既往地拒之门外？

他不能回答自己。唯一确定的是，帝师街已不是往日的模样，也不是梦里的模样。他对吕瑞香的思念，及其逝去的悲伤，像香樟树的根须早已深埋在地底下了。宽敞而明亮的帝师街是个焕然一新的世界，哪儿都有盎然勃发的生命。香樟树杪在向无穷的苍穹伸展，鸟雀成群结队挨着白云掠过。对街那个女人将花种在吊篮里，每个季节都有鲜花怒放，每个季节都变幻着不同的色彩。那是个怎样热爱生活的女人呢。

他站在香樟树下，不再是借吸烟清扫心中的抑郁，而是呼吸香樟树的香气。

再去河里游泳，他不只是去享受水的乐趣，更多是为了让自己的身体更加健壮，反应更加敏捷。

他不再害怕同卢大毫碰头，虽说偶然还有倏忽而过的只鳞片羽的幽暗，但像扇门一样，打开了，光明全扑进来了。他的内心很坦然，过去的云翳一扫而空。卢大毫看待他的眼神是赞赏的，他接受他的注视也是坦然的。

训练持续了三个月，按照每周半天的节奏。最后一次训练结束，卢大毫做东，请他们吃了顿晚饭。大家的情绪都很高，一个个摩拳擦掌，跃跃欲试，似乎恨不得眼下就有什么险情，让他们一显身手。高涨的激情无处发泄，渐渐转变到了喝酒上，酬酢不歇。最为亢奋的还数卢大毫，可能酒劲上来了，酒不空杯，谁来都喝。

末了，还高歌一曲，是首老歌，叫《少年壮志不言愁》。耿初春受了感染，破例开了戒，接连干了好几杯，回去时摇摇晃晃的，甚至在某棵香樟树下尿了一泡。酒醒后，他觉得自己犯了罪，糟蹋了香樟树，也糟蹋了帝师街。他向来是不喝酒的，原因是吸取他父亲的教训。他父亲原本也不贪杯，后来不知为啥好上了这口，见酒必喝，每喝必醉。沦为酒鬼后的父亲，酒精中毒了，再用剃刀时常常让客人挂彩，营生就此断送了。他不能重蹈父亲的覆辙，不能把谋生的手艺浸泡到酒坛子里去。

有一天，他又同卢大毫在河边相遇，下水前没说什么话，只是随意点了点头。这回，他们没有分开游，不约而同划向了同一个桥墩，几乎是同时抵达。放在往昔，他比卢大毫要慢上三拍，这次算是铆足了劲。上岸后，两个人又坐在石凳上抽烟，说些闲话。几个转折后，不知不觉聊到了平安救援队，救援队自诞生之日起，的确像卢大毫希冀的那样，建立了汗马功勋。特别是在历次抗洪抢险中，更是成了常州亥市所有生命的守护神。常州亥市地处赣西北山区，不靠大江大河，按常情推断，同洪涝灾害沾不上边。可这地带属于亚热带季风气候，夏季受来自太平洋的东南季风影响，高温多雨。境内的山岚多陡峭，蓄积不了雨水。山谷狭窄，极易造成水流不畅。每年的三月到七月，将近半年时间，经常出现强降雨。雨季来临时，原本默默无闻的小溪小河，骤然间就会山洪暴发，宛如脱缰的野马，破坏力骇人。所到之处，摧毁桥梁，冲垮河堤，淹没村庄，每年都会发生人或牲畜被山洪掠走的事件。

训练过后有段空白期，平安救援队无任何消息，丁香也没来电话通知什么。卢大毫上发屋来仍如过往一样，不谈及这方面的话题。训练带来的激越慢慢在耿初春体内消退，有时偶然想起，竟如梦境一般。他坚持每周下河一次，不管冷热。也不再惧怕寒冷，像冬泳爱好者一样，水温越低，越能激发他的热量。保持充沛的体能，已成为他的信念。他已经从失去吕瑞香的恐惧和孤单中走出来了，并非遗忘了她，而是将她藏得更深了，在他内心无人企及之地。宁静之时，他看见她在微笑，用她的眉，她的眼，她好看的嘴角，编织出一束束小水花。

在今日如昨日的重复中，他默默期待着什么。某日，丁香的短信突如其来，是则天气预报，常州亥市将有大暴雨。他正纳闷，丁香的电话打过来了，告知他做好抢险救灾的准备，手机二十四小时不能关机，随时守候参加救援行动的指令。她的语气是严肃的，是命令式的，不容许有半点迟疑。他嘴上诺诺答应，内心却早有按捺不住之物展开翅膀，扑棱扑棱飞到了半空里。那会儿的天空正空旷，天气燠热难耐，已露出倾盆的前兆。那按捺不住之物用它如鹰的眼睛，俯瞰着常州亥市地面，哪儿出现灾难的端倪，就向哪里凌空扑击。

快！赶快到指挥部集合！十五分钟之内到达！这是凌晨四点钟丁香心急火燎的声音，像块烧红的烙铁灼热得变形了。

滂沱的雨水已经下了三个多小时，丝毫没有停歇的意思。斜飞的雨滴击打在玻璃窗上，仿佛随时要破窗而入。他从床上一跃而起，麻利地穿上衣服，打开门，冲下楼，跳上摩托车，向阻挡的雨墙冲去。被通知参加救援的志愿者几乎同时到达，分乘几辆越野车，沿着省道朝市境的西边进发。装载救援所需物资的车辆紧随其后。道路完全被雨水淹没，同河流无异。出了市区，四野里都是混沌一片，什么都被隐匿了。偶尔见到一星半点如豆的灯光，也是摇曳不定，下一秒就会有被雨水淹灭的危险。同车的人一个个默然地瞅着窗外，谁也没有说话。

车队最终抵达的地方是一片无边的泽国。这里是个村庄，地势低洼，因山洪被夹岸的岩石阻碍，水流倒灌，将整个村庄都淹没了。一部分人在洪水围困之前撤退了出来，有少数村民滞留村中，等觉察时已经没有退路，慌乱中有的躲到了楼顶上，有的跑到了地势稍高的土包上，有的无险可守，像猫一样爬上了树。暴雨不见停歇，水位不断上涨，形势万分危急。平安救援队的志愿者同焦急等待在那里的人们会合，两只橡皮艇放下了水，在向导的带领下驶向波诡云谲的苍茫世界。

此时，雨依然瓢泼而下，天色却渐渐增亮了。耿初春和卢大毫坐在同一艘橡皮艇上，一左一右，尽可能维持平衡。他们驶向的是水中央一座孤独的楼房，楼顶上的人影依稀可辨。驶近了，才看清楚是对夫妻，带着两个小孩，其中一个还是婴儿，被丈夫抱在胸口。他们将这一家子接到橡皮艇上，送到了安全地带。如此反复几趟，有一处是个半大的孩子，像只蝉似的吸附在树上，是耿初春跳下水把他从树上解救下来的。

后来，他们在某个无名的河汊里遇上了大麻烦。倒灌的激流在那里制造出巨大的漩涡，橡皮艇被卷了进去，差点被掀翻了。他们几乎耗尽了全身的气力，才从漩涡中挣扎出来。他们不得不改变策略，将橡皮艇停在漩涡外，沿着河汊边缘蹚水绕过漩涡，一步步靠近巫待救援的人们。返回时出了点意外，有可能是泥土被水泡稀了，崩塌了，一位老人脚下踩空跌进了水流中。耿初春见状顾不得许多，一头扎进了水里，攥住老人的胳膊。谁知老人像捞到救命稻草似的，一把将他抱住了，两个人直往水中下坠。耿初春扭身挣脱老人的拥抱，绕到他背后，将他推向了岸边。这一推的反作用力，倒把施救者推入了险境，被漩涡吸住了。就在快要卷进漩涡中心的时候，岸上抛来了救援的绳索。抓住绳索的瞬间，沦为被救者的内心莫名其妙地涌出了一股热泪。他知道自己得救了。

自豪的夏天

承风路的盛夏，香樟树叶越发郁绿了，密密匝匝的，再炽烈的阳光也无法在水泥地上漏下星粒大的光斑。在街边行走的人们，完全被它的浓荫笼罩。每棵香樟树的阴影都是圆形或椭圆形的，它们手牵着手，铺排出东西两条阴凉的走廊。无论往南还是往北，都不用担心被紫外线灼伤，所有来自太阳光的伤害都被香樟树遮挡了。而街道中央无遮无盖的地方，反射出白炽灯似的光芒，叫人不敢直视。汽车驶过，刹车时轮胎下会冒出缕缕黑色烟雾。汽车玻璃的反光宛如巨大的灼红的榴弹片，划出的弹道类似不明飞行物的轨迹。

这是在阳光普照万物的日子。雨天的承风路又是另一番景象。若是微雨，香樟树下好长时间都是干爽的，雨丝被香樟树叶接纳了。这种天景，行人也不必撑伞，香樟树叶就是一把把小雨伞。待到香樟树叶上有了清亮的反光，雨滴才会从树叶间落下来，一滴一滴，砸在地上会发出吧嗒吧嗒的响声。暴雨往往是被狂风裹挟来的，雨珠撞在玻璃窗上叮当作响，像是个不会演奏的人在胡乱敲打某种乐器。凋落的香樟树叶在风雨里飞舞，毫无方向，毫无着落。香樟树很快水淋淋的了，摇头晃脑的，似乎很享受这种粗暴的沐浴。雨水流过香樟树叶，流过香樟树干，流到水泥地上。它们总是往低处流，人行道上有了溪流，街道已然成了河流。承风路的河流是由南往北流的，流到大河的南岸，再汇入大河，奔往鄱阳湖而去。

遇上这种恶劣的天气，后厨小娘的生意比往日要清淡一些，掉客率会在三分之一以上。贺晓丽也比平常来得晚一些，先前是躲在百合苑的住宅里观望，盼着雨会小一点，会停下来。她不必惦记什么，刘薇子早已上学了，是个叫苹果的服务员照顾她去了学校。苹果长了张娃娃脸，爱笑，同刘薇子说得上话。小花园里的花头一天搬进了雨棚里，后厨小娘吊篮里的花也摘了下来，摆在了仿柴门的内侧。那些花儿是多么鲜嫩，哪里经受得了雨水的百般蹂躏。这是她的怜悯和叹息，也仅限于此。有时她会联想到自身，她也是朵花儿，被养在百合苑的花园里。与花儿同病相怜的感慨让她落寞了一会儿，而雨依然没有停歇的意思。她穿上红色的雨靴，穿上透明的雨衣，再撑开雨伞，在确保自己不会淋湿后，才走出门去。

她推开仿柴门时，脚下早铺好了地毯，旁边摆放了伞架。这样客人带进来的雨水就不会打湿地面，甚至每张餐桌上的碟子里都放了一条折叠得齐齐整整的干燥的毛巾，那是给头发溻湿了的客人预备的。餐厅里被一种暖色的灯光照亮，这种灯光也只在下雨天或冬天打开。她放好雨伞后，有个服务员帮她脱下了雨衣，将雨水抖落干净后拿去了里间。她在地毯上跺了跺脚，再用纸巾拭去鞋面上残存的雨水，才走进吧台。服务员照例给她泡好了茶，捧在手里，杯子还是热的。餐厅里是静寂的，雨水在玻璃窗上形成了瀑布，窗外的街景漫漶不清，香樟树的影子被瀑布扭曲得变了形。她打开电脑，播放歌手孙露的一张专辑。在音乐声中，她两眼痴痴地望着窗外，好像什么都看见了，又像是什么都不曾看见。

十一点，第一拨食客没有如期出现。十一点五十分，那个叫苹果的女孩撑着伞去接刘薇子了。十二点二十分，刘薇子在苹果的护照下回到了店里。她们俩在地毯上又跺又跳，擦拭一番，才勉强拾掇干净。饭菜很快端上了桌，贺晓丽陪女儿吃饭，听她喊嘁喳喳说话。餐厅里来了不少食客，跺脚声、拍打衣服的声响、点单的招呼声，加上窗外的雨声，杂乱、聒噪，将刘薇子的说话给淹没了。贺晓丽皱了皱眉头，朝人声喧闹的方向扫去一眼，恰好看见耿小善站在门边，手上握着收拢的雨伞，伞尖的雨粒像断线的珠子似的往下掉落。

小善哥。刘薇子朝耿小善扬起了手。

耿小善的神情有几分狼狈，肩膀上湿了一大块，头发也湿漉漉的，脸上挂着泪珠似的雨水。一双运动鞋完全湿透了，每走一步鞋子里都放出响亮的水声。瞧他的步伐，却与往日不同，很轻捷，还带点儿欢快。少了先前因害羞而生出的忸怩和拘谨，嘴角翘着抹微笑，全然不受冷雨在脸上的影响。他很自然地坐到了同一张餐桌边，好像她们给他预留了位置。

换上吧，会着凉的。贺晓丽很是心疼这孩子，赶忙离座，到吧台后拿来自己换下的雨靴。

耿小善瞧了瞧刘薇子，好像要得到她的默许似的。

这是阿姨穿的，怕什么呢。贺晓丽将雨靴递到男孩手中。

男孩的脚发育快，雨靴大小合适。刘薇子从碟子里拿起毛巾，让男孩擦去脸上和头发上的雨水。

你爸呢？咋不去学校接你？贺晓丽忍不住在内心责备那个叫耿初春的男人，还有什么事情比接送孩子更重要呢。

我爸参加救援去了。耿小善的回答有股抑制不住的自豪。

贺晓丽的脸上忽然生出了微烫，知道自己怪罪错了。这是万万没想到的，男孩的父亲不是理发师么，咋就去救援了呢。她别开脸看向窗外，承风路上风雨肆虐，哪里都没有一块明净之地。她想象不到救援的场面，那是壮烈的，夺人心魄的，还是慌乱的，凄惨的，让人不忍直视。一个被洪水围困的人，如何在绝望中等待救援的希望。那个人就是她，是香樟树上掉落的一片叶子，被雨水挟持，不知要流向哪里。她在守望一场针对她的救援行动。

你爸是个英雄。这是刘薇子的仰慕之声。

我爸还没回来呢。男孩在为他父亲忧虑。

那顿饭吃得比往常久一些。刘薇子始终在说那个参加救援的英雄，希望在男孩嘴边听到更多消息。男孩拗不过女孩追问，把他父亲曾经参加训练的种种细节，包括加入平安救援队的经过，一一向女孩作了说明。男孩的讲述带有他自个的感情色彩，虽然平实，但发自内心的骄傲不时会从言语中溢出来。由此推测，当男孩的父亲向他叙述这些时，一定是饱含了浓烈的情感的。

要是我有一位这样的父亲，该多好啊。这是女孩由衷的赞叹。

贺晓丽的内心猛然抽搐了一下，好像软体动物遭受到针扎似的刺激。从女儿澄澈的赞美中，她看到了女儿内心某种从未暴露的阴影。她始终无法向女儿说清楚，她的父亲是谁，他在哪儿。女儿的记忆是模糊的，那时她还太小，对她父亲不可能保留真挚而具体的形象。她询问过她，她总是以她父亲外出跑生意为由来应付她。当女儿进一步问到她父亲什么时候回来时，谁知道他什么时候回来，我也盼望他早点回来，这是她给女儿的答复。女儿后来很少发问了，可能她也明白了，她父亲的去向是她母亲不可触摸的伤痛。

那个人到底去了哪里呢？

翌日，刘薇子再次向耿小善提问时，他便有了确切的答案。

十三个人，我爸解救了十三个人。男孩胸有成竹地说。

这么多？！女孩夸张地回应，我好崇拜你爸！

女孩央求男孩讲述他父亲救人的经过，男孩有点小无奈，可一旦开讲，言语又是那般热烈。他父亲如何在暴雨中穿行，如何划着橡皮艇解救被洪水围困的人们……甚至救起过两条小狗，一只小猪。他父亲抱着两只小狗上岸时，其中一只还尿了他一脸。这个花絮逗得女孩咯咯笑了。说到后面，男孩在女孩的笔记本上写下了他父亲的手机号，让她有事打这个电话，他父亲准会在第一时间到来，好像他父亲是蜘蛛侠，身怀拯救地球的超能力。男孩的煞有介事不禁让女孩的母亲莞尔一笑，内心某个地方不知不觉被诱惑了。

过几天，女孩的母亲如愿以偿，因为女儿仰慕的英雄来到了后厨小娘。他穿着件绿底黑条纹的 T 恤，头顶的短发精神抖擞地竖着，可脸上的神情有些憔悴，大概还没完全恢复过来。他受到了女孩的热烈欢迎，并且被要求讲演其动人心魄的壮举。虽说之前已从男孩嘴边知道个粗略，但绝不会有来自亲历者的真相更叫人身临其境。

或许英雄都是木讷的，笨拙的，从他嘴里嗑出来的语言平淡无奇，好像那原本就是波澜不惊的琐事。可是，女孩的母亲却听出了另一种滋味，不加修饰的细节才是真实的，有着平静之处见惊雷的震撼。当英雄的理发师讲到怎么跌进漩涡时，女孩母亲的心被揪紧了，好像绷直的琴弦一样，随便弹拨一下，有可能就会琴毁弦断。当前者讲到他怎么得救时，她才松了口气，放下心来。过后，她反思自己充当听众时的表现，当时她完全没有意识到被理发师的演讲给俘虏了。她像她的女儿一样成了他忠实的粉丝，成了他的追随者。

这只是她同理发师交往的前因，真正拉近她同理发师距离的，是男孩写下的那个电话号码。不久后的某天晚上，她腹部突发剧痛，把她女儿给吓坏了。慌乱之中，刘薇子忽然记起了耿小善写给她的电话号码，也没征求她母亲的意见，就将电话打了过去。

电话接通后不到十分钟，理发师就赶到了她们母女的住处，短暂了解经过后，抱起贺晓丽，径直往第二人民医院奔去。贺晓丽患的是胆囊结石，在医院住了一个多星期，将胆囊摘除了。住院期间，理发师同他的儿子探望过她两次，还送给她一束康乃馨和一篮水果。出院时，那束康乃馨被贺晓丽带回家，制作成标本似的一束干花，放在她卧室的床头柜上。

五

本报讯　6 月 13 日，记者接到市民反映，位于长茅芦花塌的万承风墓被盗挖。记者赶到现场时发现，盗坑已被填埋。有村民说，"盗坑是三天前发现的，东西长约 150 厘米，南北长约 90 厘米，深达 350 厘米多。"

据市志记载，万承风（1752-1812 年），字卜东，一字和圃，常州亥市安乡汤桥人。为道光皇帝的老师。

目前公安、文物等部门已经介入。案件正在侦查中。

帝师墓

他的手掌不宽，手指细长，指肚上隆起了老茧，那是理发师职业的标志。手背的皮肤白而薄，看得见隐藏的青色的血管。这是他的手留给贺晓丽的印象，那双手托起她时是沉稳有力的，一只手挽住她的双腿，另一只手从脖子后绕过兜住她的右肩。长大后，她第一次被男人这样抱在胸前。那种异样的感觉好长时间都停留在她的大腿部位和她的右肩头。刘先生没这么抱过她。他拥抱她时，只是轻轻地将她拢在胸前，他的手落在她的肩膀上是软绵无力的，她感受不到男人该有的雄性的滚烫和力量。

她回到吧台后出神时，坐姿同平日稍稍有些不同。她用右手的肘部支撑起上半身的重量，左手反过来抱住自己的右肩，双眼一眨不眨望着玻璃窗外。别人察觉不到她内心的起伏波澜，只有她自己清楚，她在守候谁的到来。

　　暴雨初歇，天空像下着一团团火，那火在帝师街的水泥地上翻滚、旋转，像一群隐形的狂热的舞者。随便站在哪儿，都是热浪逼人，空调喷出来的冷气无法驱除内心的燥热。

　　那个人始终没有出现，就连耿小善都好些天没来后厨小娘用餐了。有几次，她试图从刘薇子那里打听什么，话到嘴边又收住了。她怕女儿反问，这孩子有时候是鬼精灵的，能把她的心思看穿。她不能叫女儿笑话。后来，她忽然想到，可以找个别的名目，比如以感谢的名义，宴请他们父子俩。这个理由女儿肯定是赞同的，且很有必要。人要懂得知恩图报，她曾这样教育女儿。她从手机通话记录中查到了那个电话，立马要打过去，内心却泛起了难以言说的不安。她放下了手机。她很快明白自己的不安在哪里，这个电话打过去，是不是就此要开始同那个男人交往呢。假如真的开始，她同他究竟要发展到哪一步，目的地何在。

　　接连几晚，她都失眠了。这是近两年没发生过的事情。她的内心很平静，刘先生离去之后，她以为后半辈子就这样过了，陪伴着女儿，把她培养成人，慢慢地，她也就老了。她在内心感谢刘先生，他给予了她宽裕的物质生活，还给她带来了一个可爱的女儿。有了女儿，她就不孤单了。她要这样过一辈子吗？她问自己，她能够守着什么，哪怕一个不能兑现的诺言，那也是虚无缥缈的奢侈。

　　她没有为自己找到答案。她躺在黑暗中，脑子里回放的是病发的那个晚上的画面，如果不是女儿惊慌失措，也许待她缓过气来，会挣扎着自己去医院。女儿的电话把她变软弱了，变无助了。这不是她。后来，她想到她的母亲，生活在如同老鼠洞般的环境中，却是那样笃定，脸上流露的不是无望，而是让她难以理解的满足。她曾经鄙视过她的母亲，现在细加揣摩，她母亲的内心必定有种她不曾体会的信念在支撑。或许，她内心的渴望在本质上同她母亲是相同的，殊途同归。

　　某个周五的中午，她把宴请理发师父子的想法同女儿说了，果然得到了女儿的赞同。妈妈，您真英明。女儿眉开眼笑，满脸欣喜状。您终于不是个吝啬鬼了。她愣住了，不知女儿的话是对她的奖赏，还是挖苦。

　　邀请是刘薇子发出的，理发师答应得很爽快，大约不便忤逆孩子的脸面。菜也是刘薇子点的，照着耿小善喜欢的口味。贺晓丽看过菜单后，只增加了一道大菜。这是大人间的礼套，好像少了这道菜，诚意就打了折扣。因是私宴，所以摆在了二楼的雅间，更方便说话。理发师来赴宴时同往日不同，穿了件白衬衫，下身是条蓝白的牛仔裤，胡须刮得很干净，整个人透着股赏心的清爽。礼物是束百合花，献花的是耿小善。女人收到花总是欢喜的，在向男孩表达谢意后，眼睛却向理发师投去一瞥。理发师回她一笑，他的笑是捉摸不定的，好像送花是他的主意，又像是透露他做不了男孩的主。她以为他的笑是心照不宣的，这让她的内心像开了个碰碰车场，到处都是碰撞的响声。表达过谢意后，她不知说什么好，彼此都有些尴尬。两个孩子倒是亲密无间，抢夺了本该属于大人们的话语权，活脱脱两个小演员，正在演出一幕舞台剧。间或理发师被迫加入他们的谈话，两个孩子就理发师有关的某个话题，各持己见，谁也无法说服谁，正好现场向理发师求证。理发师不敢说谁对谁错，只找出些话来敷衍。女主人似乎有意刁难，非得让理发师说出个子丑寅卯。两个孩子一个拍着手起哄，一个只盯着理发师看。理发师发窘了，嗫嚅着，总是心存侥幸要搪塞过去。三个观众却不打算饶过他，直到他举手投降，才肯罢休。

喧嚷的高潮过后，两个孩子出了雅间，是女孩将男孩拽走的。

瞧他们俩，真像是对亲兄妹。女主人似有感触。

是啊，真像是对亲兄妹。理发师附和时意味深长地瞅了女主人一眼。

女主人才知自己说漏嘴了，脸上忽地绯红。要寻个话题来掩饰，还得拿孩子来说事。你家小善可是我女儿学习的榜样。女主人这话听着像恭维，内里却是半点没有夸张。刘薇子自从认识耿小善后，的确进步不小，有次月考还进入了全班前十五名。这是她从来没取得过的好成绩。你家女儿对小善的影响也很大，以前小善不爱多说话，现在整个人都变了样，开朗了不少。理发师心里多少有些骄傲的，但吐出来的也是实情，耿小善原本话不多，他妈遭遇不测后曾一度有自闭症的倾向。这可把耿初春吓坏了。身边多了刘薇子这个学妹后，耿小善的笑容渐渐多了起来，说话走路，渐渐恢复了这个年龄段该有的朝气和活力。

说到孩子，两个人就无话不谈了。后来，不知怎的说到两个孩子在一块，到底谁听谁的。

肯定是耿小善听刘薇子的。这是理发师的观点。

不对，关键时刻还是耿小善说一不二。这是女主人的看法。

真有这事？理发师似乎不敢相信。

还能有假么？刘薇子不服谁，就服你家耿小善。女主人笑着说，还真得感谢你家小帅哥，总算有个叫小丫头服气的。

真得感谢一个人，不过不是耿小善。理发师说。

谁？女主人问。

万承风呀。

女主人就哦了声说，是得感谢，这承风路的名字多好听。

理发师要说的不只是这个意思，便从承风路往开阔处说去。这个叫万承风的古人，他们没见过他，只闻听他的名字，他却在不知不觉间改变他们，塑造他们。如果不是因为他，理发师一家不会在这儿安顿，他们也就不会相见。包括遇见卢大毫，加入平安救援队，这都不可能发生。这既令人无限悲伤，也叫人无限憧憬。理发师的说法让女主人缄口了，是谁改变了她？是刘先生还是她的父母？还是她自己改变了自己？她求救似的看着理发师，理发师的眼睛里孕着光，仿佛那就是答案。

如何对一个古人表达感恩之情，去他的墓前凭吊无疑是最直观的方式。主意仍是理发师提出来的，女主人有过一丝动摇，但最后还是答应了。行动的日子定在周末，以便两个孩子都能参加。出发前，理发师费了一番周折，总算打听到了万承风墓的所在地。祭品是依照常州亥市吊唁旧习准备的，有土纸、禅香、蜡烛、鞭炮、外加一束黄菊。他们俨然一个家庭，一对夫妻带着他们的两个孩子。驾驶员是他们的女主人，抱着黄菊的是他们的女儿。出了市区，往东行驶，下了省道，进入乡村公路。这中间问询了三四次，才确认具体方位，是在某个山谷中，下了车，还得步行两公里。墓地很开阔，墓堆像座小山，茅草长得老高。墓碑很高大，坟墓前的石像却不见了。墓地前的拜坪面积不宽，可能被蚕食了，变成了种植红薯的地垄。他们向墓主人献了花，放了鞭炮。两个孩子顺从大人们的意愿，各自磕了三个响头。离开时他们谁也没有说话，理发师稍微有些失落，祭拜的过程并没有想象中那么庄严。回来的路上，女孩发现附近的山坡上有野菊，嚷嚷着要去采摘。他们一块爬上了山坡，两个孩子奔在前，果真是大片的野菊花，金灿灿的，给衰败的秋色添上了一抹烂漫和奔放。

采集到的一大捧野菊花让整个车厢都辉煌了，他们的心情随之轻松起来，出发前抱定的那个神圣理由也没那么重要了。女孩开始唱歌，女主人打开车窗，让歌声飞出窗外。男孩先是小声应和着，后来也同女孩一样，放开嗓子歌唱起来。大人们受到感染，可惜不会唱孩子们的歌，只能滥竽充数似的小声哼唱，勉强跟得上节奏，想要达到字正腔圆是不可能的。

回到帝师街，灯光早亮起来了。此时的帝师街同暮色中的旷野完全是两个不同的世界，旷野是往昔沧桑的人间，帝师街是未来堂皇的天堂。他们在后厨小娘用过晚餐，两个孩子要完成家庭作业，各自抱着一束野菊花走了。留下的两个成年人似乎意犹未尽，女主人瞧瞧理发师，后者压根没有离开的意思。咱们出去走走吧，我还没欣赏过承风路的夜景呢。这是女主人的谎言，理发师肯定不会揭穿，并且看成是女主人诚挚的邀请。

他们俩沿着帝师街，从南往北走，彼此没有靠得太近，也没有离得太远。这种距离是微妙的，感觉更是奇妙。这条街道不知走过多少回，不论春天还是秋天，呈现给人们的景色都是一致的。可映照在各自的心里，感受却有天壤之别。此时的理发师总觉得有双眼睛在看着他，在他背后，或者前方，不管朝哪儿看，他都看不见那双眼睛，那双眼睛却将他的一点一滴全捞了去。而女人呢，对承风路的夜色再熟悉不过了，以前她经常独自散步，特别是刚刚搬过来时，入夜后新城区总是静寂的，路灯是早就安装了的，将她的影子拉得很长，橐橐的履音更是长过了她的影子。有个男人陪同散步，这还是第一次。头顶上的路灯仿佛是个魔术师，将他们之间的距离抹去了，落在地上的影子是紧挨着的，一步步，移动的速度是等同的。

他们很快走过了短促的帝师街，来到了河边，沿河是悠长的绿化带。在白天，这是绿色长廊，在夜晚，却是个幽暗而神秘的世界。在进入这个世界之前，理发师停顿了下脚步，女人丝毫也没犹豫，沿着小径直往里走，直到被阴影吞没。没多久，那个幽微的世界中忽然传来一声哎哟，好像女人踩失脚了。那一霎，理发师冲了进去，三步两脚奔到了女人身边，及时扶住了她。在那氤氲的世界里，两只手紧紧地攥在了一起，好像它们原本就是牢不可分的整体。

八月未央

他尝到了一种难以用言语表达的乐趣，像第一次给婴儿剃头，那么细嫩的皮肤，那些比丝线还细小的头发。他的剃刀贴着皮肤游走，那些汗毛状的头发好像生出翅膀似的飞了起来。他很担心，婴儿吹弹立破的皮肤能不能经受剃刀的锋利。他为此恐惧得要命。下一刀，也许就在下一刀，会有血珠子蹦出来。他的手在冒汗，内心在冒汗，脊背上冷汗直流。他深深地做了个呼吸，调整自己的状态。尔后，他职业生涯中的第一道难题迎刃而解。第二次给婴儿剃满月头时，他已是成竹在胸，知道自己会赢得顾客的赞誉。

当他端坐在橡皮艇上，面对滔天浊浪时，恐惧再次侵袭了他。他被它死死地攥住了。他屏住呼吸，像个受到惊吓的孩子似的盯着水面。这失去控制的水心怀叵测，你根本不知道水下有什么，就像面对自己的命运一般。可能会在你猝不及防时蹿出一头巨兽，把你拽到水下，溺毙你。他小时候有过溺水的经历，水底下有股力量拉扯着你，要将你拖向黑暗的深处。那一次，他从怪兽的口中挣脱了，游上了岸。从那时开始，恐惧就在他内心埋下了种子。

除了对未知水域的恐惧，他还有另一重恐惧，他真的有能力把那些溺水的人救上岸吗？他没有把握，更没有信心。

他用眼睛的余光瞅了瞅卢大毫。他不知自己为什么被他煽动了，怂恿了，加入平安救援队。卢大毫的脸紧绷绷的，雨水打在他脸上，像是打在石头上，打在水泥地上，对他没有任何影响。他沉着地指挥着橡皮艇，左拐，右拐，加快速度前进。他坐在老中青发屋的转椅上时可不是这样，那会儿他是软塌塌的，面条似的一个人，惬意地享受着他给予的服务。现在，他是个将军，一个同洪水搏斗的勇士。

他去搭救那个被水困在树上的孩子时，卢大毫在他肩膀上擂了一拳，那一拳的劲道不是很重，但也不轻。他早就留意到了，不论谁下水，都会挨上这么一拳。他知晓那一拳的意思，是给他鼓劲，更是对他的信任。也是提醒他注意安全。那次他抢救落水的老人时被卷入漩涡，事后才得知使他获救的那根绳索是卢大毫抛下的。不管谁落水，哪怕是个陌生人，他都会第一时间抛下救生的绳索，换了他也会那样做。

他很想问问卢大毫，为什么把他吸收到救援队来，几次话到嘴边，又咽了回去。有次救援行动结束后，他们俩肩并肩坐在泥地上歇息，他忍不住将内心的疑问吐了出来。你会游泳啊，不让你来出把力，你的资源就白白浪费掉了。卢大毫的答案很明了，救援队需要谙熟水性的人。事实也证明了这一点，他在游泳上的特长正好派上了用场。卢大毫的回答风化了他心中的块垒，他释然了。

随着救援次数增加，缠绕在他身上的恐惧被激流浊浪冲刷，洗涤，慢慢地，不见了影踪。他已经毫无畏惧，不管水多深，浪多高。他总是第一个冲向最危险的地段，那里有生命在呼唤，在等待他的救援。他知道他有足够的力量把他们救起来，让他们脱离险境，重获安定和自由。他越来越喜欢那种追风逐浪的感觉。雨点像是鼓槌，风声在耳朵里吹响了号角。那不是虚荣在作祟，而是内心有团烈焰燃烧着他。他的生命在哔剥作响，放出炫目的光亮。

侧目身边的同事，他们内心的波澜虽说不写在脸上，但他们的惬心快意几乎同他是一样的。他感觉得到。每当救援结束，背靠着背坐在泥地上休息时，他们总是热烈地谈论刚刚经历的惊险和刺激。每个人都会抢着说话，也会相互开些不伤大雅的玩笑。他们会总结其中的成功与不足，有人受到表扬，也有人会挨骂。挨骂的是因为他犯了错，做了不该做的事。耿初春被卢大毫劈头盖脸骂过一顿，那一次他没把救生衣穿好，把自己置于危险的境地。临危不乱，临难不苟，谁叫他们是割头换颈的战友呢。

他很庆幸身边有这么一群人。他们把快乐传递给其他人，他也像他们一样。以往在发屋，他几乎不同顾客说话，顾客问话时，他的回答也是简短得不能再简短了。现在，他会没话找话，变着法子将话题转向救援队，转向施救中发生的种种故事。顾客中有不少人同他是熟识的，听了他的讲述后看待他的眼神都变了。他们的眼神中有惊讶，有好奇，有敬佩，甚至膜拜。帝师街的老耿不只是理发师，还是这么个不平凡的人，一个无名英雄。他的内心很受用，脸面上依旧不动声色，照旧给客人刮胡子、修脸。

有段时间，他很渴望接到丁香的电话，她的电话总是让他热血沸腾。每逢这样，他会立刻放下手中的一切，以最快的速度响应她的召唤。哪怕他正在给客人理发，也会把剃刀扔到一边，让郑驼子替他收拾残局。郑驼子顶多乜斜两眼他的背影，最终会一五一十完成他没完成的活计。郑驼子就是这么个配合默契的伙伴。有郑驼子在，正好免除了他的后顾之忧。

这种渴望或许是不吉祥的。他不应该怀有这方面的期盼，当他以志愿者的身份去履行职责时，意味着有人遇到灾难了。由此他深感不安，谁愿意看到灾难降临呢。他好像成了灾难的帮凶，埋伏在平安和幸福之中。他不能原谅自己。参加救援行动带给他的心理上的成就仿佛是种毒，让他上瘾了。他必须把它戒掉。后来，他努力克制自己，不在顾客面前谈论救援的经历，即便顾客问起来，也只是轻描淡写地应付几句，没有多少生动的细节。更多时候，他对此保持缄默。

可他内心的火苗是没法扑灭的。在那些平静的日子，他忍受着烧灼的痛苦，边给客人打理头发，边察看窗外的帝师街。这种晴朗的天气是不会有灾难发生的，帝师街上阳光明媚，人间一切美好。

每年的七月过后，他就恢复到以前那种风平浪静的生活，寂静、缓慢，日复一日，称得上他生活的原貌。这也是他热爱的，带点慵懒的烟火气息。从迎春寓到老中青发屋，每天在这条短促的线段上来来回回，唯一的插曲是他同一个叫贺晓丽的女人的交往。当然，也有例外，这一年的八月，同往年的八月不一样。雨水早应在七月底断根了，可不想八月中旬忽然收到市气象局的黄色雷电预警：预计未来六小时内，常州亥市部分地区有雷电活动，局地可伴有短时强降水、雷暴大风等强对流天气，请注意防范。

收到这条短信是在午夜，手机叮咚一声响，把他给惊醒了。下半夜，果然电闪雷鸣，闪电的光亮透过窗帘，室内刹那如同白昼。惶恐和激动同时附上了他的身，让他难以入眠。那瞬间，他多么想身边有个女人，可以拥抱她，温暖她。

天亮时分，闪电隐退，雨声渐渐小了些。拉开窗帘，窗玻璃上雨花花的，外面的世界迷迷蒙蒙。时间尚早，他无处可去。他坐在床沿抽了支烟。他下楼吃早餐时，雨已经住了，天空灰蒙蒙的。帝师街的路面上落了不少香樟树叶，八成是被昨夜的雨水打落的，清洁工人还没来得及清扫。

他是在九点钟接到电话的，丁香通知他赶快去省道边候着。他在承风中学门口遇上了救援队的车辆，上车后才知是让他们参加搜救行动。昨晚的那场大雨导致几名乡村干部失踪了。出事的地点在一个小山坳里，一条狭窄的乡村公路穿过山坳通往不远处的村庄。几名失踪者当时乘坐一辆皮卡车，去组织转移被暴发的山洪围困的群众，谁知半道上出事了。他们赶到现场时，只见皮卡车已被洪水冲到距离公路几十米外的玉米地里，玉米地往北不到十米，是那条贯穿常州亥市全境的河流。参加搜救行动的有五六支队伍，第一天一无所获，到第二天下午，才在常州亥市的新大桥下找到一名失踪者的遗体。

搜救行动持续了一周。平安救援队被分成了三拨，全天二十四小时搜寻。轮到耿初春当班，几乎全泡在水里。下游的电站泄洪配合搜救，水位下降不少，但河水仍是浑浊的。耿初春蹚着齐胸的河水，沿河仔细搜寻，不敢放过一丝一毫的可疑之处。第三天，搜救人员发现了另一名失踪者的遗体。第七天，耿初春在一棵繁茂的枫杨树下找到了第三名失踪者。待他爬上岸来，整个人都虚脱了，没走两步，就晕倒在堤岸上。

他在医院输了几天液体，才慢慢把身体恢复过来。清醒后，市电视台和晚报的几名记者采访了他。他才知道，这次搜救行动牵动了多少人心，引起了多少人关注。他的内心陡然开敞起来，好像找到了通往海阔天空的通道。

六

我的父亲是个高个子，一双明亮的眼睛，鼻梁很高，耳垂很大。随便他站在哪里，都像一棵高大的香樟树。

他的头发很精神，好像在向天空生长。

他像我一样爱笑，经常笑呵呵的。他笑起来的时候会露出牙齿，有颗牙齿上有块黑斑，那是被香烟熏黑的。我让他戒烟，他就呵呵向我笑。他向我笑，我就知道他在耍赖，就不理他了。

我的父亲很喜欢讲故事，也很会讲故事。他讲的故事中有英雄，我好崇拜那些英雄。

我的父亲是个英雄。只要你有困难，他立马就会飞到你身旁，帮助你把困难消灭掉。

这是我梦中的父亲。我从来没有见过我的父亲……

——摘自刘薇子的作文《我的父亲》

秘密婚姻

同贺晓丽的第一次亲密接触是在午夜。他给她发微信，睡了吗？她回复，没。他说，我过来看看你。她接着回复，怕惊醒孩子。他说，不会的。她再回复，那，好吧。她应该明白他说的意思，答应了他，心理上该是有准备了。这是他的猜想。楼道里静悄悄的，他放轻了脚步，还是把感应灯震亮了。他被惊吓了一下，有种做贼心虚的感觉。他在她家的房门口站了小会儿，感应灯灭了。他推开门——果然是虚掩的，她就守在房门口。他在黑暗中拥抱了她，她略微挣扎了一下，之后就乖顺了。她牵引着他往她的卧室走。她是背向行走的，被他拥在胸前。她的乳房仍是坚挺的，柔软而富有弹性，每走一步都摩擦着他的胸口，不断挑逗他，鼓励他，怂恿他。她的卧室开了盏小灯，橘黄色的光芒，柔和，又朦胧。他们都很热烈，好像濒临世界末日一般。他的内心有种突发的幻觉，他不是进入一个女人的身体，而是同时进入两个女人的身体。她不单单是贺晓丽，还是吕瑞香，是贺晓丽和吕瑞香的复合体。但他的幻觉被她咬醒了。她差点抑制不住叫喊，一口咬在了他的肩膀上。

后来，他们把约会的时间固定在早上七点半到九点之间。早上七点半，刘薇子早已上学了，帝师街开启了一天最嘈杂的时段。晨练的、买菜的、吃早点的、上班的，大家都挤在一块出现，见了面，最多打个招呼，或者点点头，微笑一下，谁也不会停下来说话。耿初春出了迎春寓，横过帝师街，进入百合苑。即便当街遇见谁，也没法从他脸上窥见他内心此刻风起云涌的欲望。

无数次约会滋长了他们对婚姻的憧憬。他们的约会是地下的，不只瞒过了他们的孩子，还瞒过了帝师街的街坊邻居。这种偷情式的约会是旷日持久的，让他们品尝到了热恋的甜蜜，并且深深迷醉。他们虽然沉迷在仅属于他们的情感之中，却又不能不有所顾忌，特别是对他们的孩子。孩子们会是怎样的态度，是不明朗的，不可捕捉的。他们被组建一个健康而正常的家庭所吸引，可又不敢贸然在孩子们面前公开恋情。他们只能先行试探孩子，看他们是赞同还是反对。

有一天，贺晓丽问刘薇子，妈妈给你找个爸爸，好吗？

谁？刘薇子似乎动心了，脸上的表情却又是警觉的。

你觉得——耿小善的爸爸怎样？当母亲的惴惴不安往下说。

他是我的亲爸爸吗？刘薇子反问。

贺晓丽语塞了。

耿初春的问法相对委婉，但在儿子那得到的答案也不理想。

让刘薇子做你的亲妹妹咋样？他问。

她是我妹妹，可不是我亲妹妹。耿小善瞥了他一眼，纠正了他的说法。

他们在两个孩子跟前碰了壁，又无可奈何。后来，他们应对的策略是，同对方的孩子多接触，争取获得他们的好感，最终赢得他们的接纳。他们寻找各种机会，给孩子们营造亲如一家的氛围，比如周末聚餐，或者一同带孩子出游。两个孩子也不简单，似乎琢磨透了他们的心思，对他们的安排没有表现出多少兴致。三两次过后，孩子们开始拒绝参加类似活动，总是找出各种借口，要么有功课要完成，要么别的同学有约。两个孩子见面的次数也少了，即使见了面，也没有之前的融洽，好像慢慢在降温，在冷淡，疏远。

见两个孩子如此，他们很是沮丧，不得不收敛一些。孩子可是得罪不起呀。贺晓丽试图从女儿嘴边探听到什么，可刘薇子嘟了下嘴唇，责怪她少见多怪，她同耿小善好好的，什么事情也没有发生。贺晓丽将信将疑，不敢追问下去。

某天，贺晓丽肚子痛，怀疑吃了不洁的东西，上第二人民医院去买药。从医院出来时撞见了两个孩子，她落在他们后面。两个孩子有说有笑的，全然没发觉她的存在。到了十字路口，两个孩子才分手，各走各的。这两个小东西还真有心眼。当她将看到的告诉理发师时，后者嘟囔了一句。既然是孩子有意为之，他们更不敢造次了，欲速则不达，有些事情也许只有等孩子们再大一些。

他们无从判断究竟要等待多久，在孩子不能接受之前，只能维持这种秘密状态。随着时间的推移，有一天，贺晓丽没来由地想到，耿初春会不会在意她的过去，她可是从来没有对他说起过。他也从来没问过她，刘薇子是她同谁的孩子，孩子的父亲是谁。在常州亥市人的眼里，她是个轻贱的女人，甚至肮脏的女人，不自爱，不自重。如果耿初春知道这些，他还会同她保持这份情感吗？他会不会离她而去？她的心在隐隐作痛，该不该向他坦白，又如何向他坦白。她陷身在自设的漩涡里，不知该朝哪儿走。

正是因为这种忧虑，她同他亲近时内心便有了微妙变化，有些不自然。他感觉到了，挺关切地问她，哪儿不舒服吗？她编了个理由，支吾过去。

有一次，他们亲热过后，她枕着他的胳膊，被他搂在胸前。你会在意我的过去吗？她从他的搂抱中仰起头，直视着他。窗外有了初升的阳光，但隔着窗帘，他的脸不是十分清晰。他呆滞了一下，好半天才回答，过去怎么啦？不是已经过去了吗？谁没有过去呢。是啊，谁没有过去呢，他不是一样有过去吗？只不过他的过去明摆着在那儿，是透明的，无所保留的，她知道，帝师街的人更是清楚得很。可是她的过去呢？不是一直隐藏在黑暗中吗？她的心本来释怀了些，如此想着又纠结起来。

后来发生的一件事情，让她不得不打开那扇通往过去的门扉，或者说是变相向他求助。某天午夜，她被一个陌生的电话吵醒，是个女人，听声音同她的年纪不相上下。来电话的女人自称是刘先生的女儿，先是抱歉，不该这么晚打扰她，可是事出有因，不能不这么做，电话是刘先生要求她打的。刘先生肝癌晚期，时日无多，想最后见女儿一面。刘先生的女儿说她也是才知道有个妹妹，也很想见见这个妹妹。就是见个面，没别的意思。刘先生的女儿再三声明说，她的声音有些许沙哑，将悲喜尽都掩藏了。

贺晓丽僵住了，一时不知如何作答，好半天才艰难地吐出三个字，知道了。

去，还是不去，是个两难的问题。她同刘先生已经了断，再无瓜葛了，可人家是要见他的女儿，这不过分，何况还是这种特殊情况。她不是个那样绝情的人，毕竟同刘先生有过那么一段感情。虽说刘先生没说要见她，她还是能感受得到，他是想见她的。一个即将告别人世的父亲要见他的女儿，这是他的权利，也是女儿的权利，谁也无权阻拦，可内心又有什么抗拒着，令她下不了去的决心。

她没有太多时间犹豫，刘先生随时有可能离世。一夜过去，她明白了自己的症结所在，原来还是在耿初春那儿。如果她暗暗地去了，总有一天他会知晓的，与其那样，还不如现在对他和盘托出。而最终，当她将事情告诉他时，还是没有把她同刘先生的关系说清楚，只是说刘薇子的父亲患了绝症，生命垂危，要同他女儿见上一面。这还用考虑吗？去吧，别给刘薇子留下遗憾。他几乎不假思索回答了她。

这一趟把她对往昔的眷恋彻底斩断了。一周后，她带着女儿回到了帝师街。帝师街仍是她走时的模样，哪儿也没有改变。香樟树是葳蕤的，呈现着生命该有的生机和力量。那些鸟儿始终在高处飞翔，如同她的内心一样，热切向往着广阔的天空和无限的未来。

刘薇子却因此静默了，以前的喳喳不休不见了，经常一副若有所思而又怅然若失的神情。人世的曲折、多变、悲伤、困惑，过早地降临在这颗幼小的心灵上，显然不是她承受得了的。妈妈，您同耿叔叔结婚吧。有一天，她挺郑重地对贺晓丽说。贺晓丽重重地点了点头，将女儿搂在了怀里。

妈妈，我长大后可以嫁给小善哥吗？刘薇子接着问。

还远着呢。贺晓丽被女儿的问话给吓住了，稍微停顿后肯定说，如果你们相爱是可以的。

两个孩子像是商量过，对他们父母的婚姻不再反对。到底是谁说服了谁，这已经不重要了。他们的父母开始计划婚后的生活，首先得购套大房子，至少得有三个房间，除了他们的主卧室外，每个孩子都要有各自的房间。他们很快选中了目标，办好了购房手续，立即着手装修。就在装修公司上门看房时，耿初春出了状况，被警察带走了。等贺晓丽知道消息，老中青发屋已经没有了他的身影，只剩下郑驼子守在那儿。

耿初春是被当年的同伙举报的。他在珠江三角洲颠沛流离时，同几个来路不明的人混在一块，他们合伙盗窃过一家珠宝首饰店，分赃后各奔东西。其中一个再次作案时被警方抓获了，供出了盗窃珠宝店的事。据说举报者是在电视上看到耿初春的，事隔这么多年，居然一眼认出了他。

又到了吕瑞香的忌日，贺晓丽还是决定替代耿初春去祭奠她。她照例吩咐厨房做了几道小菜当祭品，都是吕瑞香生前爱吃的。她还给死者买了束花。她捧着花站在吕瑞香的墓前，整个墓园空空寂寂的。唯一让她感到实在的，是隆起来的腹部，那儿，一个新的生命正在倔强地生长。

凤兮凰兮

一

杨得志离世五年后，杨凤凰同母亲董灵芝、姐姐杨北街搬进了凤凰山路的茶厂宿舍。这家茶厂在常州亥市可谓煊赫一时，朝远处说，其前身生产的太子茶不只是贡品，深得满清皇帝老儿喜欢，还远渡重洋，在巴拿马万国博览会上捧回了甲级大奖章。俄国太子尼古拉为之倾倒，赠送了一块"茶盖中华　价甲天下"的匾额。那匾额和奖章都收藏在市博物馆里，轻易不示人，人们参观时看到的是足以乱真的仿制品。往近处瞧，二十世纪九十年代，它的广告在中央电视台黄金时段播出，被亿万人注目。在上海，茶厂为品牌宣传招募形象大使，报名的佳丽何止十万。那时节，茶厂的未婚男青年都是璀璨的钻石，随便走到哪里，其光芒不只夺美人之目，还点亮了常州亥城的满天星光。

茶厂宿舍修建于跨世纪前夕，在凤凰山路西头，末梢地段。那时的茶厂像只甲壳类动物，内里差不多被掏空了，仅剩一副漂亮的甲壳，靠着银行的输液维持一气残喘。这一带，杨凤凰再熟悉不过，小时候没少往来，闭上眼睛都不会走错。凤凰山路延伸到这里，从公安局门前开始，是段下坡路，落到坡底，抵达王亚桥，地势才趋于平坦。公安局西侧，是卫生局和防疫站，它们的正对面是粮站仓库，临街开了扇门，卖米面，也卖麦麸和油糠。杨凤凰作为家里唯一的男丁，跟随母亲来买过粮。后来仓库破败了，代之而起的便是茶厂宿舍。

董灵芝是茶厂的小会计，干到茶厂破产重组，仍是一名无职无权的小会计。其间经历了一场风波，财务科被检察院给查处了，董灵芝的同事有的被判了刑，有的被开除了工作，唯独她安然无恙。她凑了两万块钱集资款，分配到一套两室两厅的住房。搬进去时是三个人，实际上常住的只有董灵芝和杨凤凰。杨北街刚进大学半年，在家的时间少，大学毕业参加工作后回来得也不多。调到财政局后，干脆搬进了单位宿舍。她的理由很充分，单位宿舍刚好有空房，若不捷足先登，将来想插针怕是连缝都没有了。不该是你的，早晚都不是你的。董灵芝训诫女儿。杨北街白了母亲一眼，回敬说，你咋不说它本该就是我的呢？倒把她母亲给噎住了。

财政局宿舍离得不远，在王家井，不出十分钟就到了，可毕竟人家有单位管着，董灵芝不便三天两头往那边跑，贸然摸过去也不管用，吃闭门羹是常有的事。杨北街的羽翼丰满了，翅膀长硬了，眼睛里只有蓝天白云、星辰大海。再后来，杨北街出嫁了，更管不着了。她把注意力全铆在了杨凤凰身上，对儿子的控制从早上六点半开始，风雨无阻，雷打不动。姐弟俩上学那会儿，她每天早起到菜市场买上五角钱新鲜的米粉，下两个荷包蛋，儿子和女儿一人一碗，她自己则剩饭剩菜对付着。米粉涨到八角钱一斤，姐弟俩的早餐仍是米粉加荷包蛋。再往后，米粉涨到两块钱一斤，她不干傻事了，到榨米粉的作坊买来干米粉，现下现煮。杨凤凰从省城的医科大学毕业，通过考试进入妇幼保健医院，成了一名儿科医生。每逢上班的日子，早上七点，董灵芝把一碗热气腾腾的米粉准时摆在餐桌上，杨凤凰吃过早餐，七点二十分出门，下楼梯，到底层往往会吐口气，抬头朝楼上张望一眼，而后才朝宿舍区外走去。

杨凤凰惯常的上班路线是：沿凤凰山路往东走，折而往南过衙前大道，抵达澄江花园。澄江花园是大爷大妈们的乐园，他走过棋摊，从牌桌的空隙间侧身而过，绕开跳交谊舞的人群，再向前几步，到达常州亥河的堤岸上。他会在河堤上停顿小会儿，朝河对岸眺望几眼。对岸有座小山叫挂榜山，说是过去县试放榜的地方，站在这个角度，妇幼保健医院刚好被它遮蔽了。

街道上的人们都是急匆匆的，大人赶着上班，小孩跑着上学。他们的仓皇丝毫影响不到杨凤凰，他的脚步始终不急不疾，每一步都不长不短，呈现一种平静的匀速状态。他漫不经心左右顾盼的眼神，脸上波澜不惊的表情，时时刻刻都在向别人释放着他是个闲人的信息。这恰恰是反着的，在凤凰山路上行走，他从没有停止过琢磨，父亲杨得志为什么给他取名叫杨凤凰，这条街道同他有什么隐秘的联系，是他的脐带，还是贯通他的血管。上学时，因这名字，同学们都把他当女同学看待，特别是新来的老师点名时，他在满教室的哄笑中站起来，见到的是新老师尴尬的表情。他本来就瘦小，加上脸色白净，同女孩子无异。他询问母亲，为什么给他取这么个名字，她的回答是，这事得问你爸爸。他不死心，追问道，能不能重新取一个名字？哪怕同姐姐杨北街对换一下也行。他母亲仍旧回答，这事得你爸爸同意。

杨得志早已不在人世了，他上哪里问去？他同他姐姐商量，渴望得到她的支持，一个女孩子叫杨北街，好像把一只宠物猫叫成华南虎一样。杨北街一脸不屑盯着他，你叫杨北街，我叫杨凤凰，我还是姐姐，你还是弟弟，这有区别吗？要我给你换名字，你就叫杨得志好了。

杨凤凰叫什么都可以，哪怕是叫猫叫狗，就是不能叫杨得志。从母亲和姐姐那里得不到结果，他只能向与他同名的街道索要答案。他一次次在凤凰山路上行走，妄想发现点什么，两旁的店铺挤挤挨挨，都是爱莫能助的表情，脚下的水泥路更是默然无语。他只知道一点，凤凰山路因城市北边的凤凰山而得名。上高中时，班主任要求他们锻炼身体，鼓励他们去爬凤凰山。班主任朗诵了一段文绉绉的话来诱惑他们：峰峦挺秀，山势回旋，如凤展翼，是以名之。上有石台，曰凤凰台，平衍可坐数十人。他响应班主任的号召爬上凤凰山，在凤凰台上静坐了半下午。他没有体会到凤凰展翼的瑰丽，只是觉得视野开阔，整个常州亥城敞开在眼皮子底下。参加工作后，他才从谙熟掌故的人嘴边了解到凤凰山路的由来，这条街道铺设在古城墙的遗址上，一九三九年，常州亥城遭到日本人的飞机轰炸，古城墙毁于炮火之中。硝烟散尽，幸存的人们便在古城墙的废墟上踏出一条新路来，这就是他每天徜徉其间的凤凰山路。

杨得志在杨凤凰的心中早早埋下了一颗种子，这颗种子发芽、生根、开花、绽翠吐绿，长成了一棵枝繁叶茂的树。杨凤凰像只移动的花盆，每天兜着这棵树，走啊，走啊，穿过凤凰山路，慢慢悠悠到了常州亥河北岸边。俯瞰河面，满眼都是荡漾的碧波。河风吹在脸上，潮湿、清凉，带着淡淡的鱼腥味。一座浮桥架设在水面上，接通南北。他走下河堤，跳上浮桥，酒醉似的，晃晃荡荡朝南岸走去。

二

常州亥市处于群山环抱之中，气流不畅，夏天高温闷热和暴雨骤降的天气交替行进。常州亥河在枯水季低眉顺眼，像个小媳妇，一旦进入夏天立马变脸了，神经质似的狂躁，通身的血液都沸腾了，像熔岩一样狼奔豕突。它会冲垮桥梁，毁坏河堤，甚至掠走生命。过去的岁月，几乎每年都发生过溺死人的事件。常州亥河是条令人不安而悲伤的河流，夏天里河运管理部门特别警醒，一双耳朵聆听天上的雷鸣，一双眼睛死死盯着河面。当天气露出变化的征兆时，他们立马收拢浮桥，防止桥毁人亡的悲剧发生。

初夏时，杨凤凰按照往常的路线，经凤凰山路转衙前大道，再穿过澄江花园。当他站在河堤上时傻眼了，浮桥不知何时被拆掉了。赶回去开车已然来不及，就近叫了辆出租车，走沿河大道，上老大桥，绕行一大圈，才到医院。有时附近没有出租车，或是老大桥上堵车，耽搁的时间会更多。他不能再悠然自得了，得留意天气的好坏。有时即便是好天气，浮桥也会出现故障。看守浮桥的人太过负责，天气预报第二天有雨，他们提前一天拆除了浮桥。为保险起见，整个夏天他都开车上班，既避免了迟到，也少受日晒雨淋之苦。

蒋冠之出事的那天，天气异常恶劣，傍晚时分雷鸣电闪，雨呈瓢泼之势。气象部门早几天就发布了暴雨橙色预警。第二天早上，杨凤凰驾车出门，大雨依然没完没了，挡风玻璃上雨水流成了河。天空阴沉得仿佛要掉下来。常州亥河的水位高涨，浊浪滔天，从老大桥上经过时，车辆好像变成了颠簸的树叶，下一秒就会被恶浪卷走。下桥时，他一个恍惚，差点追尾了。他将速度放慢，下了引桥后找个宽阔处将车泊住。他得喘口气，镇定一下。沈剑飞的电话是在他泊车时打过来的，他把车停稳了，才拿起手机。

蒋冠之失踪了。沈剑飞在电话里说。

杨凤凰的心跳还没有从追尾的恐惧中平稳下来，脑子短路了，搜肠刮肚，想不起蒋冠之是谁。沈剑飞说的该是他们共同的朋友或同学，可他记不起有这么个人。沈剑飞是他多年的同学，从第一小学到第一中学，上大学前的学生生涯他们都是一起度过的。他们像热恋的情侣一般形影不离，连寒暑假都经常聚在一起。沈剑飞发育得早，个子嗖嗖嗖长得飞快，读小学时就比同龄的孩子高出一头。相比之下，杨凤凰弱小了许多，与同学发生矛盾，吃亏的往往是他。有一回放学，他沿着凤凰山路慢慢往回走，一个别班的同学从身后突袭了他，将他撞倒在地，他的手掌磨破了，渗出了血丝。等他爬起来，对方却诬赖他把他的铅笔盒撞瘪了，要他赔。这一幕被沈剑飞看在了眼里，他插到他们中间，将杨凤凰掩护在身后。那个耍横的同学被赶走后，沈剑飞领着杨凤凰到第一人民医院门诊部找他妈妈，给他做了清创处理，包扎了伤口。从那以后，他们俩成了好朋友，上课时坐在同一间教室，课余时间不管去哪儿，都走在一块。在别的同学看来，沈剑飞成了他的保护人，在杨凤凰的心目中却不是保护人这么简单，他是他要好的同学，是他的挚友，还有更重要的，他将沈剑飞视为英雄，正直的英雄，锄强扶弱的英雄，不可侵犯的英雄。

高考填报志愿时，杨凤凰同沈剑飞的选择不一样。杨凤凰没照他妈妈的意思选择会计学院，而是上了省城的医科大学。沈剑飞则去了上海，学的是金融专业，毕业后留在当地，进了一家外资企业。他们的联系一直没有中断，见面的机会却是少之又少，只在春节时才碰个面，一起吃顿饭。后来沈剑飞结了婚，妻子是北方人，得两头跑，两年才轮到一次。春节里，杨凤凰要值班，沈剑飞也是行色匆匆，相聚的时间更加短暂。杨凤凰对沈剑飞的了解不像以前那么多，对他的日常几乎一无所知，从表象上去判断，这位心目中的英雄除了脸色略显疲惫之外，对待生活依然战斗力十足，对待朋友肝胆相照，赤诚依旧。

杨凤凰想知道沈剑飞说的是谁，又不敢随便发问，唯恐引起他的误会。这年月，失踪的事件不多发，但也不少见，大多同经济有关，有的做生意失败了，有的在网上赌博，欠下巨额债务，跑路了。这一类失踪的主角，若干年后，有些人又沐猴而冠，衣锦还乡了，也有活不见人死不见尸的，久而久之，早被人们丢弃到遗忘的深谷中去了。

我妹夫，沈慧的老公啊。沈剑飞说出了失踪者的身份。

杨凤凰的心像被鼓槌狠狠地敲打了几下，差点要从胸腔里蹦出来。眼前闪现出一张细瘦的脸，一双单眼皮的小眼睛，怯怯地，带点委屈似的看着他。他记得的沈慧就是这模样，她是沈剑飞唯一的妹妹，年龄比她哥哥要小七八岁。因为同沈剑飞的关系，他也把她当成了妹妹。他看见她的次数不少，每次见她都是同一种表情，像被描画在脸上。他试着同她说话，又不知说什么好，结果鹦鹉学舌，把她哥哥说过的话重复一遍。这是很滑稽的，她多了个口气一模一样的哥哥，如同谁把两件相同的玩具硬塞到她手上一般。她注意的重心还是在沈剑飞身上，当他们离开时，杨凤凰感觉到她的眼神中有一种幽怨，一种敌视，责怪他把她哥哥抢走了。

上大学后，杨凤凰见到沈慧的时候不多，偶然遇见一次，时间也不长，一闪而过。沈慧发育了，个子长高了，五官却不改，仍是细眉细眼的模样。大约是性别意识在作祟，她不像之前那么黏着她哥哥，这是外在的，她崇拜的眼神泄露了她内心的秘密，她对她哥哥割舍不掉。或许同他一样，把她哥哥当成了保护神，当成了英雄。可能是小时候养成的习惯，遇上不开心的事情，或者对她哥哥不满，她的嘴唇会噘得老高。每逢见她这副样子，他的内心总会涌起一丝怜爱，一丝不忍。他说过一些让她开心的话，她听了总是莞尔一笑，笑容中有着浅浅的羞怯。她把他当成了另一个哥哥。一晃十多年过去，其间他几乎没有看见她。再见到她时，是在她的婚礼上，作为好朋友妹妹的婚礼，他没有理由不参加。她穿着洁白的婚纱，挽着新婚丈夫的手，可能是因为化过妆，且是浓妆，他看得并不真切。现场很热闹，可他莫名有些失落，落落寡欢。沈剑飞却很兴奋，喝高了，是他把他架回去的。对新郎蒋冠之，他没有留下什么难以磨灭的印象。后来，有次他同沈剑飞相聚，是蒋冠之送他过来的。这一回，他把他看清楚了，蒋冠之戴着眼镜，斯斯文文的，脸上有些女孩子的秀气，像个大男孩。他喊他凤凰哥，他挽留他一块吃饭，他委婉地谢绝了。

从那往后，杨凤凰再也没有见过蒋冠之，以至于对他的印象渐渐模糊了。他在记忆中努力搜寻，浮现在脑海中的是张带着稚气的男孩的脸，不能确认那就是蒋冠之。

沈剑飞在电话那端说起了蒋冠之失踪的经过。他的声音沉重，带着些许激昂的叹息。蒋冠之在一个叫灯庄的村庄担任第一书记，灯庄村北面紧挨着常州亥河，南面是崇山峻岭，一条小河经村口流入大河。蒋冠之是头天晚上失踪的。当天，他在城里办事，没有赶回灯庄。傍晚暴雨突降，且不停歇，三四个小时后，他坐不住了，惦记着那五六亩茶树苗。那些苗木是春天里才插扦的，虽说不是在低洼地带，但如果不及时排除积水，会有被暴雨毁掉的危险。他打电话叫来几个相关人员，驾着皮卡车，顶着暴雨朝灯庄村进发。一路上倒是有惊无险，谁承想在进村时出了意外，因为山洪暴发，平时几乎干涸的小河水势汹涌，淹没了进村的道路。蒋冠之以为能闯过去，冒险将车往前开。他低估了山洪脱缰野马式的破坏力，行到半道间，皮卡车像小船一样漂了起来，被洪水冲到了路边的玉米地里。玉米地往北，不过十来米远，是常州亥河。黑暗中，有两人跳下皮卡车，逃上了岸。蒋冠之和另两人留在车上，生死不明。

你去看着我妹妹，我不到，你别走。这是沈剑飞给杨凤凰下达的命令，也是他第一次用这种口吻同他说话。

三

凤凰山路往西，是条古道，古道中间有个码头叫犀津渡，后来沿用了这个名称叫犀津路。杨凤凰最后一次见到杨得志，是在凤凰山路与犀津路的交界处，王亚桥的桥头。王亚桥下的那条河叫西茗河，从凤凰山西侧蜿蜒而来，由北向南流入常州亥河。西茗河同别处的河流一样，夏天水涨，秋天水落，水涨时容易毁坏堤岸。那天，沈剑飞拽着杨凤凰去古码头，说是看停泊在那里的乌篷船。要知道在常州亥河里，乌篷船像稀有的鱼类一样，快要绝迹了。

杨凤凰从凤凰山路往西走，过了王亚桥，往前看去，视线不偏不倚，正中身穿囚服的杨得志。杨得志刚从西茗河里爬上岸，裤管上结满了泥点，从杨凤凰的角度看过去，他的脸比裤管好不了多少，被泥水弄得斑斑驳驳的，像是画了张地图。他身上的囚服半新不旧，可能被反复搓洗，更多是褪色的颓白。杨凤凰没想到会撞见父亲，一时不知道该咋办，呆立在原地，一动不动。沈剑飞轻轻推了他一把，他被迫栽出去一步，又僵柱着。就在这当口，杨得志随意地朝这边扫视了一眼，他的脖子当即像被魔法师施了魔法，扭不回去了。很显然，当父亲的发现了儿子。猜想父亲心里也是没准备的，嘴唇微微张开着，一双眼睛全落在了儿子身上。好半天过去，杨得志正要开口说话时，忽然有人呵斥，声音很是威严。三十五号，归队。杨得志咧开嘴朝儿子笑了笑，转身小跑着离开了。同他一块劳动的犯人早已排好了队伍，他跑过去站到队尾，随同队伍从凤凰山路往东走去。看守所在公安局北边，凤凰山的脚下。

后来，每当回忆起同父亲的这次相见，杨凤凰止不住在心里落泪，谁也没有料到这竟然是永别。当时，他傻傻呆呆地站在原地，目送着父亲离开。沈剑飞知道他心里不好受，拉着他继续往犀津古码头走去。在路上，沈剑飞还许诺，去找他父亲帮忙，他父亲一定会答应带杨凤凰去探监。沈剑飞的父亲在鹦鹉街派出所上班，在公安局认识不少人。杨凤凰的心里才放松一些，好受一些。那天，他们在一艘废弃的木船上坐了许久，直到夜色覆盖了河面，城市的灯火次第点亮，才离开犀津渡。回家后，杨凤凰装作什么也没有发生，在母亲跟前绝口没提遇见父亲的事。

那段时间，杨凤凰以为父亲真像母亲说的，出远差去了。每当姐弟俩问及父亲什么时候回来时，董灵芝总是训斥他们，你们以为在家门口出差啊？！去东北呢，没几个月回不来。母亲的声气不好，姐弟俩不敢再追问了，谁会想到母亲在欺骗他们？谁又曾想到父亲真就在家门口呢？过个几天，姐弟俩忘记了母亲的呵斥，又询问父亲什么时候回家。瞧你们把他稀罕的！他大凡有点良心，知道家里有两个讨债鬼惦记，就该早点回来，不过呢，我看他是乐不思蜀了。她被他们一而再再而三地追问弄烦了，挥舞着鸡毛掸子，警告说，我看你们是欠收拾了，有闲心还是多想想功课，等你们的老爸回来，到时可别哭着向我求情讨饶。

父亲去蹲监，对其子女来说不是什么光彩的事情，董灵芝的保密工作可谓滴水不漏，天衣无缝。好在杨得志的刑期不长，就几个月时间，一趟出远差完全遮掩了。他不在的这段空白，不会给子女造成任何负面影响，也不会给他们留下任何阴影。她千算万算，没算到杨得志会到监外来劳动，更没算到杨凤凰会撞见他。杨凤凰偷偷把父亲的消息告诉了姐姐，杨北街的眼眶刹那红透了，眼泪吧嗒吧嗒往下掉。那几天放学后，姐弟俩一个怀里揣着苹果，一个揣着馒头，蹲守在公安局门前。他们眼巴巴瞧着进进出出的人，他们的父亲始终没有出现。

姐弟俩沮丧而回，杨北街带着哭腔质问母亲，爸爸什么时候回来？董灵芝从女儿的声音中听出了异常，安慰他们说，快了，用不了多久就回来了。为了安抚女儿，她打开一只铁匣子，拿出两块黑芝麻糖，姐弟俩一人一块。放下铁匣子，她拿来了他们的结婚照，你们要是实在想爸爸了，就看看照片吧。她像在取笑他们，又像是更深层次的抚慰。姐弟俩都听出来了，她此刻的温柔是假装出来的，她的声音在颤抖。

杨得志和董灵芝的结婚照平常摆放在立柜顶上，那里还摆放着罐头瓶、蚊香盒，以及乱七八糟的杂物。照片是黑白的，董灵芝是圆脸，笑得也甜。与之相反，杨得志板着脸，严肃得很，特别是那些棱角分明的线条，更加深了这种紧张感。如果观察细致，就会发现杨得志其实没那么一本正经，他的嘴角不动声色地微微翘起，右边的嘴角比左边还高出一点点，他的内心八成在笑。杨凤凰拿手在照片上摩挲了一下，父亲的脸已经变化了，在王亚桥见到他时，他可能吃了不少苦，遭了不少罪，可他的脸不像之前瘦削，比照片上阔了许多。结婚这些年，他被董灵芝养肥了不少，只不过那些刚性的线条仍在。

如果不是一对情侣在凤凰山上烧烤，引发那场大火，几个月后，杨得志就会像董灵芝说的那样，出远差回来了。杨凤凰也不会把那层窗户纸捅破，将他在王亚桥遇见父亲的经过说出来。这是父亲离世多年后，高考填报志愿的前夕，他才把埋藏在心底的秘密吐露给母亲。这样做的目的，是他觉得自己长大了，有权知道父亲当年蹲监的原因。董灵芝被儿子讲述的往事给网住了，好久都没有开口说话。她正在梳理夹杂着丝丝缕缕霜白的头发，梳到一半，梳子给卡住了。她垂下双手，任由梳子卡在头发上。她愣怔一会儿后，抬头看了儿子一眼，复低下头，又是半天静默。杨凤凰以为她不会说了，打算走开时，她说话了，你爸爸呀，就是太逞能，太逞英雄。他不解地看着她，期待她往下说。她用湿润的眼睛瞅着儿子，接着说，他要是对这个家有点担当，有点责任心，就不会多管闲事，不会那么冲动，给自己招来牢狱之灾，更不会发生后来的事情……

当然，你爸爸是个英雄。停顿一下后，她目光炯炯地盯着儿子，用带着金属音的语调说。

杨得志也是茶厂的职工，岗位在技术监督科，就一平头百姓，上面有副科长、科长，还有资深员工，好事轮不到他干，好话他说了也不管用，好处更落不到他怀里。他没做过什么大不了的错事，也没得罪过谁，倒是别人把他给得罪了。董灵芝不止一次提醒他，让他跳槽，说他不懂技术，情商又低，哪怕到仓库里扛大包，也比在技术监督科当个闲杂人等强。是我高估了他，他一打杂的，哪能想走就走，哪能想去哪里就去哪里。她像是自责，又像是怀着某种愤怒。当年，茶厂开发了一款减肥茶，销售得特别好。有人动了歪心眼，找地下印刷厂印制了包装盒，卖起了假冒伪劣产品。因是茶厂内部人所为，工商部门查处过好几次，查到的都是小批量的。私下里传言不少，听说技术监督科也有人参与，目标指向科长。科长仗着他的母舅是茶厂的副厂长，平时不干什么好事，爱冤枉人。有一次，因为一批产品的质量问题，科长借题发挥，指桑骂槐，矛头指向杨得志。问题本来是杨得志发现的，倒成了他的罪责。他受不得冤屈，同科长理论，不想被科长扇了一耳光。他被惹毛了，成狮子了，一声怒吼，把科长的一条胳膊打折了。科长不饶他，杨得志因此下了狱，科长后来也没有好结果，造假东窗事发，被判了五年有期徒刑。

四

妇幼保健医院在挂榜山南面，院门前省道横亘，贯通东西。杨凤凰绕了大半个圈，进入省道，是个十字路口，遇上堵车，好在时间不长，红绿灯亮了两遍，前面的车就走空了。待进了医院，泊好车，到得科室，已是八点半，九点例行查房。科室的同事多数都晚点了，大家都在诅咒这鬼天气，一阵嘈杂之后，有同事说起了昨夜发生的失踪事件。杨凤凰听到了蒋冠之的名字，还听到了另外两个陌生人的名字，他们都是受害者。同事们喟然叹息，现在当个公务员不容易，高危职业了，好端端的，谁能想到有生命危险呢。不求个一官半职，混混日子也舒坦，那个蒋什么之是太敬业了，那么大的雨，谁不去都情有可原。杨凤凰瞥了一眼说话的男同事，男同事头顶光秃秃的，脑满肠肥，脸上油光闪亮。

可能是天气的缘由，入院的病人不多，都是感冒发烧之类的小毛病。杨凤凰将事情交给实习生去处理，实习生实习快满一年了，应对伤风流感不在话下。又叮嘱几句，拿不准的地方，及时打电话给他。之后，去向科室主任请假，科室主任听了二话没说准了假，这事得去啊，别说是你朋友的妹妹，换成其他人，如果需要帮忙，谁都不能推辞，谁都应该去。

杨凤凰匆匆忙忙下了楼，走向车库，上了车，才发现忘了脱白大褂，这还在其次，更甚的是，不知沈慧这会儿在哪里。她在哪个单位上班，她的家在哪里，她的手机号，都一无所知，更不要说详细的信息。沈剑飞没说，约莫以为他是知道的，无须说。她是沈剑飞的妹妹，唯一的妹妹啊。他太漠不关心了，他很是替自己羞惭，愧疚。他不能向沈剑飞打听这些，必须以另外的方式找到沈慧，一定得找到她。他给有限的几个朋友去了电话，得到的回复是知道昨晚发生的事故，具体情况却是谁也说不上。他又给两位熟悉的病人家属去了电话，其中一位病人家属刚好在市政府办公室工作，提供了一些消息，针对昨晚突降的暴雨，市政府成立了抗洪抢险指挥部，办公室设在防汛办，让他去那里看看。

防汛办在开发区，距离市民中心不远，独立的一幢办公楼。杨凤凰依言驾车前往，此时的雨小了许多，天空依然阴沉沉的，好像悬着一块重物，随时有可能坠落下来。他边开车，边在记忆中搜索，希冀在这个瞬息记起点什么来弥补心中的亏欠，无奈沈慧的点滴有如星光一般被这灰色给抹去了。他有些沮丧，有些灰暗，甚至是绝望。

防汛办楼前有棵巨大的云杉，老远就看见一辆满载抢险物资的车辆从云杉下钻出来，拐上街道，朝西开走了。有人拿着电喇叭，高声喊叫，像在指挥什么。几个粗壮的男人穿着黄色的救生衣，正将一艘橡皮艇抬上车，相同的橡皮艇车上已有一艘。杨凤凰怕妨碍他们，将车泊在街边的临时停车位上。他绕开忙碌的人们，走上几级台阶，进了大楼，才发觉大厅里满是人。几个年轻的警察站在门边，见他进来，警惕地看了他几眼。距离警察不到两米远的地方，有个女人靠在墙上，仰着头号啕大哭，泪水河流一般淌过她的脸。一个年纪比她要长的女人紧紧握住她的手，一边轻声说着什么，一边也是泪流不止。另一处，一个剪着短头发的中年女人在捶胸顿足，几个男人和女人捉住她的胳膊，以免她伤着她自己。女人不停地挣扎着，像条被网住的鱼，拼命扭动自己的身体，像是要从章鱼似的众多触手中挣脱出来。更多人的脸上，不管男人还是女人，老年人还是中年人，都是悲寂的神色。除了劝说，宽慰，人们不说多余的话，被沉重的悲伤压迫着，几乎快要喘不过气来。

　　杨凤凰小心翼翼地在人群中搜寻着，尽可能不去触碰人们的眼睛。那是个深不见底的世界，只要一落进去，黑暗立刻会把他吞噬了。那些眼睛是易碎品，只要一碰着，就像风化的织物一般，立即会变成灰烬或尘埃。他的目光转了一圈后，发现悲伤的人们分为两三个小圈子，圈子里的人们像取暖的动物一般蜷缩成一团，人与人之间几乎没有距离。圈子与圈子之间，保持着一些微妙的空隙，另一些人散兵游勇似的，在这有限的空间里走动。后来，在一个人数相对较少的圈子中，他搜索到一个女人的背影，疑似要找寻的目标。那个圈子的人数不多，像被排挤一样，畏缩在斜对面的角落。他们也不像别的圈子那样发出浊浪般的哀恸之声。一对老年夫妻，老婆婆不断拿手背抹眼泪，老头则一脸寒霜。一对中年夫妻，男的黑着脸，不时抬头朝四周打量，女的则俯身护着杨凤凰留意到的那个背影。那个女人胸前搂着一个小男孩，小男孩好奇的双眼不时从人群的缝隙中闪出来。这双眼睛单纯，幼稚，而又懵懂无知，不懂得世间的悲痛和哀伤。

杨凤凰犹豫了一下，像下河时试探水的深浅一样，忐忑不安地从人群的夹缝中穿过，朝那个背影和小男孩走了过去。他猜得没错，果真是沈慧，小男孩是她的儿子，小名叫旦旦。老年夫妻是蒋冠之的父母，中年夫妻是蒋冠之的哥嫂。杨凤凰自我介绍是沈剑飞的同学，这几个被哀痛包裹的人对他的到来，既没有欢迎，也没有拒绝，蒋冠之的哥哥朝他点了点头，算是接纳了他这个入侵者。小男孩瞪着充满童真的双眼，亮晶晶地看着他。沈慧像尊泥塑，低着头，没有一点动静。杨凤凰同蒋冠之的哥哥站得近一些，良久，在他们不察觉时，才慢慢挪到沈慧的对面。沈慧的脸上蒙着一层厚厚的铁青色，像是长满了类似苔藓一类的植物。她的身体在微微颤动，双肩抖动得更厉害一些。她在啜泣，声音嘤嘤的，如果不聚精会神，根本发现不了。她的哭声被庞大的波涛状翻滚的哀悼的声浪所覆盖。可能是坐着的原因，她的个子不比她四五岁的儿子高多少，甚至还要瘦弱一些。杨凤凰的内心涌起一股怜惜，作为她哥哥的好朋友，他想为她做点什么，如果能取代她的悲伤……可是，他什么也干不了，站在这里，有点像是多余的。

　　所有人都在等待救援的消息。有几支救援队奔赴了出事现场，最快的一支早上七点半就出发了。虽然失踪者的亲属对他们抱有热切的期望，可是传回来的消息很不乐观，加剧了人们的锥心之痛。因为大暴雨持续时间长，常州亥河水势汹涌，橡皮艇没法下河，只有一艘冲锋舟在水面上执行搜救任务，其他的搜救队员在堤岸上分段搜索。十二点，防汛办通报说搜救正在进行中。十二点半，送来了盒饭，但没人吃得下。蒋冠之的嫂嫂将旦旦拽到一旁，连哄带骗，将小家伙喂饱了。下午两点，又通报说搜救仍在进行中。这中间，杨凤凰看见沈慧反复在拨打一个电话，得到的回复都是系统提示音，你拨打的电话暂时无法接通。下午四点半，沈剑飞回来了，兄妹俩相见，沈慧一句话没说，一头扑倒在她哥哥怀里，失声痛哭了起来。

傍晚时分，雨才完全停歇，天空上的铅灰慢慢抹去了，露出大块寂静的亮色，西边山尖上居然出现了一抹淡淡的色彩。洪峰已过，常州亥河的水位仍然处于高位，搜救的行动没有停止。守在防汛办的人们被劝回了，那几位心力衰竭的女人都是被架着离开的。沈慧已瘫软成一团，是沈剑飞把她抱上车的。他们分成两拨，蒋冠之的哥哥负责将两位老人送回家，蒋冠之的嫂嫂则上了杨凤凰的车，因为旦旦需要有人照顾。他们一车人都去了沈慧家，沈慧完全被突发的噩耗给击垮了，迷迷糊糊地，几乎神志不清。沈剑飞把沈慧抱上楼，放在床上，她的眼睛缓缓睁开了，直瞪瞪盯着天花板。沈剑飞喊了几声妹妹，她也不应答。旦旦挺懂事地守在床边，稚声叫着妈妈，她看都不看他一眼，像不认识他似的。

第二天，雨过天晴，常州亥河的水位下降了不少，洪水正在退却。下游的电站昼夜不息地泄洪，以配合搜救。十点钟时，沈剑飞打来了电话，告诉杨凤凰，灯庄村洪水已经退了，进村的道路恢复通车了，沈慧想到现场去看看。沈剑飞的声音有些沙哑，估计一晚都没睡好。杨凤凰开了车，进入沈慧所在的小区，兄妹俩早等候在楼下。沈慧的神情非常憔悴，脸色苍白，两只眼睛是红肿的，身体摇摇晃晃，好像随时会栽倒。沈剑飞始终搀扶着她。他们沉默地上了车，一路沉默地往西走。到处都是暴雨留下的痕迹，路面的坑洼处积蓄着浑浊的雨水。道路两边的田野是一片泽国。有的路段还塌方了，道路去了半边，勉强能够通行。通往灯庄村的路口有交警执勤，沈剑飞说明了缘由，交警才敬礼放行。走了没多远，停泊在路边的车辆渐渐多了起来，慢慢往前开一段，最终不得不弃车步行。

出事的地点是个低洼地带，一条小河由南往北，流入常州亥河。进村的道路由东往西，横穿小河。交会处，小河的水位落下去将近一米，水声依旧咆哮着。路面经过清理，仍旧泥泞不堪。道路上挤满了人，不乏熟悉的面孔，是在防汛办的大厅里见过的。那两个哭泣的女人也在其中，可能是声嘶力竭了，再也发不出声来，她们由各自的亲属搀扶着站在路边，怔怔地瞅着玉米地中间那辆突兀的皮卡车。玉米全都倒伏在地里，方向一致，穗头朝向常州亥河。

沈慧由沈剑飞扶着下了车，像其他人一样站在路边。她的目光落在不远处的皮卡车上，她对它再熟悉不过。灯庄村经常有人让蒋冠之帮忙从城里捎带东西，他特意买了它。她不止一次在副驾驶座上坐过。她想过去看看那辆车，朝玉米地挪动时，她哥哥把她拽住了。玉米地被很多人踩踏过，靠近公路的地方成了稀泥塘。她没有坚持，在路边蹲了下来。两行泪水从她的眼角涌出来，沿着脸颊往下流，雨滴似的，一颗一颗砸在泥地上。她开始啜泣，一会儿过后，她仰起头，大张着嘴，像喘不过气来似的。沈剑飞弯下身子，想把她架起来。她摆了一下手，让他不要动她。须臾，她剧烈地呕吐起来，她的五脏六腑像被什么搅动了，大概她的胃已空空如也，只吐出少许浑浊的液体，丝线状悬挂在她的嘴角。

人们默然地注视着事故现场，这个地方被救援队搜寻无数遍了，不可能再有意外的发现。阳光猛烈起来，照在皮肤上如烤如灼，咝咝作响。有人在劝说失踪者的亲属离开，队伍有些松动了。哀伤的人们一百个不情愿，三步一回头，五步一回头。沈剑飞架起沈慧往回走，没走两步，她挣脱他的手，跳下玉米地，扑通一声跪在了地上。她把头抵在泥地里，放肆地恸哭起来。

蒋冠之，你给我回来！你说好了我们一起去北京听音乐会的。

蒋冠之，你这个骗子！你说好了我们一起去泸沽湖的。

你说好了我们一起去看埃菲尔铁塔的。

你这个骗子！你给我回来！你回来啊！……

五

杨凤凰一辈子都不会忘记那个周末。沈剑飞同他约好了，去看守所探望杨得志。沈剑飞的父亲事先同人沟通好了，会提前在公安局的院子里等着。为了兑现许下的诺言，沈剑飞一定没少纠缠他父亲，至于采用什么办法说服他父亲的，自始至终没吐露半个字。杨凤凰感激涕零，盼着周末快点到来。约好的时间是周日，周六他背着沈剑飞，一个人来到公安局门前侦查，设想自己怎么穿过院子，怎么见到父亲。返回来时，他还为要不要告诉杨北街而苦恼，沈剑飞央求他父亲时只说杨凤凰，没说杨北街，姐弟俩若是一起去，不知沈剑飞的父亲答应不答应。

那个周日，杨凤凰目睹了导致他父亲罹难的那场大火。上午，他同沈剑飞早早守在了公安局门口，离约定探监的时间早了两个多小时。那样的等待是煎熬的，他们在一棵香樟树下站了一刻多钟，又在台阶上坐了一刻多钟。沈剑飞提议到附近走走，他同意了，可是不敢走远。两个少年便在凤凰山路上走来走去，这也符合他们的性情，这个年龄段的人都是游手好闲的。当他们从王亚桥往回走时，沈剑飞留意到了凤凰山上冲天而起的火光，提醒杨凤凰，瞧，山上着火了。顺着沈剑飞手指的方向看去，火光好像缠绕在巨大的松树上，一泼儿一泼儿疯长。在他们停歇的几分钟，大火铺张开了，比常州亥河夏天涨水的速度还要快捷。繁茂的森林助长了火势，火柱越竖越高，快顶到天了。他们在公安局门前徘徊了一会儿，天空忽然下起了黑色的雪花，那是大火燃烧的灰烬在飘落。那些黑色的树叶打着旋儿，落在人们的头顶上，落在水泥地面上。整个山坡都变成了火海，燃烧发出巨大的哔剥声，一声声在耳边炸响。火光吐着长舌，把半空的云絮都点着了，把天空都舔红了。好大的火啊。面对壮观的山火，沈剑飞惊叹似的说了一声。好像被他的声音引发，突然有人吼叫起来，上山打火啊，上山打火啊。街道上原本仰头观看火势的人们，像突然被启动了马达一样，争先恐后，一个个往上山的栈道方向奔去。

杂乱的脚步声响过之后，街道上同蜉蝣状的黑色灰烬一同弥漫的是空旷的寂静。公安局的大院里有两棵高大的油桐树，树冠同楼层比肩了。它们的叶子已经枯黄，凋落时嘶的一声响，脱离枝头往地上飘落，落到地上又是一阵沙沙声。沈剑飞的父亲食言了，一直不见人影。沈剑飞溜进院子在油桐树下转了一圈，也没能干别的事，不过捡回来几张半黄半绿的树叶。他们在公安局门口守到十二点多，最终不得不带着遗憾离开了。回去的路上，两个人不紧不慢走着，一句话也没说。沈剑飞可能心有愧疚，陪伴杨凤凰穿街过巷，将他送到家门口才转身离去。

往常这时候饭菜早上桌了，这一天却不见董灵芝，只有杨北街待在屋子里，她的嘴角沾着两颗芝麻大小的颗粒状物质，估摸刚刚偷吃过什么东西。杨北街问杨凤凰妈妈去哪里了，杨凤凰丢魂失魄地回答说不知道。姐弟俩饿得肚子咕咕叫，眼巴巴地等待母亲回来。待到半下午，两个孩子实在抵挡不了饥饿，翻箱倒柜寻找吃的东西，碰见什么吃什么，铝锅里半碗剩饭，姐弟俩分食了，饼干盒里几块饼干，照样分食了，在厨房里又找到一根黄瓜，一人半根，勉强把肚子填了个半饱。姐弟俩商量着去哪里找寻母亲，出门后便分道扬镳了，杨北街同她的女同学一块去了旱冰场，杨凤凰去寻沈剑飞，没寻着人，一个人在公安局附近瞎溜达了老半天。

到傍晚，董灵芝还是没回家，一个她要好的姐妹，叫阿珍姨的女人来了。阿珍姨告诉两个孩子，他们的母亲有事出去了，让她来照顾他们。她给他们做好了饭菜，监督他们做作业，哄他们上床睡觉。两个孩子假装入睡了，阿珍姨才关门离去，出门时还叹息了一声，这两个苦命的傻孩子。杨北街听见了捂着嘴窃笑，杨凤凰大瞪着眼，怎么也笑不出来。阿珍姨照看了他们两天，第三天早上，她没让他们去上学，叫他们跟她走。她把他们带到了殡仪馆，他们才知道，他们的父亲杨得志已经被装在一只石头盒子里了。两个孩子放声大哭起来，眼泪破面而流。杨北街哭着闹着要去掰石头盒子，杨凤凰也希望姐姐能够掰开它，他不相信那么高大的父亲，怎么会钻到那么小的石头盒子里，就是杂技团里修炼了缩骨术的演员也做不到。

没有人向姐弟俩解释他们的父亲是怎么死的。后来，是沈剑飞告诉杨凤凰，杨得志葬身于那场山火。那天探监不是沈剑飞的父亲食言，而是杨得志被派出去修筑凤凰山上的栈道。山坡上着火后，一位分管森林防火的副市长率队上山灭火，正在栈道上劳动的杨得志见着他们，扔下手中的工具，跟随灭火队一块上山去了。这位副市长身先士卒，始终冲在队伍的最前面，但由于缺乏扑救山火的经验，在山顶上反被大火包围，紧跟在他身后的几个人无一逃生，被火魔夺去了生命。长大后，杨凤凰才明白，董灵芝为什么不让他见父亲最后一面，十有八九是父亲死得太惨烈了，叫人不敢直视，何况当时他还是个孩子呢。

杨得志刚去世的那几个月，董灵芝的身心是最疲惫的，她的圆脸过一个晚上瘦掉一圈，过一个晚上又瘦掉一圈，再往下瘦就不成比例了，慢慢削成了一张尖下巴，见不到多少肉的瓜子脸。有天晚上，杨凤凰起床上卫生间，发觉他母亲坐在客厅那张破了个洞的沙发上，像尊石像一样屹然不动。第二天早上，她的眼眶镶上了一道黑袖章似的边框，眼球上布满了蛛网似的血丝。她照旧煎鸡蛋、煮米粉，给两个孩子准备早餐，照顾他们上学。随后，她按时去茶厂上班，下班后匆匆赶回家，给孩子们做午饭。

有天早上，姐弟俩吃过早餐正要出门时，董灵芝将他们拦住了。等等。她在背后叫住他们说，听我说说你们爸爸的事情。杨北街回转了身，杨凤凰也回转了身。知道吗？你们的爸爸是个英雄。她盯住姐弟俩的眼睛说。随后，她像拨打算盘一样，噼里啪啦说了一大堆话，大意是：杨得志是为保护常州亥市的森林，是为保护人民的生命和财产而牺牲的。她说这些话时眼睛里噙满了泪水，有些悲愤填膺，又有些慷慨激昂。她拽住姐弟俩的手，姐姐居左，弟弟居右，昂首挺胸，径直往凤凰山路走去。母子三个没走出多远，姐姐挣脱了母亲的束缚，扭到了一边。杨凤凰的手被他母亲攥疼了，她两只手的力量集中到了一只手上。

那时候，常州亥市的机关单位差不多都在凤凰山路。杨凤凰被董灵芝拽着，在冬天的街道上奔来走去。董灵芝的脸被她自己呼出的热气笼罩，她的手温暖得有些发烫，这种热传导给了杨凤凰，他的左手在她的掌心里冒汗，右手为了平衡身体在寒风中摆动，被冻得刀割似的疼。杨北街比他自在多了，她把双手放在裤袋里，若无其事地晃动身体，隔着他们几步，总也走近不了。董灵芝就这样带着两个孩子，闯进了一间又一间办公室。不管办公室里有多少人，也不管那些人在干什么，她对他们说的话一成不变，这些话先前在家里就对姐弟俩说过了。有些人一边做着他们该做的事，一边听她说话；有些人让她坐下来，慢慢说，从头到尾把话说清楚。有些人听她说完话后，说这事不归他们管，建议她去哪里，找谁谁谁。

多年以后，杨凤凰才明白母亲那次拉着他们，去找那些陌生人诉说的目的。在那场山火中献出生命的，不止他的父亲，总共有五个人，其中四个人被追认为烈士，唯独杨得志例外。董灵芝的奔走很快有了令她宽慰的结果，有人给他们送来了杨得志的烈士证明书，还有抚恤金。杨得志早已安葬了，她没法再给他开一次追悼会，就从抚恤金中拿出一笔钱，请人雕刻了一块墓碑。每年清明，她领着姐弟俩去给她的丈夫——他们的父亲扫墓时，总是指着墓碑说，看清楚了，你们的爸爸是烈士，是英雄。那块墓碑的中间有一行竖写的黑体字：烈士杨得志之墓。

六

整个搜救行动持续了将近一个月。先是有五支救援队，本地的，外地来支援的，从灯庄开始，往常州亥河下游方向进行地毯式搜索。有的沿着河岸徒步察看，有的坐在船上巡视，有的潜到水下搜寻。老天爷也很配合，可能它也知道惹下大祸了，收起了暴戾的脾气，接连几天都是艳阳高照，晴空万里。可是河水挟带了大量泥沙，能见度相当低，给搜救增添了阻碍。第三天，救援队在下游一处浅滩上找到了一具失踪者的遗体，被证实是当时留在皮卡车上的三个人中的一个。救援队继续紧锣密鼓地搜救，时间长了，搜救队员已是人困马乏，因为水浸日晒，很多人脸上，胳膊上都起了水泡，脱掉了一层皮。一个多星期后，外地来的三支救援队相继离开了。余下的两支救援队没有停止搜救，分成两班，轮换进行。下游的电站拉起了闸门，常州亥河的水位降到了最低，可是救援队再无别的发现。

暴雨初歇时，人们对失踪者寄予了生还的希望，以为他们被困在了某个地方，暂时还没有被找到。随着第一位失踪者的遗体被发现，人们才感觉到事情不妙了，蒋冠之和另一位失踪者活着的可能性非常渺茫了。救援队搜救的过程中，沈剑飞寸步不离守护着沈慧，所有同外界的联系，包括救援现场的消息，都经过他的过滤才转述给她。他把手机调成了振动状态，每次接到电话，都借故躲到另一个房间，并且尽可能压低嗓音。他同对方应答时总是含糊不清，偶尔能捕捉到"拜托""全力以赴"一类的字眼。他这么做完全是掩耳盗铃，每次离开时，沈慧都会眼巴巴盯着他的背影，待他返回，她的眼神更加热切。她比谁都更期望听到好消息。她哥哥的眼睛躲躲闪闪，回答也是闪烁其词，没有一句肯定的话。沈慧由希望到失望，由失望到绝望，眼眶里的灰色不断加深，最后变成了死灰色。她昏厥了两次，送到医院才醒过来。她安安静静地躺在病床上，脸庞更加瘦削了，不够半个巴掌宽，眼睛却瞪得异常大，比平时大了不止一倍，像被固定了似的，直愣愣地盯着天花板。可能她在内心已经接受了某种事实，只是不忍把它说出来。妹子，你想哭就哭出来吧。沈剑飞怕她憋坏了，开导她。她仍以沉默作答，甚至都没看他一眼。

搜救进行到下半场时，沈慧结束了依赖输液维持生命的状态，渐渐有了些许生气。这当中旦旦起了很大作用，虽然他什么也不懂，甚至不知道他父亲已经失踪了，可能再也回不来了，但正是这种天真、幼稚，唤回了沈慧做母亲的责任。旦旦每天在床头喊着妈妈，先前她听了一个劲地流泪，在旦旦替她拭干净泪水后，她将他搂在了怀里。其间，救援队扩大了搜索范围，顺河而下，越过电站的拦河大坝，一直延伸到了下游。搜救无果，在又一场特大暴雨降临时，救援队终止了行动。沈剑飞不得不把实际情况告诉沈慧，她泪流满面，悲伤差点让她再次闭过气去。

难道他去了火星吗？她泪眼蒙眬地看着她哥哥。

她哥哥不知该怎样来安慰她，只有将她搂在胸前。

出院的那天，她拒绝了她哥哥的搀扶，自己下了床。临到上车时，她忽然站住了，对她哥哥说，他没走，他在我这儿。她拍着自己的胸脯，好像在说明她没有把某件贵重的东西弄丢一样。

这个过程，杨凤凰几乎全都在场。当年，杨得志在山火中丧生时，董灵芝肯定经历了一次同样的死去活来，只不过那时他还小，不懂得人世间的生离死别。现在，他感受到了，体验到了，沈慧的悲与痛，董灵芝的悲与痛，那是怎样剜心的悲与痛，怎样刻骨的悲与痛，这是人的悲与痛，人世间的悲与痛啊。

在返回上海之前，沈剑飞背着沈慧，同杨凤凰有过一次谈话。他把话题追溯得有些远，从沈慧出生开始，她是个早产儿，生下来时不到两千克。她是父母的掌上明珠，他们对她疼爱有加。她也是个乖乖女，没受过什么委屈，也承受不了多大的委屈。以前有父母宠着她，他这个当哥哥的不用操什么心。沈剑飞的父亲五十岁时死于肝癌，没过几年，他母亲可能是伤心过度，积郁成疾，也离世了。沈剑飞的父亲在没有昏迷之前，嘱咐沈剑飞要照顾好他的母亲和妹妹，因为他将是家里头唯一的男人了。后来，沈剑飞的母亲也在去世之前交代他，一定要珍爱他的妹妹，为她遮风挡雨，不能让她受到半点伤害。他母亲还说，我走了，你在这世上就剩下她一个亲人了，你们这辈子是兄妹，下辈子是不是兄妹，只有老天爷知道。父母的话等同于遗嘱了，就算他们不如此郑重，他也不会亏待他妹妹。现在，沈慧的亲人虽然不只他一个，她还有她的儿子，可是，发生这样的变故，沈剑飞一百个不情愿看到。他觉得好像是他干了什么不得体的事情，给他妹妹招灾惹祸了一样。他认定自己辜负了父母的嘱托，心里亏欠得慌。

沈剑飞的声音是哆嗦的，眼睛里是遮天蔽日的灰暗。他埋着头，不住地揪扯自己的头发。发生这种不幸纯粹是意外，你用不着自责。杨凤凰劝慰他。你是不知道，蒋冠之那小子太倔了！当初我就不同意他们。沈剑飞又悔又恨，他害了他自己，也害了沈慧，我就该坚持的，不该让他得逞的。沈剑飞的眼眶里含了晶莹的泪花，说话声带上了鼻音。杨凤凰也受了感染，阻止他说下去，别说这些了，他都已经去了。沈剑飞瞥了他一眼，没有就此打住，而是继续围着他那个倒霉的妹夫打转。

蒋冠之和沈慧是在同一座城市上的大学，有点像电视剧里的情节一样，他们是在学校与学校联欢的晚会上认识的。蒋冠之念的是中文系，平时会写点小文章，在他们系里不是很出众，可在沈慧眼里简直是个大文豪了。沈慧学的是音乐和舞蹈，要是遇上作文，就彻底傻眼了。沈慧对蒋冠之由崇拜而心生爱慕，到后来已是爱得发疯了，九头牛都拉不回来了。要命的是，蒋冠之也热爱音乐，还勤工俭学，用送外卖赚到的工资买了一支萨克斯管。这样的一对男女青年碰到一块，像两个马德堡半球，再也没有使他们分开的巨力了。好在蒋冠之没让沈慧失望，大学毕业后考上了公务员，分配在市委办公室工作。在常州亥这种小地方，这已是核心中的核心了，不说飞黄腾达，至少前途无量。刚开始，蒋冠之被安排在办公室收发文件，接听电话。两年后，做了领导秘书，半年不到，办公室又把他换下了，让他到政研室写材料。五年时间，蒋冠之把市委办所有的科室走了个遍，连个副科级都没能解决，又回到先前的岗位上，守着电话混日子。市委办的一班小秘书平日里聚在一起，常拿自行车来打比方，说谁是飞鸽牌，待不了几天，就像鸟儿一样飞走了；说谁是永久牌，扎根市委办，把这里当成了第二故乡；说谁是载重型的，什么脏活重活都少不了他，苦干苦熬，忍辱负重，运气好的话也能够修成正果。蒋冠之这一类就不好说了，好像什么牌子都不是，甚至都不是辆自行车，顶多算根铁链子，一根生锈的铁链子，煞风景的是还经常掉。

蒋冠之沦入这种尴尬的境地，其原因还在他自己身上。就说陪领导下乡吧，领导让他挡杯酒，他不喝，酒量有大小，不能勉强，这也罢了，让他提个包，拿只茶杯，他好像受了莫大的玷污。再在市委办待下去，已是十分无趣，正好市委组织部动员年轻干部到农村去，他报了名，被选中了，去了几十里外的灯庄。

性格决定了命运。沈剑飞为蒋冠之扼腕叹息。

杨凤凰在内心也为蒋冠之痛惜。他想，早知道蒋冠之是这么个人，他们有可能会成为朋友。

沈剑飞的这番介绍只是铺垫，真正的意图放在了最后。父母不在了，我就这么个妹妹，有点不放心她，可我没法长期盯着她。杨凤凰点了点头，理解沈剑飞的境况，沈剑飞已是中层干部，目前正处在上升期，再说上海离得这么远，不可能经常回来。沈剑飞抬起眼，求助似的瞅着杨凤凰，半晌才说，凤凰，你是我兄弟，我妹妹就是你妹妹，你要把她当亲妹妹看，你得帮我盯着她。之后，他让杨凤凰记下了他妹妹的电话号码，又交代沈慧，有什么难事尽管找杨凤凰，他会帮她解决的。他也不管他是否答应，就这样把妹妹托付给了他。

七

在杨凤凰的记忆中，父亲遭遇不测之后，母亲像变了个人似的，身体消瘦得不成样子，什么衣服穿在她身上，都是轻飘飘的，空荡荡的。她的身体仿佛是用竹篾扎起来的，一个简易的脆弱的支架。有风的日子，杨凤凰总是担心她会不会被风刮跑，他会主动把手交到她手上，用自己的重量把她牢固地黏附在大地上。有时候，他特别恐惧，她的身体会不会折断，或者像一件用旧了的器物一样，忽然散架了，不再完整了。他似乎在杞人忧天，她不像他想象的那么易碎，相反，从她走路的姿势来看，她的体内像是蕴藏着雷霆万钧的能量。女人的姿势总是袅娜的，窈窕的，董灵芝先前也是这样，而后来，有些男人化了，身体直挺挺的，脚底下带着一股疾劲的风，衣衫被卷起了锐角。

她的声音也有了明显的突变，之前的声音是柔美的，有着优美的弧度，像起舞的丝带一样。和风细雨，带有做母亲的慈爱。她极少呵斥他们，顶多音量高一点，让他们觉察出她话语中的重量。从那以后，她的声音就不是这样了，好像一根根柳条做成的鞭子，带着同空气摩擦的呼啸音。那样的声音抽在耳朵上，不只是不舒服，分明有了疼痛。她的语气也是居高临下的，理直气壮，不容违拗，比杨得志的声音有过之而无不及。

长大后，杨凤凰才领悟到，母亲底气十足，挺得直腰杆说话，其力量的源泉来他父亲。董灵芝反复声明，杨得志是个英雄，英雄的妻子不能给英雄丢脸，不能给他抹黑。在一双儿女跟前，她放弃了慈母的角色，一心担当起严父来。严父才是台前的，是台柱子，母亲总是在幕后，在严父的阴影下，所有的光辉都给了严父。她训诫两个孩子时，不管吃饭，还是要他们读书，用的是同一个道理，同一种腔调。她几乎戳着他们的鼻梁说，这是你们的爸爸拿生命换来的，一点也不知道爱惜？！你们糟蹋粮食，就是糟蹋你们爸爸的生命！你们浪费时间，也是浪费你们爸爸的生命！她也有气馁的时候，声音从喉咙里渗出来，悲悲寂寂的，你们的爸爸……都去了那边……还要养你们到十八岁。杨北街比杨凤凰知道得多一点，她偷偷告诉他，他们俩都是有抚养费的，上学也不用交学费，因为他们有个光荣的父亲。

在这些事情上，姐弟俩都很乖觉，大体上母亲说什么，他们就听什么，不会偏离她给他们设定的轨道。在读书上，杨凤凰比杨北街更用功，但学习成绩总是要逊色一些。大概这成了杨北街的资本，有时她会对母亲噘嘴，会翻她一个白眼，对母亲说的话不以为然。她从小就表现得比弟弟叛逆一些，长大后更是跑得没有边际了。姐弟俩本就不在同一条起跑线上，姐姐在弟弟跟前俨然是一位小母亲，一位导师，免不了对弟弟颐指气使。弟弟表面上顺从，内心却固执己见，丝毫没把姐姐的话听进耳。在很多问题上，姐弟俩无法统一意见，姐姐觉得弟弟没有主张，弟弟嫌姐姐多管闲事，背着董灵芝小纠纷不断。只有一件事情，对待母亲的再婚，姐弟俩站在了同一条战壕里，不只是言语上的英雄所见略同，并且付诸行动，共同御敌。

杨得志刚去世时，董灵芝陷身于悲痛之中，几乎不修饰自己。在姐弟俩的眼里，母亲不只苍老了十岁，坐着不动时，已显露出老态龙钟之象。她一身皂衣皂裤，哪怕是春暖花开，衣服的颜色依旧山枯水冷，同季节的色彩始终拧巴着。她是什么时候活过来的，姐弟俩谁也没有察觉。可能是她意识到不能那样活着，不能让别人以为她失去了丈夫就活不下去了。她不能让别人怜悯她，不能让别人小觑她，更不能活成别人眼中的笑话。她像一株受伤的植物，在阳光的照耀和雨露的滋润下，慢慢长出了新的叶片，伸展出了新的枝丫，下一步该花枝招展了。

有一天，在放学回来的路上，杨凤凰遇到了他母亲，她穿着一身洁白的连衣裙，头发烫成大波浪披在肩上，她的样子像一个妙龄女孩。只是她的脸依然很严肃，没有妙龄女孩该有的笑容。他惊呆了，差点没能认出她来。她伸出手来捞他的手，他涨红了脸，偏了一下身子，躲到了沈剑飞的另一侧。她没有勉强，叮嘱他早点回去。他嗫嚅着回答了一声。

你妈妈会不会给你找个后爸？董灵芝走后，沈剑飞问。

后爸？杨凤凰懵懵懂懂看着沈剑飞，这个词汇太陌生，弄不清楚同他有什么关系。

你妈妈会不会再找个老公？沈剑飞进一步说明。

杨凤凰的脸赤红了，后爸这称呼叫起来多别扭，好像同学们开他的玩笑，把他看成是女同学一样，让他有一种受到侮辱的感觉。他从来没想过这个问题，可一旦被挑明了，摆在他跟前，就不得不思考。如果真像沈剑飞说的，董灵芝给他们找了一个后爸，姐弟俩是同他们生活在一块，还是不生活在一块。真要是生活在同一套房子里，天天见面，他不知该怎么同他相处。沈剑飞说他们家那幢楼里有个女人离婚了，后来又找了个老公，那个女人的孩子同他后爸的关系就不好，经常把他后爸的东西丢下楼，有时是公文包，有时是一只茶杯，从楼下砸下来，呱的一声碎成无数碎片。他妈妈发现后，免不了会责罚他，那个孩子受了委屈晚上躲着不回家，有时整幢楼里的人都去帮忙找那孩子。有一次是沈剑飞的父亲找见的，那孩子把河边一艘破旧的乌篷船当成了他的新家，在船舱里铺上旧棉絮，打算在里面过日子。

杨凤凰想不出个明朗的结果，便把心里的疑问告诉了杨北街，她听了也是一愣，许久说不出话来。她敢吗？她要是敢，咱们就把那个人赶出去。杨北街咬牙切齿的，好像对面站着的不是她弟弟，而是她仇人。从那往后，姐弟俩开始像密探似的监视起母亲的一举一动来。母亲换了衣服，弄齐整了，正要出门，杨北街便靠了过去，要么大摇大摆走在母亲身边，要么跟在她屁股后面。有时，董灵芝上菜市场买菜，路上难免会遇见熟人，如果是女的，杨北街便站得远远的，她讨厌别人审犯人似的对她询三问四，如果是男的，她就插到他们中间，甚至会故意踩那男人一脚，给他们来点恶作剧。这种方式是奏效的，他们没法将谈话进行下去，寒暄两声就散了。也有不散的，杨北街便霸王硬上弓，捉住母亲的手，死拉活拽，生生把两个说话的人拆散了。走时还不忘回头瞪一眼那个不知趣的男人。

再往后，杨北街的手段更多了，也不知小小年纪从哪里学来的，好像天生就会。母亲添置的新衣服，她装作不小心的样子，偏要把它们弄脏来。母亲有限的几件首饰，拿得出手的唯一一只手提袋，她偷偷把它们藏起来，总之，董灵芝需要这些道具时，短时间总是寻不着，只得将就着出门。对杨北街的这些小伎俩，她可能有过察觉，却抓不到任何把柄，也没有因此惩罚过她。

董灵芝还是挺自由的，姐弟俩不可能眼睛一眨不眨盯着她。在他们上学时，她可以从从容容装扮自己，想怎么干就怎么干。当然，她也不会打扮得那么艳俗，毕竟是烈士的遗孀，这个分寸必须把握。端庄、得体，脸上还有点凛然，所有的妩媚都只表现在头发上，这也是她难得奢侈的地方。她愿意打交道的男人，不管是男同事、男同学，还是通过其他途径熟悉的男同志，中间都横亘着一条常州亥河，谁也别想跨过河来。有人给她介绍对象，都是正经八百单位上的人，要么丧偶，要么离婚，年纪都比她稍长一些。有一天，她终于领回来一个，偏又画蛇添足掩饰说，林叔叔刚巧路过，我请他上咱们家来吃个饭。林叔叔穿着西服，内里是白衬衣，眼角起了皱纹，头发有些稀薄，仍是三七分。林叔叔脸上含着笑，提着两份礼物，分发给姐弟俩。杨北街没接，白了林叔叔一眼，嗤的一声，不知是冷笑还是不屑，一扭身钻进了里屋。杨凤凰见姐姐没接更不敢伸出手来，董灵芝讪讪地接过了，放在茶几上。接下来，董灵芝要弄饭，留下杨凤凰陪着林叔叔，林叔叔的嘴不闲，问了好多话，多是同学校有关的，杨凤凰有些发窘，勉强回答了小部分。

这中间，杨北街从里屋冲出来，冲董灵芝直嚷嚷，妈妈，花露水呢？董灵芝在厨房里回答，你这孩子，要花露水干什么？摆好碗筷，准备吃饭。花露水在哪？我闻到了狐狸臊。杨北街装腔作势的，拿手在鼻尖上扇着，眉毛眼睛挤到了一块。杨凤凰也闻到了，林叔叔身上有一股狐臭味，虽说不浓烈，但也有些熏人。结果那顿饭吃得不尴不尬，后来林叔叔再也没有来过了。

八

杨凤凰第一次接到沈慧的电话是在半夜里。那时凤凰山路静悄悄的，手机铃声很是响亮。他睡觉时没有关机的习惯，也不会将它调至静音，晚上一般不会有电话。拿起手机，显示是沈慧来电，他一激灵坐了起来。电话那端立刻传来沈慧的声音，凤凰哥，旦旦病了，需要去医院。她很焦急，说话声带着哭腔。他安慰她，让她别着急，他马上就到。他赶紧下床、穿衣，经过客厅时发现董灵芝披衣站在她卧室门口，这番动静显然惊动了她。去医院有点事。他向她解释道。

　　杨凤凰驾车上了凤凰山路，往西走，经过王亚桥，右转上新大桥。常州亥河上有两座大桥，一座在东边，修建于二十世纪七十年代，是为老大桥，雨雪天杨凤凰驾车上班时常从桥上经过。另一座在西头，竣工于千禧之年，常州亥人称它为新大桥。新大桥桥头有个叫家具城的小区，是近郊几个农民凑伙开发的，沈慧就住在那里。这个小区的住户有些杂，卖家具的，做餐饮的，开出租车的，洗脚按摩的，干什么的都有。环境也有些脏乱，三轮车、电瓶车，乱停乱放，加上其他有用无用的物什，烧烤的炭槽、废旧的沙发，胡乱堆放，有时候走在小区里，像是被堵在了杂物间，小老鼠似的钻来钻去，勉强找到一些侧身才能经过的缝隙。所以房价相对便宜。蒋冠之和沈慧结婚时买的是套二手房，在家具城的东南角，只有一条通道进出，等同于死角。

　　杨凤凰找地方放好车，左绕右拐，爬上楼梯，来到沈慧家门口。刚要叫门，发现门是虚掩的，拉开门，沈慧抱着孩子守在门边。她的脸憔悴而慌乱，见了他，得救似的把孩子交到他手上。孩子的额头发烫，脸上也是异样地发红，整个人都迷迷糊糊的。他赶紧抱了孩子下楼，往妇幼保健医院走。后半夜，旦旦在病房输液，沈慧坐在床边看护。杨凤凰跟着没有睡，黎明时分，旦旦的烧退了不少，甚至还劝他妈妈去睡觉。杨凤凰正好承接着孩子的话，让她去他的值班室休息一会儿。她感激地笑了一下，从椅子上直起身时站立不稳，又重新坐了回去。

　　旦旦住院期间，杨凤凰没回家去，照顾旦旦用药，到食堂打饭，给孩子买水果，跑上跑下，像个称职的父亲。有他照料，沈慧正好可以短暂休息一下，恢复一下心力。杨凤凰是个不太活跃的人，身上罩着一股与年龄不相称的暮气，同事们平常没少笑话他。他们惊诧于他的表现，玩笑话却不敢随便说，知道受他照顾的女人和孩子经历过什么悲情。董灵芝也不止一次数落过他，什么活都不会干，将来怎么生活。他几天没回家，她一天打来的电话不少于三次，询问他的一日三餐，好像他不回家就饿着肚子似的。他回复她，好着呢，让她甭操心。他也不知自己怎么了，奔上奔下，内心有股说不清楚的微妙的快乐。即便她不是沈剑飞的妹妹，他的内心对她，对她们母子，自有一种怜悯，愿意为她们做任何事情。

旦旦康复得很快，有了精神，人立马活泼起来，一刻也不肯安静。他缠着他妈妈问这问那，还要她给他讲故事。沈慧被纠缠得无可奈何，刚巧杨凤凰进了病房，正好转移话题，旦旦，你要谢谢杨叔叔，是他把你抱到医院来的。杨凤凰笑着纠正说，是杨伯伯。谢谢杨伯伯。旦旦很乖巧，还学着大人的样子鞠了一躬。怎么谢我呀？杨凤凰打趣问。我……我长大了给杨伯伯买冰激凌。旦旦歪着脑袋想了想，很认真地回答。你就记得冰激凌。沈慧拿指头点了一下旦旦的额头，批评他说。一言为定，可不许赖账。杨凤凰伸出小拇指同旦旦拉钩，旦旦边拉钩，边吐了一下舌头。你不是要听故事吗？让杨伯伯给你讲吧。沈慧说。杨凤凰把旦旦抱了起来，逗着孩子说了些别的话。旦旦却不要听故事了，而是问，杨伯伯，我爸爸下乡什么时候回来呀？这一下把杨凤凰给问哑了，瞥一眼沈慧，她的眼角早爆出了几颗豆大的泪珠，因为怕孩子看见，她慌忙转过了身去。

杨凤凰隔三岔五会去探望沈慧母子，一半是因为沈剑飞的托付和自己的承诺，另一半是自己的确有些放心不下。这么大的变故，放在谁身上都是无法承受的大山，会压垮他，会让他崩塌。他有过失父之痛，虽然当初年幼无知，心理上的影响却是一辈子的，生了根，永远无法拔除了。他每次去都会给旦旦带点礼物，有时是个小玩具，有时是水果和酸奶。他去了也解决不了什么问题，可不去心里难免会有些空落落，有些发虚。他同旦旦一起玩，逗他说说话，稚声稚气的童音，无忧无虑的笑容，会给室内增添无限的生气，甚至会增添一些光亮。这是这套房子里眼下最需要的。接触多了，孩子也愿意靠近他，甚至对他有了些许依赖，每次告别时，孩子的眼睛里分明有了不舍，还逼迫他约定来看他的日期。

杨凤凰同沈慧慢慢有了一些交谈，并不深入，都是浅尝辄止的话题。能够多说几句的，多是同旦旦有关。这让他产生了某种错觉，小时候他同她就是这样，中间夹着她哥哥。他每次想同她说话，都被她哥哥给打断。沈慧在特殊教育学校当舞蹈老师，杨凤凰知道那所学校，离妇幼保健医院不远，直线距离不到两千米。这是他的主意。沈慧哽咽着说。她参加工作的第一站是在第二小学，那时特殊教育学校刚成立不久，在全市范围内招聘特教老师，听说应聘者寥寥。当时她只是将从同事那里听到的情况随口一说，蒋冠之却认了真，反复动员她去报名，甭管别人去不去，你去啊，咱们就该做点有意义的事情。她被他说服了，准确说是信服了他，到特教学校应聘了，还为此到省城进修了一年。

沈慧的话渐渐多了一些，说的都是蒋冠之，说他给她吹萨克斯《回家》，说他学习舞蹈时总是踩她的脚。说他给她送花时每次都会抄写一首小诗，藏在花束中，不留心还真不容易看见。说他夸下海口，要在灯庄村种植一千亩茶园，三年内让她喝上他种的茶。也说他的落寞、负气，甚至有点儿怀才不遇的怨愤。你知道吗？他就是个裸露的人，什么都是敞开的，一点也不懂得保护自己，像个小孩儿。她的语调缓慢、痛惜，是对至爱的倾诉，又弥漫着像对待掌上明珠一样才有的倾心的溺爱。

他受到了她的感染，也从中听出了董灵芝的味道。

有一回，他被她讲述的梦境吓着了。她说她梦见了蒋冠之，他在一片明亮的湖水中游动，他的身边有飘带一样的水草在摇曳。他微笑着向她吐出一串白色的气泡。他向她招手，让她到他身边去。你可别胡思乱想。他在第一时间阻止了她，声音有点粗暴。他以为她在暗示着什么，被这个臆想的结果惊骇了。水冷不冷？她问他。已经是初秋了，天气还很热。他肯定地回答她，水里暖和着呢。

常州亥河的枯水季到了，下游的电站再一次放低了水位，人们顺着河床搜寻了几天，依然毫无结果。

初冬来临，有天晚上，杨凤凰又接到了沈慧的电话，说她想去河边走走。他的心里又划过一阵战栗，他让她等着，他陪她一块儿去。他同她沿着河边的栈道，在夜色中缓缓移动。她不说话，他也不好打破平静。此刻，常州亥河异常安分，几乎听不到任何水声，好像这条河流压根不存在一样。正是这种静寂里的空旷，让他感受到河流的浩瀚而生出慨叹和敬畏。他们在栏杆边站住了，目光投向河面。两岸的灯光照射在河面上，河面上有细碎的波浪，把灯光也搅得支离破碎。河上有风，风是凉的，吹在脸上微微有了寒意。

不知过了多久，沈慧忽然呜呜咽咽起来。

明天……明天，他们要给他开追悼会。她的脸上有泪珠反射的微光。

他不知说什么好，只是拿手扶住了她的肩头。

夜晚的声响渐次沉寂了。他们沿着原路往回走，经过一处伸向水面的台阶时，沈慧走了过去。他捕捉到了一声轻微的水响，接着是一小会儿静默。就在他将心提到嗓子眼的时候，黑暗中传来了她的声音，她像在轻声质问河流，又像在喃喃自语，水为什么是冰的呢。

九

杨北街将那个患有狐臭的林叔叔挤兑走后，很长一段时间家里再也没有成年的男性客人光临。消停了吧？！杨北街对自己的恶作剧很有成就感，在杨凤凰跟前挤眉弄眼。杨凤凰有些忐忑不安，可又不敢在姐姐面前流露。姐弟俩都不懂得母亲的心迹，在再婚的问题上，董灵芝是慎重的，原因之一是不想让两个孩子受委屈，他们本就失去了父亲，沐浴不到父爱的光辉。另外一个原因是天底下不可能有两个一模一样的杨得志，天不遂人意，奈何不得。她抱着宁缺毋滥的态度，不肯将就，也不能将就。她没有完全断绝再婚的念头，一个单身母亲拉扯两个孩子，不是件轻松的事情，有个人帮一把当然更好。杨北街的反应也误导了她，以为孩子不反对她再婚，只是她遇到的对象不合适，特有的体臭把孩子们熏怕了。

董灵芝对杨北街的跟踪一点也不反感，甚至还希望她跟着。这让杨北街很纳闷，不知母亲怎么了。再插足在母亲和某个男人之间，董灵芝的注意力全落在了她身上，看她瞪眼、噘嘴，还是一脸嘲弄的坏笑。在无数次无果的行动后，杨北街终于觉得无趣了，母亲不像是当真要给他们找个后爸，而是同她兜圈子，捉迷藏，把她当猴耍。她不愿意奉陪了，不管是哪个男人追求董灵芝，还是她看中了哪个男人，最终都会同姐弟俩见面的，到那时再下手也不晚。她有的是办法把他们搅和成一锅夹生饭。

后来，萧叔叔的介入是润物无声的，从第一次去菜市场的途中相遇开始，他像水一样，一点一滴在渗透。这是杨北街事后的回想。当时，她错误地判断了形势，那个穿着一件旧夹克、臂弯里挎着菜篮子的中年男人，同英雄杨得志相比，一个地下，一个天上，相距何止十万八千里。她以为董灵芝同这么个其貌不扬的男人，不可能擦出火花来。当母亲让她称呼对方为萧叔叔时，面对这个男人讨好的笑容，她用鼻子哼了一下，回报了一个蔑视性的笑。往后一段日子，她见到萧叔叔的次数少得可怜，不过一两回。同样是在街头撞见，她站到一边，由着母亲同他说几句话。再往后，情形就变化了，冷不防母亲就会说到萧叔叔身上。有一回，杨北街放学回来，见茶几上有盒糕点，尝了一块，觉得挺好吃的，眨眼便去了小半盒。董灵芝见状，说了句，这是萧叔叔送的。她像是随嘴一说，糕点却堵在了杨北街的喉咙里，吞不得吐不得，她梗着脖子僵在那儿，差点没让糕点噎死。

糕点事件给杨北街留下了后遗症，她再也不敢随便把家里的东西往嘴里塞，哪怕是她偏爱的，馋得不行，也得问明白了再动手。也有疏忽的时候，饥不择食，糕点的故事便灾难性地重演一回。还有一次，她被迫坐上了萧叔叔的车，是辆吉普车。她因此知道，萧叔叔是个司机，一辆老掉牙的吉普车的司机。那是清明节，董灵芝领着姐弟俩去公墓区给他们的父亲扫墓，公墓区在城东河对岸的山坡上，从凤凰山路转站前路，过老大桥，折而往东，要绕好大一个圈子。他们回来时，在山脚下的公路边遇到了萧叔叔，他背靠着那辆风尘仆仆的吉普车，一只脚直着，一只脚拎着，像个没事人似的站在那里。见他们下山，他立刻收起了那种闲适的样子，迎了过来。赶巧得很，萧叔叔正要回去，能够捎他们一程。董灵芝走得累了，连礼节性的客套话都没说，抬身爬到了副驾驶座上。杨凤凰犹豫了一下，头一低，也钻进了吉普车。杨北街瞅着杨凤凰这个叛徒的背影，恨不得把他给撕碎了。最后，她没能战胜脚掌下磨起了血泡的痛苦，拉长着脸，哆嗦着嘴，像头受伤的小豹子一样扭扭拐拐上了车。好汉不吃眼前亏，走着瞧，她在心里悻悻然。

叫杨北街更为恼怒的事情还在后面。终有一天，萧叔叔登门来了，拎着姐弟俩爱吃的糕点和水果。他黝黑的脸上堆着笑，是那种很亮堂的笑，可在杨北街看来，那是稳操胜券的笑，肆无忌惮的笑。如果不是董灵芝像尊铁塔似的镇压在现场，她会把他带来的礼物扔出去。她实在弄不清楚，母亲怎么会喜欢上这么个男人，他脸皮厚，不管她怎么拿话刺他，怎么撵他，都是笑呵呵的，露出一口白牙。除了这口牙齿，他再无别的可取之处。他赖在了她们家那张旧沙发上，瞧那架势，像是不做成姐弟俩的后爸决不罢休。

杨北街无计可施了，有一回，萧叔叔刚走，她就同董灵芝摊牌了，如果让这个姓萧的男人当她的后爸，她就出走。母亲瞅着女儿发疯的样子，嘴唇翕动了一下，却没有发出声来。她知晓了事情的严重性，妥协了。谁说要给你们找后爸啦？你哪只耳朵听见了？还是哪只眼睛看见了？！母亲的声音是发抖的，音量放得很低，可能是怕左邻右舍听见了。以后叫那个姓萧的不要到家里来！杨北街甩门跑了。

往后有一阵子没见到萧叔叔，姐弟俩以为事情就这么画上了句号。其实不然，杨凤凰在大街上不止一次撞见过萧叔叔，每次都是同他母亲走在一块儿。后来，杨北街也碰见了他们，便告诉了杨凤凰，杨凤凰这才说，我也碰到过。杨北街的脸当即气歪了，一把揪住弟弟的耳朵，你这个小叛徒！小白眼狼！忘了咱爸当初是怎么疼你的？！而最终，打败萧叔叔的是另一件事情，是姐弟俩伙同沈剑飞，把姓萧的儿子给揍了一顿，让姓萧的儿子过话给他老子，警告姓萧的不要妄想当他们的后爸，否则……吃不了兜着走。沈剑飞的父亲出了一笔医药费，把姓萧的儿子的伤治好了，幸好没落下什么毛病。沈剑飞的父亲回头把沈剑飞收拾了一顿，事情才算彻底完结了。

　　此后，漫长的岁月里，董灵芝再也没有萌发过再婚的念头，至少从表面上看是这样。一双儿女的闹腾没有打击到她，她依旧是英雄的妻子，无论做什么事情，都得体、周到，分寸拿捏得恰到好处，受到人们尊重。她对杨得志的怀念藏在心里，悲伤过后，内心的光彩慢慢涸在了脸上。她依照往昔定下的规矩，对儿女不迁就，爱护但不溺爱，以便他们在母爱的乳汁喂养下茁壮成长。一家三口恢复到过去的平静状态，杨北街却有些不自然，串邀沈剑飞来对付姓萧的儿子是她的主意，她知道杨凤凰不会不同意。当时，不过把姓萧的儿子当替罪羊教训一下，没想到把他打伤了。因为内心有愧，杨北街对母亲的管教反抗不那么激烈了，乖张的性格也收敛了许多。

　　高考填报志愿时，杨北街的牛脾气再一次爆发了。起因很简单，是选择方向的问题，董灵芝要求女儿填报财会专业，退一步，金融学、经济学也行。她的理由是，杨得志被追认为烈士时，市里有领导表过态，将来他的子女就业，在政策许可范围内一定优先给予照顾。这可不是她的私心，是杨得志拿命换来的。杨北街对母亲的建议先是嗤之以鼻，慢慢地，母女间的争辩升温了，母亲说一句，女儿顶一句，母亲的声音高一度，女儿的声音至少要高八度。杨凤凰夹在中间，不知该安慰母亲，还是该劝说姐姐。那时他很迷糊，脑子里一片混沌，不懂得姐姐为什么怒火冲天，母亲的话像是为她好，她不该不领情。直到有一天，他同母亲因类似的问题发生争执，才明白姐姐为何会坚持己见。董灵芝的意见是无效的，杨北街选择了管理学，大学毕业后考上公务员，在乡镇干了一年。后来，不知什么原因，她又妥协了，顺从了母亲的意愿。董灵芝找到当年表态的领导，那位领导是个认真的人，兑现了最初的承诺，帮忙把杨北街调进了财政局。

十

那些慢慢悠悠过浮桥去上班的时光，不留余痕地远去了。杨凤凰的日常紧凑起来，甚至有些紧张。他是享受这种快节奏的，每天早上驾车出茶厂宿舍区，进凤凰山路往西走，过新大桥，到家具城，接上沈慧母子，先把旦旦送到幼儿园，再把沈慧送到特殊教育学校，然后赶去医院上班。他比往昔提早二十分钟出门，为的是避开车辆拥堵的高峰时段。先前，特教学校出于对沈慧的关心和爱护，也考虑到她的精神状态，让她在家休养了一段时间。蒋冠之的追悼会后，沈慧提出来要去上课，学校答应了她的请求。她每天骑着电瓶车，送旦旦去幼儿园，放学时再接上孩子回家。有一次，她可能有些精神恍惚，同一辆送货的小三轮磕了一下，幸好没什么大碍，她的腿被蹭破了一点点皮。旦旦倒是吓得不轻，脸都变色了。这事儿她在杨凤凰面前只字不提，是旦旦偷偷告诉他的，说妈妈摔跤了。杨凤凰责备了沈慧两声，瞅她楚楚可怜的样子又不忍心多言，从那之后，他包揽了她们母子的接送任务。她也不拒绝，每天准时候着他。

刚开始，沈慧不多说话，非必要说的，统统不说，偶尔说一句，是非说不可的。多数时候，是旦旦在打破沉静，旦旦说他自己的话,问他想问的问题,间或也替代他母亲,当她的传话者。沈慧说,旦旦,让你伯伯开慢点。旦旦说,伯伯,您开慢一点。还添油加醋说,妈妈晕车呢。沈慧说,旦旦,让你伯伯开一下空调。旦旦说,伯伯,妈妈发烧啦。旦旦,让你伯伯关一下空调。伯伯,妈妈结冰啦。旦旦稚嫩的夸张的喊声,经常会把人逗得忍俊不禁。有时候,旦旦也会安静得不肯多说一句话,叫人怀疑他是不是病了。他蜷缩在妈妈胸前,似乎想钻回到她肚子里去。沈慧再三逗引他,杨凤凰也帮腔来激起孩子的兴致,可他就是闷闷不乐,不愿意接话。末了,他才在他妈妈怀里轻声说,我想爸爸了。继而抬起头,仰视着他妈妈问,爸爸什么时候回来?热泪一下子从沈慧的眼眶中滚了出来,断线珠子似的,一粒粒砸在孩子脸上。妈妈,别哭,别哭啦,妈妈。旦旦用一双小手在他妈妈脸上乱摸,一边扭头朝杨凤凰哭喊,伯伯,你叫我妈妈别哭。

这种悲伤的袭击往往叫人猝不及防,杨凤凰在路边找个车位,把车停稳了,再撕几张面巾纸,递给沈慧。待她们母子恢复平静后,重新上路。

随着时间推移,这种锥心的疼痛复发的次数慢慢少了,间隔期不断在拉长。沈慧可能在有意抑制自己,旦旦也明白了,说起爸爸会让妈妈流泪,再不会轻易说出嘴了。人总不能长期在悲痛中活着,去者去了,生者除了怀念,还得继续活着,好好活着,这是对死者的一种告慰。日子像水面上漂浮的树叶,轻松、飞快,漂走后不留任何痕迹。沈慧的状态慢慢在好转,脸上的寡白中渐渐现出了血色,像春天的植物一样有了些许生机。有一个更好的迹象,是她的话在增多,内容也趋于平淡而又不乏微波的琐碎生活。她说到她的同事,她的某个学生,他们发生的有趣的细节。也吐槽食堂的饭菜,太不合口味了。偶尔也会说起衣服、鞋子、化妆品之类的。有时教旦旦手语，母子俩一块嬉闹，做游戏，说些让孩子开心的话。沮丧时，也会责怪自己，做错了某件事，或者说了有可能会给别人造成伤害的话。她微笑，蹙紧眉头，快乐时手脚有了舞蹈的韵律，不开心时动作又凝滞了，僵硬了。

她活脱脱是个小女人。杨凤凰在远处望着她，在近处看着她，有这样一个女人在身边，让他原本不太坚硬的内心越发柔软了，他身体深处像藏了个发热的糯米团，软软的、黏黏的、暖暖的。他被一种有别于被母亲照料的温馨所包围。有时候，他瞅着她，像有许多话要说，偏就一个字也说不出来。他就那样静静地看着她，像个安分的孩子。她瞧出他的神情有异，向他笑了笑，问，怎么啦？他慌忙替自己掩饰，没什么。

她真的把他当成了亲哥哥，每逢遇到难以决断的问题，或者不知头底的事情，总是找他来拿主意，让他来想办法。他很乐意为之，也能帮她解决一些难题，可他的经验也有限，有时只能多假设几种可能性，把事情应付过去。有一次，他感觉到她心里藏着事儿，话都到嘴边了，就是不说出来。那时候，蒋冠之的追悼会过去半年多了。他暗自猜测，她到底有什么犯难之事，让她欲说还休。他等了几天还是不见分晓，在说与不说之间，她仍旧那样矛盾。她完全被那个没向他公开的难题控制了，眼神和动作都不受她的内心支配，像是背叛了她。她背对他时抹过眼泪，转过脸来，她的表情也是困惑的。某个傍晚，他送她们母子回家，到她住的小区，要送她们上楼时，她拒绝了。她的态度有些粗暴，这是极少见的，她已经无法自控了。在面临崩溃之际，她不希望他在跟前，他自觉地同旦旦挥手道别，目送她们母子进了楼道口。

那个晚上，他在黑暗中睁着眼，想象她受到的折磨。蒋冠之已经走了，换了谁都一样，好比在心头上刺了一刀，鲜血淋漓，可这是已经改变不了的意外。从她的表现看，她接受了这个残酷的事实。下半夜，他的手机响了，是她打来的，电话接通后好久都没听见她说话。他追问了好几次，有什么事吗？她的回答依旧是无声的。别着急，不管发生什么事，总会有办法的。他试图安慰她，不想却传来她的抽噎声。她的反常让他很慌乱，他说过去看看她，她这才说话，不要他过去。待她平静了小会儿之后，他再次问她怎么了。她说她接到邀请参加一场报告会，主办方想请她以家属的身份，介绍一下蒋……他的事迹。她说得很艰难，喉咙发干，声音像是挤出来的。我怎么说得出来？！她又在电话那端呜咽起来，显然她的情绪失控了，理智被抛到了一边。

去还是不去，沈慧被报告会的邀请给困住了。去，主办方会安排人来采访，给她准备好稿子……她能照着稿子说吗？那有什么意义呢？蒋冠之是她的丈夫，她不想与别人分享她和他共有的秘密。如果不去，她又觉得对不起蒋冠之，这是他生命的余晖，也是最后的荣光。她设想过自己站在舞台上，每说一句话，每吐一个字，心窝里都像被扎上一刀，一场报告会下来，她的心已是千疮百孔。她甚至听见凄厉的风从心窝里穿过时发出的悲伤的呼啸声。

杨凤凰体会得到沈慧内心的撕裂，支持她参加或者不参加，都很不适宜。他加入了这种撕裂之中，与她并肩站在了一起。从她心窝里刮过的风，同样穿过了他的内心，悲情共存，只不过他的痛楚没尖厉到她的程度。他的无言让她有些失望，如果他劝说她参加，或不参加，她正好借机发泄一下，歇斯底里地，把内心的悲痛、折磨一股脑儿倾倒出来。那样她会痛快一些，好受一些。在后来，他可能觉察到不说话不是一种恰当的态度，说了一番模棱两可的话。别人的看法不重要，你心里怎样想就怎样做，别太委屈自己。他的口吻不只像个哥哥，还有点像父亲。她沉默以对，但内心拿定了主意，她得去，一定得去。她不能让蒋冠之失望，也许他盼着她去呢。

那个日子很快到来了。那天早上，杨凤凰像往常一样将沈慧母子接上车，先将旦旦送到了幼儿园，重新上车去特教学校时，沈慧让他掉转车头，去大剧院。他恍然明白了，报告会在大剧院举行。主办方本来安排了车辆来接她，她谢绝了，路上她的手机响了几次，她也没有接听。大剧院在开发区，沿省道往西走，不过一刻钟的路程。他们到得稍微有点早，他陪着她在一个相对避眼的地方站了会儿。有风，悬挂在大剧院楼前的巨大条幅被刮得噼啪作响。他们很快被人发现，沈慧被几个穿着黑色西服的男女邀请走了。离开时，她看了他一眼，好像在向他求救似的。他用眼神表达了关切，目送她在那些人的簇拥下走进了大剧院。随后，他跟着进去了，找到一个空位子坐了下来。报告会的后半场，她在工作人员的引导下，来到主席台的中央。她回头看了一眼工作人员离去的背影，好像不明白为什么让她一个人孤零零地站在那儿。她只比讲台高出一个脑袋，人们只能看见她的脸，以及她脸上严肃的悲寂。她静了两三分钟，才开始发声，用的不是那种做报告的腔调，而是细声细气的，像涓涓细流，缓缓地，有一种非常的宁静。她说到她和蒋冠之的相爱，说到蒋冠之如何爱着他们的儿子。有些话杨凤凰听过，有些话他也是第一次听到。她的声音慢慢颤抖起来，听得出她在用力克制，尽可能让自己的声音延续下去。中间出现了几次停顿，每一次，他都以为她会在那里中断，不会说下去了。屏幕上有她的特写镜头，她困难地做着吞咽动作，像条被抛上岸的鱼，拼命吸入氧气。而最终，她在说到那一天，旦旦过生日的那一天，蒋冠之在灯庄村插扦茶叶苗……她再也坚持不下去了……她咬着嘴唇，眼泪不由自主溢出了眼眶，顺着她的脸颊往下滚落。她的脑袋一点一点矮下去，像太阳落山似的，眨眼被讲台给遮挡了。

十一

杨北街上大学之后，董灵芝的手头拮据起来，可这种困难没有吓倒她，她仍旧精神抖擞，像是春天里常州亥河畔的枫杨树。她总能找到那么多办法，把面临的困难给消灭掉。为了每月及时给女儿寄去生活费，同时又不降低儿子的生活质量，她利用休息时间，同阿珍姨合作到菜市场包水饺卖，春天里到郊区采艾叶，加工艾米果，挖荠菜既当菜，也拿来包饺子，上山拔小竹笋，端午节的时候炸麻花。还在犀津路的西头，靠近山脚下的乱石堆里，开垦出一块地来种菜。每次杨凤凰吃到她带回来的新鲜食物，就猜到了她在干什么。如果想从她身上发现蛛丝马迹，那是不可能的，回家前她已经把自己拾掇干净了，衣服上不会沾惹可疑的污垢，同她在茶厂上班时一个样。

那时候，杨凤凰念高中了，对母亲除了爱，还增添了另一种颇有分量的感情，那就是敬佩之情。他懂得了体恤母亲，有时放学回家，不见母亲，便开始淘米做饭，洗菜切菜。待母亲回来，他没有得到她的夸奖，她反而斥责了他，说他不该把时间浪费在这些本不该由他来做的小事情上。他理解她的用心，她希望姐弟俩出人头地，虽然他们从小失去父亲，照样不比那些父母双全的孩子逊色。他接受了她的教诲，也懂得她的不易，宁可受点委屈，也不会去顶撞她。在高考填报志愿时，他遇到了同姐姐相同的问题，因为有杨北街的前车之鉴，不想同母亲走到那一步。当时，他心中已有想法，当他把要填报的志愿告诉她时，她斜睨了他一眼，问，怎么就不报财会专业呢？他没有解释为什么，而是低头不语。他以为接下来她会暴跳如雷，像对待杨北街一样对待他。可是没有，他等来的不是那个结果。救死扶伤，不错，至少还是男人该干的事。她赞赏似的说，之后转身去忙她的家务。

他很纳闷她为何没有反对他，有可能她早猜测到了，她的反对不能改变什么，还不如由着他去。他猜想，她会不会在背后挥泪，一双儿女在关键问题上没一个肯听她的安排。在后来的岁月中，他的确听到过一些她的抱怨，说女儿是头狼，弄不好就张牙舞爪，张狂得很，儿子又是反着的，是只温顺的绵羊，事事顺着她，由着她。这些话不是当着他的面说的，是邻居拿来笑话姐弟俩，他们才知道的。杨北街听了当场就反驳，我是头狼，也是她这头母狼生的。杨北街当真把自己当成狼了，动不动就龇牙咧嘴，谁对她有不是，她就一脸凶狠对着谁。

后来，在婚姻问题上，杨北街同母亲再一次产生了分歧，谁也无法说服谁，母女俩由辩论到争吵，再到对抗，最终仍是董灵芝败下阵来。杨北街的对象是她自己找的，是土管局局长家的公子。除了家境优渥，这位公子长相还不赖，追求他的女孩不说从凤凰山路头排到路尾，半条街是有的。杨北街说是这位公子主动追求她，是在往她自己脸上贴金。董灵芝反对的原因，恰恰是对方条件太好了，一碗饭长大的人，怕是经不得事，受不得丁点风浪。这正好是杨北街羡慕的，说得不好听一点，是贪图的，小时候父亲不在了，吃的苦遭的罪不少，她不想再过那种掉进黄连堆里的生活。当初，她在母亲面前妥协，从乡镇调进城，也是这个原因。董灵芝的话击中了她的痛点，杨北街咆哮起来，谁是先知？！谁能预知以后的生活？！要是早知道这样，爸爸就不上山救火了！

董灵芝打了个寒战，哑口无言了。还有一层意思窝在她肚子里，没来得及说，那位公子哥身上有股脂粉气，这是她非常厌恶且鄙视的，哪里像个男人呢？没阳刚气的男人一旦遇上事，还不成一钵稀泥了？可是恼羞成怒的杨北街把话说绝了，是你同他结婚还是我同他结婚？是你同他过日子还是我同他过日子？女儿的反问把她逼回了原地，她的内心藏着深深的忧虑，更不敢轻易吐出来，那位公子哥的父亲口碑可不太好，有关他的风言风语不时在街头巷尾听得到。

杨凤凰参加工作后，董灵芝开始操心起他的婚事来，也许是因为杨北街的缘故，她显得紧张而又谨慎。她先是在她的老同事、老同学圈子里打探，看谁家有未出阁的姑娘。待见了真人，看对方模样还端正，待人接物还大方，谈吐也不粗鄙，再暗地里打听人家品行咋样，有没有谈对象，等等一类的私密。在经过一番筛选之后，她相中了一位姑娘，是她老同事家的女儿，在第二中学当老师。见面之前，她把对方的情况详详细细给杨凤凰说了一遍，包括对方的身高、穿衣打扮、说话，在学校的表现，甚至爱吃什么，不爱吃什么，都说得一清二楚。她还给他看了照片，照片上的姑娘蹲在一簇月季花前，脸色红润，一双眼睛直视前方。瞧她的模样不像在拍照玩，而是在审视给她拍照的人。待见了真人，才发觉那双眼睛凌厉得很，简直不像一个姑娘家该有的眼睛。董灵芝还是疏漏了，没打听完全，对方虽然年纪轻轻，可是第二中学的业务骨干，是教研组长，举手投足之间自有一股肃杀之气，是见佛杀佛、见鬼杀鬼的角。杨凤凰同那姑娘坐了一个多小时，等于听了一堂连堂课，被提问了N个问题，然后，就没然后了。教研组长没联系他，他也不再有听课的念想。董灵芝问及，杨凤凰回答，您还是去问她吧。

董灵芝当然不会傻到去问对方，儿子又不肯说破其中的缘由，只能猜谜似的瞎琢磨。她把探听到的有关那姑娘的点点滴滴，回头仔仔细细捋了一遍，发现的全是姑娘的好，没觉得哪里不对头。她在肚子里犯嘀咕了，不知该咋办。冷静一段时间后，她又重振旗鼓，投入找寻儿媳妇的快乐中。后来，她怀着忐忑，又给儿子介绍了一个对象，是在银行坐柜台的。她告诉他对方的上班地点、时间，让他先去看看，再决定见不见面。杨凤凰压根没听进耳，也就没有去，只是嘴上应付一下。等到见了面，那姑娘给他的印象就一个字，蔫，眼皮耷拉着，好像睡眠严重不足。那姑娘倒是约过他一次，他推托说抽不开身，那姑娘肯定听明白了，突然苏醒了一样，果断挂断了电话。

　　从那往后，董灵芝收敛了行动，只在嘴上催促儿子。像个带惯了孩子的母亲，孩子忽然啼哭了，以为是她手上带着刺，把孩子刺疼了，察看一遍双手后发现什么也没有，这让她更加不知所措了。董灵芝便是这种心态。瞅着母亲迫不及待想抱孙子的样子，杨凤凰却一点也不着急，不着急的缘由是他还很迷糊，不知要找个怎样的妻子。母亲和姐姐，这两个女人的样板都不适合他，而别的女人，他又不了解，不熟悉。婚姻是有些糊涂的，清醒就结不成婚。他给了自己勇气，想象着如何去接纳一个陌生的女人。他意识到因为母亲的帮忙，在恋爱这件事情上开始就是被动的。在后来接触的女孩当中，一个在内科上班的护士是最有可能成功的。女护士长了张茄子脸，五官还算匀称，眼睛有点大。多话，也爱笑，上班时把头发盘在帽子下，脱了工作服，是披肩长发。有一次，她陪同一对母子来儿科看病，母亲是她的同学，刚好是他当班，就这样认识了。后来，找他的次数多了，说话的机会也多了，有时在食堂碰见，还会坐在一块。她比他主动、大胆，说为了感谢他，请他吃饭，看电影。他每次都赴约了，也相应回请了她。同她在一起，他感觉很轻松，也很愉悦。可能是同事的缘故，他们的节奏有些快，快得叫人晕眩。他不得不邀请她去家里做客，为的是早一点让他母亲看看。她似乎料到了会有这么一天，并且做好了准备，所以答应得很爽快。

董灵芝得到消息，精心准备了一番。整个过程没什么不和谐的地方，女护士甚至主动到厨房打下手，同准婆婆有说有笑。宴请结束后，杨凤凰问他母亲对准儿媳妇的印象咋样，她的回答让他有些意外，你喜欢就成。她的没态度其实是一种态度，这让他稍微有些失望。事情终究没能成。就在他要向她求婚的时间点，她忽然调走了，调到了地区所在市的一家医院。她没有向他说明什么，也没有向他告别。他打她电话时，已是空号了。

十二

有一天，沈慧带着旦旦在超市采购，完事后杨凤凰送她们母子回家。当他拎着一袋米一桶油爬上楼时，几乎在第一时间察觉到了，屋子里同往日有些不同。乍一看上去，好像没什么明显的变化，旦旦的玩具依然随意丢放，一辆玩具车趴在电视机下方的地板上，一只有着黑白相间花纹的皮球落在沙发上，那些拼图用的塑料模块散乱在茶几上。一只气球浮在天花板上，系气球的绳子像榕树的气根一样悬着。几盆植物绿得更浓郁了，叶子闪着光。看到细致处，才发觉不同在哪里，蒋冠之使用过的一些物品，有些被收藏了起来，有些被收拾齐整了。比如，玄关处的博古架上之前有几本书，有一本还摊开着，现在可能被归到了书房里。鞋架上有几双鞋子也不见了，大概被收进了鞋柜。

杨凤凰打了个激灵，如悲似泣的情绪忽然从心底涌起，通过身体的某处缺口往外溢。他脚上穿着的正是蒋冠之穿过的一双布拖鞋。他不敢去猜想沈慧将蒋冠之的遗物收藏起来时，是怎样一种复杂而混乱的心境。当年，董灵芝也经历了类似的过程，某一天，他忽然发现父亲的东西全都不见了，不知去了哪里。家里头干干净净的，除了她们娘仨，好像杨得志从来没存在过一样。后来，他发现父亲的衣物被母亲洗干净，整整齐齐收藏在箱子里。他发觉这个秘密时，母亲正挨着箱子一动不动坐着，一只手伸进打开的箱子，被她抓在手里的是他父亲穿过的一件灰色毛衣。他不知道那个时候不能打扰她，相反，还故意问她，妈妈，您在干什么呀？她听见他的声音，侧过身子，从箱子里抽回手，在脸上抹了一把。当时，她说了一句让他一辈子都不会忘记的话，我把你爸爸藏这儿了。她眼含泪光，带着一丝苦涩的笑容对儿子说。

　　沈慧收拾蒋冠之的遗物是个漫长的过程，每件物品如何处理，足以让她重陷一次悲伤。屋子里因为一些物品的离去，变得整洁而空旷起来。它们原来占有的空间何其大，不管什么东西再也不能把屋子里填满。朝空着的地方看去，杨凤凰总觉得有个背影在那里移动，不走远，也不转过身来。以致于他也不敢随便走动，怔怔地立在原地。

　　杨凤凰想到，沈慧是在借收拾屋子给自己疗伤，睹物思人谁都会有，只能把那些引发思念的导火线一根根剪断，才能给自己一条活路。她渐渐恢复了活力，像当初董灵芝一样。他说话时赔着小心，怕哪儿不对头会引发她的联想。他愿意看到从悲伤中走出来的她，在阳光下生活，呼吸自由的空气。她慢慢复原了先前的一些社交活动，有时带着旦旦，有时让他帮忙照看孩子。不管去哪儿，参加什么活动，都由他来负责接送。她的活力也传染给了他，给他增添了新的力量，给他带来了说不尽的快乐。

沈慧的社交空间并不宽裕，仅限于同事和同学，都是同她一般带着孩子的。有时是因为哪家孩子的生日，有时是某个好久不见的同学突然从外地回来了，除了吃饭、逛街，偶尔看场电影。大家都有闲时才去郊游，群体不大，三五个人结伴，借亲近自然放松一下身心。沈慧参加的次数有限，她的业余时间本来就不多，再加上一个人带着孩子，终归有些不便。有时杨凤凰被捉去当司机，位列其中，他的身份便有些可疑。他明白自己的处境，同她们不走得太近，也不离得太远，若即若离，一副游离的样子。

假期的某一天，旦旦被蒋冠之的哥哥接走了，说是旦旦爷爷想孙子了，要把孙子接去乡下住两天。杨凤凰接到沈慧的电话，说要去参加一个活动。她要去的地方没多远，打个出租车也就起步价，叫他送，可能更有安全感。到达目的地后，才知她加入了一个志愿者组织，那天他们集体去做义工。可能是好长时间没有参加活动，她的到来引发了他们欢呼，她也像只小鸟似的朝人群飞扑过去。这让他有些诧异，也有些震惊。这是她的另一面，他所不知道的一面，全新的一面。他有些好奇，她怎么加入其中的。他在电视和报纸上见过他们，在十字路口也见过他们穿着黄色背心，举着小旗子，指挥行人过斑马线。在他眼里，他们是同一副面孔，不会具体到某一个人。

志愿者活动是不定期的，沈慧也不是每次都参加，有时时间上不好安排，有时带有专业性，非得专业对口。不管服务的对象是谁，也不管什么活动，她只要去参加，脸立马兴奋得红了，什么不愉快的事都抛到了脑后，全身心扎了进去。杨凤凰将她送到目的地后不急于走开，而是坐在车上盯着她，看她同其他志愿者击掌招呼时的笑脸，看她卖力干活时的背影。他内心像有根琴弦，被她出其不意给拨动了。

有一次，他们收工时，他来接她，她像个小女孩似的踮着脚，一蹦一跳向他走来。她的脸被汗水和灰尘给弄得花里胡哨的。他看着她不由自主笑了，她被他的笑弄得有些莫名其妙。他撕下一张面巾纸递给她，她才意识到问题出在脸上，对着后视镜照了一下脸，没有难为情，反而傻呵呵地笑了。

你咋会去当志愿者？回来的路上，他忍不住问她。

她像被他触发了某种不安，两只手绞在一块，默然地看了他一眼，很快又收回了目光。是他……鼓励我去的。她说出了令她痛苦难言的真相。他被压抑给俘住了，后悔不该多问。让他感激的是，她及时收起了低落的情绪，用一种相对平稳的语调说出她继续参加志愿者活动的理由，他走了……我更应该坚持吧。她的话语中有一股撼不动的坚定。他看了她一眼，眼神是感伤的。他又暗自懊悔，小时候看走眼了，她的内心远不像外表这么简单。

沈慧的生日前夕，杨凤凰接到沈剑之的电话，说几天后是他妹妹生日，他在网上订了花，订了蛋糕，就缺少一个陪妹妹进餐的人，思来想去，只有杨凤凰最合适。沈剑飞的话半是玩笑半是提醒，这是蒋冠之去世后沈慧的第二个生日，前一个生日她陷于悲痛之中，谁也不便提议，现在，她的心情好转了一些，该让她高兴一下，毕竟日子还长着呢。悲伤是由心生的，得一点一点慢慢祛除。杨凤凰被沈剑飞的兄妹情谊感动了，时光证明，这个儿时伙伴是值得信赖的，是个真诚的铁杆儿。另外，给沈慧过生日的安排也让他有些激动，将近两年时间，他同她一块吃饭的次数不少，可是以一个隆重的理由在一起吃饭，还从来没有过。

杨凤凰特意在特教学校附近逛了一圈，就近找了家餐厅订了餐。要不要再买束花，纠结了好半天，最后决定买一束，沈剑飞买的是沈剑飞的，他买的是他的，不同的人意义不一样。如何把花交到沈慧手里，他有些胆怯，后来想到了一个稳妥的办法，先把花交给餐厅，让餐厅的服务员当着他的面转交给她。他没有将生日的事提前告诉她，猜想沈剑飞也没有说，都想给她一份意外的惊喜。沈慧也没动静，可能是把自己的生日给忘记了。那天上班后，杨凤凰紧锣密鼓把手头的事情处理完结，十一点才给沈慧打电话，约她出来吃饭。她说中午要照看孩子，在他一再恳求下，才勉强答应了。他先一步到餐厅候着，怕她爽约，十一点半又通过微信给她发去了餐厅的位置。她回复说好。

吃什么饭呀？今天兴致咋这么高？她仍然穿着早上出门时的衣服，没有半点刻意的化妆，见到他时还轻声抱怨了一句。

他微微笑了笑。

送鲜花的电话及时响了，接电话时喜悦跃上了她的眉梢，她飞快地看了他一眼。服务员把生日蛋糕端上桌，并遵照他的嘱咐，把另一束鲜花送给了她。她有些发蒙了，捧着两束鲜花傻愣愣地站着，不知下一步该干什么。他帮她接过鲜花，放在旁边的柜子上。她在就近的椅子上坐了下来，眼瞪瞪看着他，少顷，双手捂住脸，埋下头，两只肩膀像蜻蜓的薄翼似的轻轻抖动起来。一会儿过后，她扬起了头，她的眼眶泛红了，眼角有晶莹的泪光。她一定是想起了什么。此前，长达十多年的时间里，都是蒋冠之给她过生日，再之前是沈剑飞，以及她的父母。一定是我哥告诉你的，就他多嘴！回归常态后她嗔怪说。她的声音是欢快的，被自己的亲人惦记理所当然，不失温馨。

切蛋糕前，她照旧许了愿，许的什么，他没问。整个过程不像别的生日宴席那样笑语喧哗，他们俩小声说着话，大多数时候是她在说，他安静地听着，微笑、点头附和。

我也想去做义工，帮我介绍一下嘛！在她说到做义工时的一些趣事时，他抓住了这个稍纵即逝的机会，说出了心底酝酿许久的想法。

不用介绍，你到你们社区登记一下就行了。她略略有些吃惊，不过还是很快回答了他的问题。

我想同你……同你们一起活动。他的眼神在她看来像饱含某种向往。

噢，那也成。

没过多久，他就同她一块参加义务劳动了。他没好意思跟在她身后，但彼此间隔的距离不远，随便一转头就能看见她。这个群体很快接纳了他，在他的周边，都是熟悉的面孔，工作上的协作增进了相互了解，也加深了友谊。在小城，哪儿都是社交场所，多个朋友不是件坏事。她肯定也乐意看到，他能融入他们当中。有时候，他朝她所在的方向张望，碰巧她也正看着他，她的眼神中流露出欣喜和赞赏的光芒。可是，有一次，他受到了她的批评，甚至是训斥。那天，他们在公园里做清洁，公园里有座塔，叫文峰塔，是常州亥城标志性的建筑之一。往常他站在值班室的窗前，随便一抬眼就能看到文峰塔，像个巨人似的屹立在不远处。夏天，白鹭成群地栖息在公园的树林里，有时也飞到塔顶上，塔身因此落下了许多白色的鸟粪，斑斑驳驳的。两个年轻的志愿者去清理塔身上的鸟粪，他跟着上去了。清理塔尖时，他自告奋勇爬了上去，不是为了显摆，除了需要有人爬上去外，还有点私心。他在值班室遥望塔尖时遐想过，塔顶上是怎样迷人的风景。他腰间系着安全带，围绕塔尖转圈，清除几簇顽强生长的茅草，和可能是被狂风刮上去的树叶。干完活后，他在塔尖的一侧坐了下来，风景果然不一样，大半个常州亥城都收在眼里，常州亥河绿水汤汤，远处层峦叠翠。

杨凤凰！忽然塔下有尖叫声扬起，声音钻进他耳朵里都变了调。他低头一看，是沈慧，正仰着头朝他叫喊，你给我下来！

当他从塔里钻出来时，她涨红着脸，几乎带着哭腔对他说，谁叫你上去的？！

十三

知子莫若母。

这么多年来，董灵芝对杨凤凰始终保持一贯的敏感，哪怕他有一丝一毫的变化，都会引起她的警觉。她像根温度计，时刻观测着他生活的温度。他参与的热度，升温抑或降温，每一次涨落，不说记录在案，至少她心中有数。从他第一天提早上班开始，她就留意到了，当天晚上儿子回来，还委婉地问过他，是不是医院有急诊。儿子的回答不置可否，明摆着不愿把真相告诉她，只想蒙混过关。因有之前的教训，她不再追问了。后来，连续三天、五天、十天半个月……他都在那个点出门，从不拖延，甚至风雨天还要早个几分钟。她隐隐约约觉得，儿子的生活遇到了重大的转折，变换到了另一条轨道上，按照新的时间表在运行。向好，还是向坏，她为此惴惴不安。

一段时间过后，她欣喜地看到，儿子的确变了，彻头彻尾换了一个人。他的睡眠比以前少，人却更精神了，眼睛里闪着光。过去走路拖泥带水，悄无声息，现在呢，像钟表一样拧紧了发条，上了节奏，还噔噔噔响。过去下班回到家，吃过饭，就躲在卧室里，闭着门，死寂死寂的，不知在干什么。现在呢，隔着门能听出里面的动静，有时在走，有时哼着歌。晚上还同人通电话，时间可不短。有一次，他好像在电话里给人讲故事，故事讲得不怎么顺畅，这不是他的强项，小时候连谎话都编不圆，哪会讲故事呢。他说得磕磕巴巴的，对方偏又追着不放，催促他往下讲。听到这一幕，她无声地笑了。

还有叫她更感动的。她知晓儿子对她的感情，他的表达始终是委婉的，隐藏在对她的体谅和顺从中。除此之外，再无明显的表示，更不会轻易说出口。这往后就不一样了。有一天，她从超市回来，拎着一小包米和一些蔬菜。正巧他下班回来，母子俩在楼下相遇了。他把米和菜都接了过去，其实以往也会这样干。上楼梯时，她走在前，听见他在身后说，妈，以后这种活您就别干了，交给我。这是他多出来的话。又一次，她坐在客厅的沙发上，一抬头，遇见了儿子凝视的目光。她有些摸不着头脑，不知他为什么那样看着她。好半天，才听见儿子说，妈，您老了。她愣住了。就那么简短的一句话，再明白不过的话，却叫她的双目湿润了。

她想，儿子恋爱了，一定是恋爱了。她不敢造次，不敢惊扰他，像面对树枝间成双成对的鸟儿一般，怕自己冒冒失失打断了他们的歌唱，惊飞了他们，怕搅碎了本属于他们的幸福时光。先前，那个仅在她家出现过一次的女护士消失之后，儿子的表现着实让她揪心，他消瘦得非常厉害，整个人无精打采地，像是被抽走了精气神。他的眼里是深重的暮色，他一定是心碎了，绝望了。那段日子，她过得提心吊胆的，生怕儿子有什么不测。好在后来儿子缓过来了，性情却是更沉闷了，越发寡言少语。

过后，她郑重其事找儿子聊过一次，拿他父亲做榜样教训了他一顿。她不能不说，有责任有义务说，有些话不说如鲠在喉。你爸爸可不是这样的，不管做什么事，他都会用全力去做，不惜拼上自己的性命去做。他追求我也是这样……追求一个人，爱一个人，就必须这样，用上全部心思，懂吗？你哪里像你爸爸？！哪里有一点你爸爸的样子？！她说那番话心是疼的，让她更心疼的是，她的话白说了，儿子没有因此而改变什么。

董灵芝后来还是犯规了，准确说是好奇心支配了她。儿子遇到的到底是个怎样的女孩，能让他焕然一新？她恨不得立刻见到她，看她长什么样儿，在哪里上班，性格咋样。她先是努力克制自己，不朝这方面去想。后来，她还是控制不住自己，悄悄行动了。结果辗辗转转一大圈，没打听到儿子半点事。她也不敢随便问人家，只能借说话的时候小心试探。儿子的交往本来不多，知道他情况的人更是少之又少。她不死心，用上了笨办法，按图索骥，反正有的是时间。儿子往凤凰山路西头走，过新大桥，她也跟着往西寻，过新大桥，往返无数次，终于碰到一次，见儿子的车开进了家具城。她顺着线索往前追，一直追到了沈慧所在的特教学校。当她第一次看清楚那张脸时，内心恍惚了一下，儿子每天早晚接送的这个女人似曾相识，可又记不起在哪里见过。她像梳理一笔陈年旧账，一遍一遍回忆，分析，最后一目了然了。

她的内心有些不平静了。她不止一次见过沈慧，那还是在杨凤凰上大学之前。有一回，她还问过他，儿子说是沈剑飞的妹妹。她对儿子的那个铁哥们印象不坏，虽然他给她添了不少麻烦。在常州亥城，蒋冠之他们失踪的事没人不知晓，不过她没想到其中有沈慧的丈夫。当她看到沈慧牵着旦旦的手，一步一步从校园走出来时，她的视线模糊了，她仿佛看到的是当年的自己，牵着杨凤凰的手迎面走来。那么空阔的天地，两个瘦小的人儿踽踽而行。她每走一步，董灵芝的内心没来由地哆嗦一下，好像她的鞋尖正好踩在她的心脏部位。

她找到的答案是不曾料想的，往下也就没法照原计划实施了。当她认出那是沈慧时，赶紧回避了，生怕她看见了她。更别说去把儿子的那层窗户纸捅破。她似乎看透了儿子的内心，可又把握不定。她和沈慧，两个遭遇不幸的女人，成了儿子最亲近的女人，爱着的女人。他承受的重量可能不比她们少。她为沈慧垂泪，也为儿子找到了爱情而庆幸，他不再是个不谙世事的小毛孩，而是一个有勇气的男人，一个善良而富有爱心的男人。

　　董灵芝有一肚子话想对儿子说，可一个字也吐不出来。她给杨北街打了个电话，把她叫了回来。起初，她对那位公子哥的父亲的担忧，没几年真的变成了现实，那位亲家公锒铛入狱了。成为她女婿的公子哥哪里见过这种变故，早已六神无主，倒是杨北街继承了她的某些品性，家里家外都是她在支撑着。她知道女儿受苦了，可杨北街对历经的艰难只字不提，像什么也没发生过一样。灾难是良心的试金石，一个人的良心是金子，还是狗屎，在灾难跟前谁也隐藏不了。她很欣慰，她的女儿是金子。

　　董灵芝把看到的一幕全都告诉了女儿，杨北街只是哦了一声。当母亲的没把内心的想法说出来，做女儿的也不往后问，想必是明白了。从茶厂宿舍区出来，杨北街给杨凤凰打电话，电话里什么也不说透，说东说西，说到点子上，是他们的母亲不管做什么，说什么，都是愿他们好。母亲不容易，要爱护她，更要理解她。杨凤凰被她说晕乎了，问，老姐，我做错了什么吗？杨北街回答，你没做错什么，姐是怕你犯糊涂。杨凤凰说，我上哪犯糊涂去？杨北街说，姐知道你没犯糊涂。杨凤凰说，向姐学习。杨北街扑哧笑了，你什么时候学会贫嘴了？杨凤凰说，老妈说得对。杨北街问，老妈说什么了？杨凤凰说，老妈什么都说了，能说的与不能说的，都说了。杨北街喔了一声，知道就好。

十四

那次在公园清扫文峰塔后，沈慧有几天对杨凤凰不理不睬，他故意没话找话，可她就是不接话茬。他懂得她的意思，她责怪他不该爬到塔顶上去。他被她冷落了，心里却是暖暖的，像有阳光照进了内心深处。她不说话，他便逗旦旦，好让她参与进来，气氛慢慢缓和。后来，她给他讲了一个蒋冠之失踪过程中的细节。她说她找过那两个跳下皮卡车逃生的幸存者，他们告诉她，车子行驶到小河那里，一股由山洪暴发掀起的巨浪扑打过来，皮卡车一下子就被冲到了玉米地里。车子熄火了，四周漆黑一片，根本分不清东西南北，好像漂浮在狂风暴雨的海上，他们俩是误打误撞侥幸爬上岸的。他们中的一个补充说，在村道入口处，他们遇到一位开工程车的司机，他提醒他们别进村了，洪水不是一般的大，怕有危险，可蒋冠之执意要进去看看。蒋冠之记挂的不只是茶园，有几户村民家的地理位置不理想，可能要转移。他们拗不过他，只好接着往里开。

沈慧讲完这个细节，又被悲伤笼罩了。她勾着头，双肩因抽泣而轻轻颤动。杨凤凰很为蒋冠之惋惜，可是找不出话来安慰她，说什么都无法弥补，说什么都太轻飘了。好半天逝去，她抬起脸，眼睛定定地看着他。她问了一个叫他无言以对的问题，如果你是蒋冠之，会不会进村去？

这是个不存在假设的问题，此时，它就没有正确的答案。

他被追问得惶惶然了。

正如杨北街的那个电话，杨凤凰知道那是他母亲曲折的表达。爱是不能轻易说出来的，如果链接着悲伤，就更叫人难以开口了。

他是个忠实的守护者，陪伴着沈慧母子的日常，也陪伴着自己生命的日常。他看着她笑，看着她们母子嬉戏，看着她教孩子们跳舞。看见阳光落在她的睫毛上，看见墙上留下她好看的身影。他听她说话，听她唱歌，听她给旦旦朗诵课文。在同一时间，他的内心也在重复着同样的事情，快乐时有个声音在歌唱，落寞时有个声音在叹息。他心里像有什么东西被她唤醒了，激活了。在欢喜与悲痛之间，他因爱而孤独，因爱而羞耻。

在蒋冠之离世三年后的春天，他的接任者邀请沈慧到灯庄村去走一走，看一看。沈慧不假思索答应了，或许她早有心理准备，在等着这一天。她带上了旦旦，旦旦上小学二年级了，在他幼小的心灵里，已经默认父亲不会再回来了。杨凤凰依然当司机，陪同她们母子前往。正是一年中最美的季节，路边的树木、庄稼、杂草，凡有生命的植物都在呈九十度角生长。常州亥河的水位涨了不少，水鸟从水面上掠过，追波逐浪。那片玉米地已经翻转过来了，不知播种了玉米还是别的什么作物。进了村，是另一番景象，屋舍俨然，田野上开着大片的紫云英，像是铺了层厚厚的云彩。

蒋冠之的接任者陪同他们在村子里转了一圈，参观了村部，村民健身的小广场，而后来到了茶园。其实进村时他们就留意到了，道路的一侧，那些小山包上栽满了茶树。茶树排列齐整，含青吐翠。这是一个刚刚建立起来的世界，一个正在生长的世界。茶园已有三百亩规模，且还在逐步扩展。最早栽下的茶树开始采摘了，不多的乡村妇女挎着背篓，在茶园里忙碌。唯一遗憾的是，制茶车间正在修建，这一批采下来的新叶只能运到别处去加工。

参观过程中，作为茶园设计师的蒋冠之，他的名字不可能不被一再提起，这让沈慧的表情很是凝重，旦旦也是一脸肃穆。后来，趁沈慧不注意，杨凤凰小声提醒接待方，让他们照顾一下沈慧母子的心情，尽可能少提到蒋冠之的名字。或许是被年轻的接任者描绘的蓝图所鼓舞，又或许是被茶园欣欣向荣的景象所吸引，沈慧提出来要合影留念，这正合接待方的意思，所有在场人员很快站成一排，簇拥着沈慧母子。大合照后，沈慧母子俩留了张小合影。之后，沈慧朝杨凤凰招手，凤凰哥，来，上这儿来。他们俩一左一右，旦旦站在中间，留下了一张三人照。他们的背后是广袤的茶园。

告别时，接待方拿来两袋茶叶，说是让沈慧品尝一下，她坦然收下了。

接连几天，得空时，杨凤凰都会拿出手机，点开相册，端详在茶园拍下的照片。在茶叶的青翠映衬下，沈慧的神态安详，嘴角微微上翘，像是微笑，又不能完全确认。做义工时他同她有过合影，是集体照，一大伙人挤在一块，如此近距离还是第一次。照片上的他有些拘谨，脸部绷得紧紧的，身体挺得笔直。拍照那会儿可不是这样，他的内心有一股按捺不住的激荡，心脏怦怦直跳。这是张不同寻常的合影，在万物生长的春天，他们仨组成了一个整体。

每次看过照片，他特别想同沈慧说句话，可面对她时又胆怯了，话到嘴边就咽回了肚子里。有次，沈慧不在跟前，他问旦旦，大伯陪你长大，好不好？旦旦眨巴了几下眼睛，回答说，你要问妈妈愿意不愿意。

中秋节，沈剑飞回来了，瞅他脸相，有点春风得意的味道，八成升职了。带回来的礼物不少，给沈慧的，给旦旦的，给杨凤凰也买了礼物，一把刮胡子刀和一根领带。沈剑飞开玩笑说，沈慧最讨厌邋里邋遢的，我可是没少挨她的批评。他们几个一块吃过中午饭，蒋冠之的哥嫂将沈慧母子接去了乡下，说是陪旦旦爷爷吃团圆饭。留下杨凤凰陪着沈剑飞，扯七扯八闲聊，间或沈剑飞会问起沈慧的近况，杨凤凰让他别多虑，她挺好的，旦旦也挺懂事的。本想把沈慧的一些日常说一遍，想到可能她早同她哥说过了，也就不再重复。聊到夜深，沈剑飞忽然问，你是不是该叫我大舅哥了？杨凤凰没料到他会有这么一问，双颊发烫，说话有些不自然了。还害臊呢！沈剑飞笑着说，好吧，我来替你问问她。

沈剑飞返回上海时，杨凤凰和沈慧母子去车站给他送行，临到上车，沈剑飞才挤了挤眼睛，丢给杨凤凰一个暗示。后来，杨凤凰又收到他一条微信，仅仅几个字：勇士，冲吧！

一个周末，杨凤凰买了束花，来到家具城。是沈慧开的门，有一瞬间，他们俩就那样相对而立，静静地看着对方。后来，还是沈慧清醒了过来，从他手中接过花，轻声招呼他进去。他们在屋子里没有停留多久，沈慧便拉着他出了门，一块往河边走。常州亥河恢复了秋天应有的平静，水面上波光粼粼，阳光从枫杨树叶间漏下来，落在沈慧的脸上，肩膀上。她像是穿着一身缀满光斑的衣服，叫人有些迷离。

你都想好了？她问他。

她的声音像被风吹动了，有一种战栗的波动。

他点点头。

你不后悔？她又问他。

他点点头，觉得不对，又摇摇头，还是觉得不对。

不后悔。他说。

你要答应我一件事情。她看着他，他看得出她在暗暗攒劲，凝聚全身的力量。

我要你答应我……不许比我先走！她的牙齿咯咯作响，像是咬着牙把话说出来的。

我答应你……我们一起离开！

你说话算数？！

我发誓！

他伸出手去握她的手，还没捉到她的手，她就扑了过来，一把抱住了他。他搂住了她，生怕她飞走似的。而后，他清晰地听到了她的哭泣声，在他肩膀的上空，席卷而来。

十五

终有一天，董灵芝给杨凤凰下达了驱逐令，你得搬出去住了。杨凤凰愕然地看着他母亲，不知她为什么要这么做。她脸上的表情很平静，不冷也不热，看不出任何端倪。她不像在开玩笑，也从不会开这种有伤母子感情的玩笑。他的内心像有什么东西倏忽而过，他没能抓住它，它刮起的风让他的身体紧缩了一下。我搬到哪里去住？他小心翼翼地问。那是你的事，你想搬去哪里就搬去哪里。她笑着看着他，她的笑意味深长，不可捉摸。

他没有把她的话放在心上。生活照旧，她的表现同往日没有什么不同，依然起早给他做早餐，给他洗衣服。余下的时间她在干嘛，要么去菜市场包饺子，要么同与她年纪一般的女人跳广场舞。过几天，他晚上回家，她又催着问，想好搬去哪里没有？他这才有些着慌了，甚至都没敢看她一眼，低着头，钻进了卫生间。后来，他听见她在客厅里嚷嚷，我不能再把时间浪费在你们身上，我要开始新的生活了。

杨凤凰几乎一整夜没合眼，像摁了循环键一样，母亲的声音总是在耳边回响，我要开始新的生活了，我要开始新的生活了。第二天一大早，他黑着两只眼眶出门，到单位后赶紧给杨北街打了电话。杨北街了解经过后，先是责备了他几句，让你搬你就搬出来呗！我不是早就搬出来了么？那么小的一套房子，将来你结了婚，住着也不方便。杨凤凰替自己分辩，我不是这意思，老姐，你没听清楚老妈说了什么。杨北街静了小会儿，才说，我咋没听明白呢？老妈要开始新生活，那是好事，她为咱们操心了大半辈子，咱们欠她的太多了，她早该有她自己的生活，就为老妈祝福吧！啊？！

杨北街的话让杨凤凰轻松了许多，本想把事情再同沈慧说一说，又觉得不妥，余下的只能闷在自个肚子里。抽空到医院附近的小区转了一圈，打了几个房屋出租的电话，看了两套房，有一套是新装修的，临河，视野开阔，风景壮丽，预付租金定下了。医院有食堂，一日三餐不成问题。待到要搬出去，董灵芝却又把他拦住了，说，你别急着搬，先让她来见见我。杨凤凰问，谁呀？董灵芝笑着说，还给我装糊涂，你那个好朋友的妹妹。

杨凤凰听出来了，母亲逼他搬出去的用意全在于此，以她的想法，他只有一条路，上沈慧那儿去。她的口气是命令式的，是不容商量的，见得见，不见也得见。他把母亲的意思转给沈慧，语气自然是委婉的。沈慧听了不说见，也不说不见，只把眼睛盯着他的脸，像是要从他脸上看出是谁的主意来。他不得不补充说，是我妈的意思，也是我的意思。她这才轻叹了口气，说，见吧，迟早都得见。

时间是沈慧定的，礼物也是她挑选的，几样补品，不是很贵重，可也不便宜。去的那天先将旦旦安顿在同事家，之后便同杨凤凰一块来见董灵芝。沈慧有些紧张，杨凤凰宽慰她说，我妈又不是老虎，没那么可怕。两个女人见了面，沈慧喊声伯母，董灵芝笑脸相迎，并且早沏好了茶，连水果都削好了。沈慧落座时，杨凤凰正要挨着她坐下，董灵芝却吩咐他，去找阿珍姨买点水饺来。菜市场离得不远，从茶厂宿舍出来沿凤凰山路往东走，不过三四百米，拐个弯就到了。杨凤凰一路小跑着去菜市场，买了水饺，又一路小跑着回来。进了门，见母亲和沈慧各坐一张沙发，沈慧的脸色像有些不轻松，见了他勉强笑了笑。董灵芝接过水饺，又让他去买瓶陈醋来，说是家里的醋用完了。杨凤凰又下了楼，小跑着出了小区，跑了没几步，总感觉哪里不对头，忽然想明白了，母亲让他买这买那，分明是有意撵开他。便放慢了脚步，像往昔步行上班一样，悠悠晃晃起来。买了醋，又不顺原路回，而是径往河边走，在河堤上张望了好半天，才从王亚桥折回。这一磨蹭便去了将近两个小时。回到家，董灵芝已经下厨了，沈慧一个人站在客厅的窗户前。

在回家具城的途中，沈慧问，以后咱们不同妈妈住在一起，可以吗？杨凤凰回答，没问题，老妈会同意的。其实他在内心很惊讶，母亲和未婚妻，两个女人，竟然像商量过似的，如此一致。

再次回家，董灵芝交给杨凤凰一张银行卡，说，这些年的积蓄全在这儿了，想办法再凑点，去付个首付。杨凤凰同沈慧商量，在开发区订了套房，所在的小区紧邻第二中学，将来旦旦上初中上高中都很方便。

待杨凤凰搬出去后，董灵芝果然开始新生活了。有一次，杨凤凰回茶厂宿舍来看望她，竟然遇到那个曾被他们打败的萧叔叔，又厚着脸皮坐在他们家的沙发上。见他进屋，反客为主，嘿嘿笑着招呼他，小杨，来，坐这儿。倒把他怔住了。下楼后，他忍不住打电话告诉了杨北街，杨北街在电话那端捂着嘴笑，还真有点意思，像我老妈。

时日长了，杨凤凰对萧叔叔的了解慢慢多了，萧叔叔当过兵，参加过对越自卫还击战，还荣立过三等功。他也在茶厂工作过，给厂长开过车。萧叔叔的背有些佝，从外表看像近郊的菜农，很难把他同上过战场的英雄联系到一块儿。每次去他都坐在沙发上看电视，茶几上摆着茶和水果，董灵芝则在洗洗刷刷，或者拖地抹桌子。杨凤凰有些不满，可不便说出来。萧叔叔大概觉察了，又嘿嘿笑着说，你妈呀，我让她别干还不高兴，好像不照顾人就不舒服。再看董灵芝，可能真像萧叔叔说的，干着活，还一脸满足，带点儿娇嗔的笑容。

有一次，杨凤凰想听萧叔叔聊点战场上的事情，萧叔叔却哑口了，好长一会儿，才缓声缓气说，都过去了，没什么可说的……活着多好，活着就是意义啊。

又一次，董灵芝上街去买菜，留下杨凤凰陪着萧叔叔，萧叔叔要下象棋，杨凤凰只得奉陪。小时候杨得志教过杨凤凰下棋，杨得志的棋臭，教出来的徒弟棋艺也高不到哪儿去。萧叔叔却兴奋了，要的就是你棋臭。下了两盘，都是杨凤凰大败，他不服输，要继续下，萧叔叔却罢战了，捏个卒子，一下一下敲着棋盘，敲了半天，跟杨凤凰说起了一件往事。萧叔叔说，那天啊，上山救火我也去了，我在你父亲的后方，大火冲上来时，我好像听见你父亲在喊叫，凤凰！凤凰！

杨凤凰被萧叔叔讲述的情景给击倒了，泪水夺眶而出，顺着脸颊噼里啪啦往下滚落。此后，这个情景一直困扰着他，只要他静下来，就会听见父亲在烈焰中呼喊他的名字：凤凰——凤凰——

春天，父亲在枫杨树的树冠上呼喊：凤凰——

夏天，常州亥河水涨时，父亲在浪花上呼喊：凤凰——

做义工时，父亲在文峰塔的塔尖上呼喊：凤凰——

他满耳都是父亲的呼喊声：凤凰——凤凰啊——

滤镜世界

一

　　暮年将临的夜晚，我越来越无法安然入睡，只要合上眼，就像推开了太虚幻境之门，离奇的梦接二连三，一幕幕上演，一刻也不让我停歇。在梦里，我被一些没长五官的无脸人追赶，或者失足掉入无底的黑暗洞穴。我嗷叫着从床上翘起身，冷汗淋漓。更多时候，我是被崔晓晨拽醒的，她捉住我的胳膊推搡我几下，有时则揪住我的耳朵，硬生生将我从梦境中扯回人世间。具体怎么做，这要取决于我做梦时的表现，如果我只是嗯嗯啊啊梦呓，她无非有些气恼地把我弄醒算了。如果我在梦里有些不轨，且这种不轨侵犯到了她，她不会心慈手软，她的那些长指甲就像一把把小刀，不把我的耳朵完整切割下来绝不会罢休。

　　这不能埋怨她，究其原因还在于我。我只有在梦里才会亲吻她，这是件令人懊恼而尴尬的事情。更要命的是，即便在梦里，我也不是把她当成崔晓晨来亲吻，也不是把她当成妻子来亲吻。我把她当成了别的女人，当成了记忆中的某个女人。这也怪不得

241

我，是那些梦在作祟。

还有更过分的时候，去水门村之前的某天晚上，我做了个美好而又有些暧昧的梦。在梦里，我邂逅了一个俏丽的女孩，她长着一张瓜子脸，调皮而浮浪。大半个晚上，我们都在树林中追逐，在河边嬉戏。我像捉蝴蝶似的不知扑腾了多久，最终把她扑倒在草地上。后来，我亲吻她的脖子时，没来得及刮掉的胡须扎疼了她，她猛然一把推开我，一眨眼便跑得不见了踪影。

在那银铃般的笑声消失后，我怅然发现，俯瞰着我的正是崔晓晨那张冷艳的脸。我敢肯定，她百分之百察觉了我梦中的隐情，这让我刹那间清醒了许多。她像正在捕食的猛禽那样死死地盯着我，我怀疑她的嘴唇眨眼会变成无比凶狠的尖喙。她不作声，也没有任何动作。那瞬间，我有些后悔，当初为什么听信她，同她组合成了家庭。

醒了吧？大约过了半支烟的工夫，她才冷冷地问，并且将脑袋偏过一边，把她本来颀长的脖子抻得更长了。她的脖子靠近锁骨的地方有块树叶大小的口红印，有一部分还红得转紫了。我怔怔地瞅着那块口红印，好半天才明白那不是口红印，而是我在睡梦中吮吸得过于投入而留下的瘀痕。

这块醒目的伤痕让她好多天不能出门。那时，天气已经转热了，她不能围上一条纱巾来遮丑，虽然她有很多条好看的纱巾。她出不了门，我也别想溜出门去，哪怕上街买菜也不能，冰箱里的蔬菜和水果足够我们对付几天。我们几乎像热恋的情侣一样时时刻刻厮守在一起，这让我如坐针毡，浑身像被蜂蜇了似的难受。

说吧，你梦见了谁？她尽力抑制自己的情绪，好让它不爆发。

她又将目光转向别处，略微思索了一下，将这个没有答案的问题抛到一边，转而追踪另一个问题，你在哪里遇见她的？

我努力回想梦中的环境，但很多细节因为梦境的突然中断，变得不甚清晰了。我的眼前是晨昏蒙影，有点光亮，又有些幽暗，那个窈窕的身影也渐趋模糊，像一团快要散去的雾气。我隐约记得有树林，有河流，有草地，对了，好像还有一棵孤独的古树。应该是某个村庄，我去过太多村庄了，它们都有相似的景致。它们太没有特征了，况且在梦里我的注意力全集中在女孩身上，无暇旁顾。是那棵古树提醒了我，很多村庄都有那种标志性的古树，几乎无一例外都是香樟树。我曾在一个村庄见过一棵千年银杏树，可是等我第二次见到它时，它被雷电击中了，雷电之火从它的根部开始燃烧，慢慢地，业已腐朽的树心燃成了灰烬，银杏树成了一棵空心树，再也没有返绿了。梦中的古树全身披满穗状花序，好像米黄色的云朵一般。我的耳边是嗡嗡嘤嘤的蜂鸣。我认出来了，是棵甜槠树，长在村口，树的一侧是稻田，稻田往北是河流，由树及村，我记起那个村庄了。

　　我说，水门村。

二

　　如果我们没有遇到符小旦，后面的事情就不可能发生了。当然，也有可能遇到王小旦、李小旦，类似的故事在别的地方上演。崔晓晨脖子上的瘀斑淡化乃至消失后，她反复纠缠我，软硬兼施，非得去水门村看看。我那个梦似乎在她脑子里种下了癌变，如果不去一趟，癌变就无法根治，迟早她会因此丧命。我们在村口的甜槠树下看见了符小旦，她坐在花坛的护墙上，双手抱膝蜷缩成一团。我们谁也没有留意她。甜槠树的花季已过，郁绿的树叶如同巨大的华盖，罩住了树干，也罩住了树下的花坛。这让我产生

243

了错觉，以为这不是水门村。甜槠树的南侧是个小广场，广场上固定着一些健身器材。我下意识地朝小广场看了一眼，没有过多停留，将车继续往前开去。

三十多年前，我不止一次来过水门村。在我的记忆中，这地方距离常州亥市很是遥远，我坐在一辆哐啷哐啷的乡村客车上，客车在山旮旯里穿来钻去，道路狭窄，路面坑坑洼洼，且弯道特别多。客车像只在波浪上颠簸的小船，摇啊摇啊，不知摇了多久，到了一个岔路口，将我抛下车。我已经被撞得头昏脑涨，茫茫然不知去向。司机指着那条更为狭窄的岔路对我说，沿着这条路往前走，没几步路就到了。司机骗了我，我顺着岔道走啊走啊，脚掌磨起了血泡，一颠一颠的，日头都落了山，山谷里浮起了靛蓝色的暮霭，我才盼星星盼月亮盼到了那棵甜槠树。

那时候，市文化馆给我派了一个收集山歌的活，这活儿是个苦差事，长年累月在山旮旯里打转。幕阜山处处是山歌，有时走在山道上，说不定哪个山谷里就会传来悠扬的长调。这个项目得到了一位市领导的关注，拨了专项经费，把山歌收集齐全了，不仅要整理成册，还要举行赛歌会。原以为这事三年五载就能结束，不想没完没了，拉拉扯扯七八年，那位市领导早调走了，后来再也无人过问。有几首山歌倒是发挥了作用，被当成瑰宝，编了舞，搬到了大大小小的舞台上。

我将车泊在一幢楼房前的场地上，下了车。没有人迎接我们，我们也不知道要到什么地方去。崔晓晨狐疑地看了看我，以为我在拖延或者遮掩什么。村子里安安静静的，听不到说话声，也听不到狗叫。村子中央种了大片荷花，荷叶盛大，荷花的花蕾从叶片间擎出来，带着一脸羞涩。崔晓晨极少到乡村来，很快被眼前的景致吸引了，俏脸上现出了欣喜的表情。我让她站在荷花前，给她拍了许多照片。这片荷花是村子里最惹眼的景色，除此之外，还有一口古井，可能说喷泉更确切一些，井中水花翻涌，清流不歇。傍着井的是半亩见方的池塘，养着半塘锦鲤。古井被柏树环绕，井上不知何年何月修建了亭子，亭子顶上还长了一株桑科植物。还有座石拱桥，也不知修建于何年月，石缝间长了草，滋生出古意和苍凉。崔晓晨倒是乐意站到桥上去，由着我给她拍照。

　　如此闲逛了半日，再没别的地方可去，随处可见的是稻田，以及裹挟村庄的高山。从一幢张贴着挽联的楼房前经过时，一个老妇人站在门前，表情有些疑虑和悲伤，勉强向我们笑了笑，并没有邀请我们过去坐坐。就这么回去？崔晓晨大概记起了此行的目的，不甘心地乜斜了我一眼，好像让我逃脱了什么似的。我假装没看见，也不接她的话茬，依然左顾右盼，慢慢往放车子的地方走。经过村部，玻璃门敞开着，里面笑语喧哗，想进去瞧瞧，又没有合适的理由。这一趟来得荒诞而古怪，仅仅为了印证梦中所见，这实在是件让人笑掉大牙的事情。如此犹豫了一会儿，从村部的大厅里走出来一个人，佝着背，头发也花白了不少。他老远就冲着我笑，我把他理解成山里人的好客，以微笑回应他。

　　待到那人近前，才发觉有几分眼熟，脑瓜里快速地翻动了几下，却没找到什么记忆。那人却盯着我，像盯着头牲口似的，将我看了个仔细。你是项老师吧？正在我有些难堪之时，那人却笑容大开，一把捉住我的手说，你是项老师，我认出来了，那年你就住在我家，还记得吧？他见我还是懵懵懂懂，赶紧添上两句，骆支书是我爹，我爹就是骆支书呀。

　　一个名字从黑暗深处蹦了出来，骆三把，这个塌肩驼背的老人叫骆三把。在水门村的方言中，骆三把的"把"不读第三声，而是第四声，与"霸"同音。当年我收集山歌时，吃住都在骆支书家里，印象中骆三把应该比我小好多岁，是个腼腆的小伙子。我同他挤在一张床上，他很怕触碰到我，始终同我保持距离，有几个晚上还从床上跌了下去。骆三把几乎是将我掳进了村部，给我端茶敬烟，又吩咐一个中年妇女赶紧去备饭。在村部里小聊了一会儿，才知骆支书去世十多年了，骆三把接替他父亲，成了现任村支书，再过两年，他也该退休了。如此就有了些唏嘘，岁月真是把杀猪刀。

饭桌上的热情早就领教过，这次也不例外，村委会干部全体作陪，因为我开车，不能喝酒，让他们有些放不开。但仍旧不脱俗套，以茶代酒，酬酢了一番。饭毕，骆三把执意要陪我们俩去村里转转，我们虽然逛过了，但不好拂他的意，随着他的指引亦步亦趋。路上说些闲话，感慨过去的，也叹息当下，年轻人都出去了，村子成了个空壳，往后不知会怎样。骆三把很是伤感，我说了些宽慰他的话，那些话在我听来也委实苍白。崔晓晨体力有些透支，脚步跟不上了，双手箍着我的胳膊，身体直往下坠。我不得不搀扶着她。骆三把见状，引导我们抄近路返回。经过小广场时，一个衣着有些颓旧的女孩不知从什么地方蹿出来，截住了我们的去路。

爹地。女孩一脸欣喜，眼睛直勾勾冲我喊叫，好像我真是她的亲爹一样。

这声喊叫无异于大爆炸的巨响，我蒙在了原地，脑子里是静寂的空白。待我稍微清醒后，除了莫名其妙，还有些惊慌、诧异。她不是我梦中遇见的女孩，但她们的脸存在某些相似之处，同样是瘦脸蛋，梦里的女孩俏皮、灵动，而眼前的女孩有些木讷、呆滞。我看看骆三把，又看看崔晓晨，好像向他们求助似的要证明我的清白。崔晓晨撒开手，她做这个动作时力道有些过大，拽得我一趔趄。

小旦啊，说你多少次了，你又不记得了。骆三把阻止女孩说，转而扭过头向我笑了笑，拿右手的食指点了点他的脑袋，暗示我们女孩脑瓜有毛病。

爹地。女孩却不管不顾，依旧冲我嚷嚷。

骆三把上前捉住女孩的手，把她拉往一边，走，上别的地方玩去。

我瞥一眼崔晓晨，她的表情有些古怪，像是饶有兴致，又像是意味深长，好像我同女孩真有骨肉联系。这让我的内心战栗了一下，莫名地心慌起来。

哥，你弄疼我了。女孩挣扎着，不愿意走开。

癫囡子，我是你大伯，不是你哥。骆三把将女孩推往甜槠树那边，但很快被她挣脱了，她朝我们冲过来，径直冲到了崔晓晨跟前。

妖精，你是妖精。她像个泼妇似的指着崔晓晨叫骂。

崔晓晨的脸唰啦红了，又白了，继而阴沉下来。骆三把慌忙去捉女孩，一边安慰崔晓晨，崔老师，别见怪，她就是个疯子。他终于逮住了女孩，把她两只手都扣住了，用蛮力往村子里的方向拽。这一回，女孩没能挣脱，脸蛋憋得通红，不甘心，扭过头来咒骂，还呸了一嘴，妖精，妖精，我打死你个妖精。

三

回来的路上，崔晓晨有些闷闷不乐，我找些话来缓和气氛，她也懒得回答。我再说，她就闭上眼，假装睡着了。这也难怪，被人突兀地骂了一顿，换谁心里也不好受。她是活该，没事找事，就为了一个梦，非得挟着我跑一趟。我打开车载音乐，或许能安抚她一下。女人是情绪动物，情绪像波浪一样有起有伏，低落过去，必然又是浪花飞溅。到家后，她没有像我以为的那样情绪好转，而是异常地沉默，同她说话半天都等不到回应。她听惯了漂亮话，是个骄傲惯了的人，内心肯定比一般人脆弱，承受不了多大的打击。我开导她说，人家是个疯子，你就别在意了。她看了我一眼，脸上的表情有些讥诮，我会在意这个吗？你太小看我了！我挺奇怪她的态度，那你……有什么过不去的？她穿着水红色的睡衣，斜倚在沙发的扶手上，慵懒地斜视了我一眼，被抹成红棕色的嘴唇翕动了一下，想说什么又没说。

这完全符合她的性情。她是个很在意自己的人，说得过分一点，是个只在意自己的人。在同我结合之前，她给我的印象就是这样，外表有多靓丽，内心郁积的孤冷就有多厚重。婚后，她也没有什么改观，虽然我们晨昏相见，外出时形影不离，可只要安静下来，我就能觉察到彼此间的距离。或许她太精致了，忽略了别人的存在。这给了我一种错觉，我好像是同一个美丽的影子，而不是同一个活生生的女人，不是同一个有血有肉的女人在一起生活。

没过多久，我们恢复到了之前的状态，我以为短暂的外出掀起的骚动就这么结束了。我不知是下意识地拘缚了自己，还是别的什么原因，这段时间睡眠特别好，几乎不再做梦。事实上是我错了，后来回想，应该是多年的鳏寡生活让我也冷漠了，忽视了崔晓晨的存在，更没有留意她的变化。

有一天，她坐在阳台上的吊篮秋千上，慢悠悠地晃荡，吱吱呀呀的声音极有节律地响着。这架吊篮秋千是特意为她增设的。有一会儿，声音消失了，我抬头看她时，发现她正好也在看我，眼神有些迷离。她就那么一直盯着我。她好可怜。她忽然若有所思地对我说。谁？我以为她在手机上刷到了什么视频，用那种惯常寡淡的口气问。你说谁？符小旦呀。她为我不明了她的心思而惊讶。想不到她还惦记着山旮旯里的女疯子，这让我有些瞠目结舌，猜不透缘由何在。

我握着遥控器站在电视机前，既没有离开，也没有走近她，只是看着她，以示在倾听。

她说，她长相不赖。她脚尖点地，将吊篮秋千定住了，我以为她要下来，结果只是端正了坐姿。

我不能接她的话茬，在她面前承认另一个女人长相不赖，这是禁忌，弄不好会把自己卷入嫉妒的齿轮中。我也没怎么看清楚符小旦的相貌，那会儿正惊慌失措，她给我的印象是不很邋遢，浑身散发着未雕琢的淳朴。

要是这样，她这一辈子算是毁了。崔晓晨的眼神灰暗了一下，声音里不乏悲悯。

她对符小旦的预言让我觉得很不是滋味，又无可奈何。怜悯只是廉价的同情，不具备海格力斯的力量，就像看见一个物体在坠落，谁也没有力量接住它，更不可能把它托举上天。只能眼睁睁看着它快速下坠，撞击地面，发出爆炸似的巨响，最终粉身碎骨，或者看着它坠入无底深渊，声息全无。反过来想，假使符小旦一辈子生活在山旮旯里，未尝不是好事，一个人知道得太多，欲望就会更多，欲望得不到满足，反而更痛苦。欲望是猛虎，会把人给撕碎了，会把人给彻底毁灭。

但愿她能有更好的生活。我跟着叹息一声，以此告诉崔晓晨，我对她的预言感同身受。

她默然地瞅了我一眼，不再言语了。估摸从这时候开始，她开始忧虑符小旦的将来，时不时同我说上几句，好像提醒我不要忘记山褶皱里的那个女孩。我想告诉她，这种担忧是没有用的，只能证明她善良，富有爱心，符小旦不会因此有任何改变。在我看来，崔晓晨的言语有些做作，有些矫情。也有可能她被代入感逮住了，把自己当成了那个女孩，或者那个女孩让她回想起了自己的某些经历。她的思想完全被定格到了符小旦身上，反倒把当初去水门村的目的给抛开了。

令人意想不到的是，这种忧虑在崔晓晨心里竟然与日俱增，越积越深，似乎要给她带来灭顶之灾。终有一天，她心事重重地对我说，我们去看看那个姑娘吧。我以为这是她高明一些的借口，她还没有从梦境中走出来，仍然揪着我不放。我支支吾吾，不说不去，也不说去。她再问，我就采取拖延战术，过两天再去吧，人家的车子不空。但很快这些招数都不管用了，她几乎用威胁的口吻对我说，我叫别人送我去，到时你可别后悔。她的神情极为严肃，我也明白，她应该随时能够叫到人，虽然她已是徐娘半老了，但当年那么多的追求者，总有一两个乐意为她效劳的。

就这样，我被她胁迫着，又一次去往水门村。这一次的目的比上次明确，进村后我直接将车开到了骆三把家的楼房前。我们在骆三把家守株待兔了老半天，茶水都续了两遍，仍不见骆三把回来。崔晓晨终于坐不住，站起身，径直往屋外走。骆三把的妻子倒是很洒脱，也不挽留我们，只说老骆很快会回来的。她说这话时，崔晓晨已经望着甜楮树的方向走出去老远，大概她以为在那里会碰得到符小旦。村子里没什么变化，仍然是上次来时的样子，只是藕田里的莲叶更盛大了，有的莲花开着，有的结了莲蓬。我们在村子里转了一圈，没有遇见符小旦，不知她去了哪里。崔晓晨不满地觑了我一眼，好像没找到符小旦是我的过错，是我把人藏了起来。她撇下我，往有人的地方走，想从那些人嘴里询问到符小旦的去向。问了几个人，都不知符小旦是谁。问到一个老妇人，崔晓晨说符小旦，老妇人蒙眉蒙眼看着她，我插话说癫囡子，老妇人才恍然大悟，站到开阔处，指着远处的竹林说，喏，就在那里。

去往竹林的路上，崔晓晨好像害怕似的让我走在前面，却又惧怕落下似的寸步不离紧跟着我。半道上她趔趄了一下，我伸出手，让她挽着我的胳膊走。她身体的重量慢慢转移到我的胳膊上，好像要把我压倒在地。一段不算太长的田间小径被走成了长征路，到达竹林时我们的呼吸都有些粗重了。竹林边翘出一角瓦楞，转过去，是栋红砖黑瓦的旧房。场地上一半长了草，一半是干净的。场地边是瓜棚，瓜棚下吊着几个半大的南瓜。门是敞开的，屋子里传来窸窸窣窣的响声。

我们还没到檐下就看清楚了屋内的一切。符小旦坐在厅堂中央，正用竹篾编织一件类似花瓶的器物。她编得很认真，丝毫没有察觉我们的到来。在她的脚边有一捆细长的篾片，靠墙摆着几件已经编好的竹器，带提手的竹篮，类似果盆的水果篮，小圆桌大小的簸箕。我假咳了一声，提醒主人有客来访。符小旦抬起头，见是我们，愣住了。她的模样同我们上次见到时好像不一样，但区别在哪里，我又说不出来。她紧紧地握着那件半成品的竹器，好像怕人抢走似的。她的脸本来就有些红，这会儿红得越发厉害，连脖子上都像抹了胭脂。我料想她今天不会喊我爹地了，大着胆子跨进了门。崔晓晨却放开我的胳膊，留在了原地。

大概是我的举动吓着她了，符小旦扭头朝室内看了看，好像在计划逃走的路线。为了消除她的紧张，我走到墙边拿起只水果篮，夸赞说，手艺真好啊。水果篮的确很精致，篾条匀称，篾青在外，篾白向里，还对称编着四朵六角形的花瓣。符小旦听了我的褒奖，咧开嘴笑，是那种没心没肺的傻笑。崔晓晨不知什么时候进来了，要过水果篮，拿在手上端详。符小旦瞧着她，一点激动的迹象也没有，相反正期待这个陌生女人的夸奖。崔晓晨的眼睛亮了一下，看看水果篮，又看看符小旦，似乎不敢相信它出自眼前的女孩之手。

在得到我们的肯定后，符小旦像变了个人似的，竟然一把抓住崔晓晨的手，将她往里屋拽。一个二十平方米左右的房间，摆满了各式各样的竹器，花瓶、花篮、吊篮、竹盘、烛台，无一不是竹编的，形状各异，千奇百怪。还有竹编的小动物，猪狗牛羊、鸡鸭鹅，松鼠扬着蓬松的尾巴，双兔傍地走，燕雀舒展双翅，毕肖毕像，活脱脱一个动物世界。从竹编的颜色看，显然不是一天两天编成的。这是双怎样灵巧的手，能够编织出如此美妙的器物？我不禁回头看了看符小旦，没想到她正热烈地注视着我们。

崔晓晨捧起一只花瓶，端详一番后，小心翼翼地放回原处。又捧起一只花篮，细细打量，又小心翼翼地放回原地。

这些都是你做的？崔晓晨的声音透着惊喜，她的眉毛经过修理，还粘了假睫毛，眼睛里流露出的光芒让她神采飞扬。

符小旦点了点头，神情有些羞涩，又有些骄傲。

置身于这些精美的竹器间，我们都不知该说些什么了，崔晓晨原本费尽心思要来见符小旦，这会儿反倒畏手畏脚，只是将竹器来来回回看了个遍。

能卖一只给我吗？崔晓晨试探着问。

这下让符小旦有些为难了，大概她从来没有出卖过这些藏在里间的竹器。好半天，她才重重地点了点头。

轮到我们尴尬了，摸遍所有的口袋都没有找到现金，崔晓晨这才结结巴巴地说，我用微信扫码支付给你行吗？

符小旦摇了摇头。她没有手机，或者是不用手机。

崔晓晨的脸赤红一片，她的问话暴露出了她的愚蠢。我们没理由继续待在这里，讪笑着出了门。走到竹林边时，崔晓晨拧了一下我的胳膊，恼怒我为何不带现金。我把她的手甩落了，将她丢在身后。这时刻，身后传来了急促的脚步声，我们俩几乎同时回过头，只见符小旦双手捧着一只花瓶，朝我们飞奔了过来。

这个，送给你。她距离崔晓晨不过一步之遥。

四

符小旦像被一团迷雾包裹着，令我们看不真切。拨开这团迷雾的是骆三把，他把所了解的情况全部告诉了崔晓晨，相比之下，她比我更为迫切想知道符小旦的身世。符小旦的母亲十几岁外出打工，好多年没回来，再回来时身后跟着个八九岁的女孩，就是符小旦。符小旦随她母亲姓符，至于她父亲是谁，她母亲没说，村里人也没见过。符小旦是她母亲生的，还是领养的，这个也没人能确认。她刚来时就有些不正常，有时见到男的追着喊爹地，有时穿着她母亲的衣裙，给自己画个大花脸。有时又很正常，什么事也没有，只是怕生，见了谁都怯怯地。她母亲回来后待了两年，又偷偷溜出去了，同谁也没打招呼，将符小旦丢在了村子里。她母亲再也没有回来，后来，传回来的是她的死讯，说她母亲死于艾滋病。符小旦的母亲死时留下个小本子，上面记录着不少名字，都是同她有过关系的男人。一段时间村子里人心惶惶，不少人恶毒地诅咒符小旦的母亲，咒骂她是魔鬼。市里派人到村子里排查，有两个男人同符小旦的母亲有染，其中鳏寡的那个感染了，至今还在外面治疗。

符小旦就这样留在了村子里，所幸除了精神上有点小毛病外，其他方面都是健健康康的。符小旦母亲有个弟弟，比他姐姐晚出去两年，之后再没回来。符小旦无依无靠，村委会出面给她申请了低保，吃住先是安排在一户同她沾点亲戚关系的人家，后来人家不愿意，骆三把就把她带到自己家。养到十八岁，符小旦非得搬回她之前那个家去住。骆三把只能由着她，隔三岔五，让他妻子过去看看。原以为她长大成人了，找个人家嫁了，生儿育女，什么事情都过去了。谁承想她的婚姻不顺利，疯疯癫癫时没人敢娶她，待她正常点，不是瞧不上谁，而是不论好歹都不愿意嫁，就这么耽搁着。

这囡子，是黄连水里泡大的。骆三把叹口气说，但愿老天爷开开眼，让她遇上个好人家。

崔晓晨的眼圈红了，眼眶里像落了露水，闪着晶莹的光泽。我的鼻子也有些发酸，心里像揣了块石头，压得慌。但我们能干什么呢？无非赞赏骆三把几句，诸如行善积德、好人有好报之类的话，再也找不出别的表达。回到家，崔晓晨不知从哪里找来几支干枯的玫瑰花插在符小旦送的竹编花瓶里，花瓶先是摆放在梳妆台上，之后被挪到她常睡的那一侧的床头柜上。往后，符小旦的消息从花瓶中汩汩涌出来，经过崔晓晨的嘴，流到我的枕头上，流进我的耳朵里。符小旦去镇上赶集了，符小旦买了一件漂亮的裙子，这是欣喜的，也有黯然的，符小旦犯糊涂了。我以为消息全都来源于骆三把，崔晓晨同他有电话联系，后来才知她瞒着我去过水门村好几回，给符小旦送去了衣服、手提包，包括其他杂七杂八的物品。

晚上，我们背倚床屏，按往常的习惯会说会儿话，内容多是当天没完成的任务，或者是明天要干的琐事，超不过三分钟，基本上无话可说了。两个人的生活原本没多少事，有时纯属没事找事，给自己找点麻烦来度过虚空。在崔晓晨将第二天要做的两件事交代完后，我该摁灭床头灯，准备休息了。等等，还有件事。她扭头看着我，柔和的灯光照着她的脸，让她的脸生出一层妩媚。老实说，我愿意同她结婚，多半原因是冲着她这张脸。我用手抚摩了一下她的脸，瞅着她，等待她的下文。她抿了抿嘴唇，好像在攒足力气似的。她的犹豫让气氛变得有些凝重。咱们把符小旦接过来吧。她用的是少见的商量口吻，但我听得出她下定了决心。

我怔怔地瞧着她，好像没听清楚她说什么似的，而我的内心早已山呼海啸，像有什么被她掀翻了。她没有生育过儿女，刚同我结婚时就萌生过领养孩子的念头，我们找过民政部门，但始终未能如愿。我对此并不热心，我同前妻生有一个女儿，女儿早已成家。年轻时懵懂、无畏，对生儿育女没有那么多顾虑，觉得是幸福而自然的事。随着年龄增大，对如何培养孩子本该更有经验，可是恰恰相反，也许正因为知道得多了，内心反而不自信，甚至畏首畏尾。其间有过一次机会，我们见过一个不到两岁的女孩，崔晓晨很中意那个孩子，但民政部门在了解我们的情况后，不知出于什么原因拒绝让我们领养她。崔晓晨千般承诺，甚至苦苦哀求，都没能打动对方。

有一回，我问崔晓晨为什么没有生孩子，她很是凶狠地瞪了我一眼说，我同谁去生孩子？！我这么问似乎冒犯了她，在我们结合之前，她一直过着单身生活。对我的冒犯，她始终耿耿于怀，好多天都没有理睬我。

我不敢确定崔晓晨是否要将符小旦当女儿看待，但有一点是肯定的，符小旦要介入我的家庭。事情没那么简单，如果当女儿，就不仅仅涉及我和崔晓晨，同我亲生女儿也少不了纠葛。即便我女儿通情达理，我也不能太武断，得听听她的意见。何况符小旦是个有点不太正常的女孩，麻烦的事情不会少，万一相处不下去，善后就更棘手了。

你可要想仔细了，到时别后悔。我建议崔晓晨慎重对待，不能脑袋发热。我还有深层的意思，虽然她想孩子，但也不能病急乱投医。我嫁给你这么久了，什么时候后悔过？她咄咄逼人地反击。我被她掐住了，女人的思维总是很奇怪，明摆着不是同一码事，还不能反驳她。我耐住性子劝说她，让她缓一缓，事缓则圆嘛。她横了我一眼，哼了一声，哪天我一个人去把她接过来。随后又说，你要是接受不了，我们可以分开过，互不干涉。这就是赤裸裸的威胁了，容不得我反对，如果我不能同她站到一起，结局就摆在那里。她把话说得很重，却没有立即行动，好像在给我一点时间。

我给女儿打了个电话，约她见面单独谈谈。女儿有点不耐烦，问我有什么事，怎么不在电话里说。在我和她母亲离婚的问题上，女儿是站在她母亲那边的，她始终认为我和她母亲的婚姻破裂是我的过错，是我做了对不起她母亲的事情，是我伤害了她母亲。后来，我和崔晓晨结婚，再次刺激了她，也证明了她的观点无比正确。她只是出于我是她的父亲，才没有完全同我决裂。女儿嚷嚷时我一声不吭，这让她有些犯嘀咕，问我到底怎么了，我说没什么，这更让她警觉起来。我们在约好的地点见面，她见我好好的，立刻冷了脸，下逐客令似的说，我就请了半小时假，有什么事赶紧说，我十点得回去接班。我不敢去考验她的耐心，把事情的来龙去脉简要告诉了她，同时声明这不是我的主意。她颇为警惕地剜了我一眼，好像在甄别我有没有说谎。那么，恭喜你多了个女儿。她嘲弄似的对我说，后面的话是咬着牙齿，一字一顿蹦出来的，咱们把丑话说在前头，我不贪图你的那点遗产，赡养你是我活该，但要我多养个傻囝儿，门都没有。

我在女儿跟前讨了个没趣，其实在没见面之前，我就想到了会是这样。我的确没有什么可以给她的，我名下唯一的财产就是现在住的这套房子，倘若我两眼一闭，双腿一蹬，第一继承人是崔晓晨。崔晓晨嫁给我，唯一迁就的是从她那套破旧的房改房里搬出来，成了我现在这套房子的女主人。

见我几天没反应，崔晓晨开始收拾她的衣服，一件一件叠好，收进皮箱里。当初，她搬过来时带来了五口皮箱，每口箱子里都装满了衣服，抖开来挂在衣架上，足够开一间服装店。她这是向我表明她的决绝，如果我不依她，她绝对说到做到。这没有什么可怕的，我鳏居的时间也不短，可是自从有了她，我享受到了有女主人的好处，不只是她的肉体愉悦了我。还有就是，我或多或少同她一样抱有幻想，希望有个乖巧听话的女儿。总之，我认怂了，并且好心提醒她，这事成不成，关键要看符小旦答应不答应。她这才傻眼了，怔怔地瞧着我，一句话也说不出来。

我沦为了崔晓晨的同谋，一次次给骆三把打电话。我采取诱敌深入的计策，先是说家里需要请保姆，央求骆三把帮忙介绍一个。骆三把沉吟了一下，大概在想有什么合适的人选，等他把人介绍给我时，还不曾见面，但我总能从交谈中挑出对方的不足，然后委婉地推辞掉。这让骆三把有些摸不着头脑，不知我要找个怎样的保姆，不过他还是很有耐心的，也好像同我较劲一样，否掉一个，再给我介绍一个。这些人选中没有符小旦。后来，我不得不主动问起，符小旦咋样？骆三把啊了一声，显见得有些吃惊。我妻子很喜欢她。我加以说明。项老师啊，那可是个癫囝子，你可要想明白，不知会给你们添怎样的麻烦呢。骆三把像是提醒我们，又像是给我们打预防针。我解释说，正因为她是癫因子，我们才想请她当保姆，我们希望尽些许绵薄之力，希望能给她一点帮助。骆三把静默了一下，像在发愣，好一会儿才说，你们是好人啊，我替癫因子谢谢你们，于公于私我都是她的监护人，我是同意的，不过这事还得癫因子同意才行。我向他保证，我们会善待她的，会把她当女儿看待。骆三把回复说，项老师，我相信啊，我会好好劝劝她的，你等我的消息。

五

　　崔晓晨开始收拾房间，该清扫的要清扫，该除尘的要除尘，偶尔随手丢放的琐碎物品，将其一一归位，摆放整齐。她有点小题大做，在她搬过来后，旧家具按她的意思卖给了旧货市场，无用之物当垃圾给扔了，加之每天清扫，家里头光光鲜鲜的，纤尘不染。三房两厅的房子，主卧室无须说，客卧空着，书房原本就没几本书，被崔晓晨改成了化妆间兼衣帽间，增设了化妆台，添置了衣橱。客卧先前是我女儿的卧室，女儿出嫁后一直空着，除了一张床，还有女儿留下的一些物品。崔晓晨没有贸然清理那个房间，女儿好像嗅到了某种风险，或者以此在我面前展示某种姿态，一个周末，她把她的物品全部打包拉走了。

　　空着的客卧将迎来它的新主人。崔晓晨把功夫都用在布置客卧上，拉着我买这买那，被褥床罩、床头灯、睡衣拖鞋、大熊猫玩偶，一些稀奇古怪的小物件，什么都有，实用且美观。她把她年轻时积累下来的丰富经验发挥到了极致，而对于这些，我是茫然的，完全听命于她。

　　我们为此忙碌了好多天，在一切准备工作就绪后，按照约定的日子，我驾着朋友的路虎，载着崔晓晨，朝山旮旯里驶去。崔晓晨化的是淡妆，衣服也很得体，收敛了往日的妖艳。一切都进行得很顺利，符小旦的情绪稳定，没有半点异常的举动，她甚至傻呵呵地笑着，脸上看不到丝毫即将离开故乡的伤感，就连骆三把的妻子不停地抹眼泪也没能影响到她。现在的年轻人哪个不是这样呢？都恨不得长出翅膀，飞得越远越好。临出发时出了点意外，符小旦本来已经上了车，车子朝前移动时，她忽然尖叫起来，我要下车，我要下车，一边使劲拍打玻璃窗。崔晓晨的脸刹那白了，她夹住符小旦的一条胳膊，另一只手去摁她的肩膀，但她的力气不如她，符小旦没怎么用力就挣脱了她的束缚。我赶紧下车，打开车门，符小旦像只兔子似的跳下车，蹦跳着往竹林方向跑。骆三把见状赶忙追了上去。我们都以为她反悔了，不愿意跟我们走。过了差不多半个小时，符小旦抱着几只竹编花瓶从竹林里钻了出来，骆三把抱着几只类似的竹器尾随其后。

我们庆幸遇到了骆三把，他像个称职的父亲一样亲自陪同，将符小旦送到了我们家中。崔晓晨以一脸近乎讨好的笑容，领着他察看她准备的一切。这癫因子，哪儿修来的福气？遇到你们这样的贵人。他大概也已经看出来了，我们并不是把符小旦当保姆，而是比对亲女儿还亲。末了，他还是说了些客套话，如果符小旦有什么不听话的地方，还请多担待。

令我没想到的是，崔晓晨想改造符小旦的心情如此急切。晚饭后，她像个母亲似的，替初来乍到的女孩拿好睡衣，教她怎么使用热水器，怎么使用香波浴液。符小旦表现得很温顺，此前在餐桌上也是如此，她端着碗，抿着嘴，细嚼慢咽。她坐姿端正，行为举止上没有什么不雅之处。有可能她刚到一个陌生的地方，有些羞怯，也许她本来就是如此，毕竟这是我们第一次近距离接触。总之，这让崔晓晨很是满意，甚至有点得意，好像发掘到了一块美玉。她看待我的眼神除了炫耀，还多了不屑和蔑视，哼，有眼不识金镶玉。符小旦从洗澡间走出来时，像被某种光彩笼罩着，崔晓晨替她买的真丝睡衣更加深了这种光亮。那瞬间，我也被错觉牵引了，好像那不是符小旦，而是我的女儿。她身上还有着我女儿没有的东西，特别是她刚从洗澡间走出来时，用手捏了一下睡衣，那个动作透露了她的忸怩和纯真。

符小旦朝我们张望两眼后正要朝客卧走去，被崔晓晨给截住了，她将她拉到客厅的水晶灯下，上上下下打量了个遍，好像欣赏一件精美的艺术品。符小旦似乎不习惯被打量，低着头，双手悬在大腿外侧，很是局促不安。瞧瞧，咱们家的大美人。崔晓晨偏过身子，向我嘚瑟地笑。这个空隙，符小旦求救似的看了我一眼，我尽可能以一个老人该有的慈祥回应她，让她不必紧张。好在这个过程不是很长，崔晓晨将她拉到了沙发上，一档综艺节目即将开播，这是崔晓晨每晚不容错过的。我结束鳏居的生活之后，每晚都是这么度过的，崔晓晨对综艺节目有一种发自心底的热爱，选美走秀、相亲、明星访谈，哪一种都喜欢。节目结束，她还会评点一番，而后才心满意足上床睡觉。

崔晓晨把她独身时的生活完完整整搬进了我的生活。看综艺节目时她有个习惯，一定会准备一盘水果，有时是甜瓜，有时是苹果或梨，被切成精致的小方块。节目开始之前，她把水果摆在茶几上，用牙签挑着吃。安置好符小旦后，她端来了西瓜，瓜瓤上插着数支牙签。这是整个晚上的败笔，当她用牙签挑着一块西瓜递给符小旦时，后者不知是由于紧张，还是不习惯这种吃法，哧溜一声，西瓜滑落了，先是落在睡衣上，睡衣太丝滑，又哧溜一声，"啪"的一声掉到了地板上。符小旦手上只剩下一根光秃秃的牙签，她身上的睡衣原本浮着一层柔和的光泽，现在，这光泽中赫然多了一块醒目的红色斑块。崔晓晨似乎被那啪的一声响给拍晕了，好半天才回过神来。那边，符小旦拿手拂了拂红色斑块，西瓜汁拂掉了一层，斑块的色泽淡了。崔晓晨慌忙扯了张面巾纸，盖在印渍上，轻轻一压，这才暂时算完事了。

电视上播放的是一场泳装秀，大长腿再加上暧昧的灯光，隔着屏幕都嗅得到荷尔蒙的气味。模特的眼神是空洞的，也是傲慢的，有时同崔晓晨一起走在大街上，偶尔瞥她一眼，她就是这种眼神。所幸的是符小旦对这种节目并不排斥，甚至表现得有些大胆，同崔晓晨一样注意力全落在了屏幕上。这让崔晓晨有些欣慰，之前有些难看的脸色慢慢恢复自然了。

小旦，好看吗？节目结束后，崔晓晨问。

符小旦的眼睛光亮了一下，点点头，羞涩地笑了。

就寝后还是出了点意外，我们刚睡没多久，房门就被敲响了。开门一看，符小旦站在门口，换上了她带过来的睡衣睡裤，一脸焦急向着我们，我那些花瓶呢？我告诉她，在车库里放着呢。她一听更着急了，生怕她那些宝贝丢了。我向她保证丢不了，天亮后就给她搬上楼。但最终，我拗不过她，下了楼，她也跟着下了楼，把那几只竹编的器物搬上楼，放进了她的卧室。

第二天，吃过早饭，崔晓晨就认真打扮了，五十多岁的人，身体一点也没变形，两条长腿被紧身裤绷着，圆润修长，弹力十足。金耳环摘下来了，换上的是一对白色的夸张的大圆环，不是值钱货，可配上墨镜，似乎青春又重现了。这身穿戴有些夸张，可能是故意做给符小旦看的。然后，我驾着车，载着她们俩往本市最繁华的商业街跑。整整一天，崔晓晨领着符小旦在店铺间穿梭，过了一家又一家，符小旦像个傀儡似的，被崔晓晨指挥着，脱衣穿衣、脱鞋穿鞋，一刻也不得停歇。崔晓晨的慷慨让我有些吃惊，她不折不扣是个肯为女儿花钱的母亲，符小旦的双手很快被大包小包占据了，有些不堪重负。最后相中的一套衣服被符小旦穿上身后，再也不被允许脱下来。换下来的旧衣服被塞进了购物袋，旧鞋被扔进了垃圾箱。符小旦焕然一新，改头换面，从外表看同大街上的妙龄女孩没什么两样，脸上浮现出羞怯的惊喜，毕竟在山里待久了，没见到外面的世界。那气质……用崔晓晨的话说，不是一天两天能养成的，得慢慢养，养一辈子。这才多久啊，符小旦的变化已经让她很有成就感了。

六

洗面奶、化妆水、精华液、面霜、防晒、隔离、粉底、遮瑕、定妆、眉笔、眼影、眼线、睫毛膏、修容、腮红、润唇膏、唇部遮瑕、口红……这一串词语像泡泡一样从崔晓晨嘴里冒出来，让我有些目瞪口呆，白日里看到的每一张漂亮的女人脸，那是经过多少道工序才装扮成的，其复杂程度丝毫不亚于装修一套毛坯房。女人素面朝天同精心打扮的差别，就是毛坯房同精装房的差别。在化妆这门深奥的学问跟前，女人是设计师，是化学家，又是画家、魔术师，还是心理学家，洞悉男人的心理，深谙他们的喜好。崔晓晨将符小旦按坐在洗脸池前的椅子上，从洗面奶开始，一招一式，用温水湿脸，将洗面奶揉搓出丰富的泡沫，把打好的泡沫均匀涂抹在脸上，打圈按摩脸部，从额头开始，到太阳穴，到鼻子，到脸颊，再到下巴。泡沫会带走毛孔里的污垢，才能洗出一张干净的脸，这样的脸才是一张洁净的白纸，才有可能画出最新最美的画图。

化妆是崔晓晨的一种日常信念，是她每天的必修课。即便一整天待在家，哪儿也不去，她也保持着盛装丽人的风范。如果要外出，那就更隆重了，从头到脚，该有的工序一道也不能少。在我看来完全没这个必要，她是常州亥市少见的美人，哪怕素颜朝天，也秒杀绝大部分女人。她比我小十来岁，在我没见过她之前，就知道她的存在，还在酒桌上听过一些她的故事，说她为某某堕过胎。这要归功于男人的天性，谈论漂亮女人是写入了基因的。她的追求者不在少数，未婚的、已婚的，其中不乏条件优渥的，不知为什么一直没有结婚。她终究是谁也没有瞧上，被美貌给耽误了。

　　我很纳闷，没修成正果的崔晓晨为何选择我作为她的婚姻归宿。我除了在身高上同她般配以外，其他方面真没有什么能够配得上她的美貌，无论财富还是地位。我曾问过她为什么，她白了我一眼说，哪有那么多为什么。有女同车，颜如舜华。有女同行，颜如舜英。我很知足，也很识趣，不去追究她的答案了。

　　崔晓晨的化妆课理论结合实践，很是奏效。符小旦好像也不怎么笨，对照老师的示范，加以复制就小有模样了。有一次，崔晓晨教会她描眼画眉后，出妆的效果让我大吃一惊，学生的眉眼像画工笔似的，一笔一笔着色，慢慢加深，变得同老师的眉眼一个样，像是用模具铸出来的。那时候，我内心滑过了某种疑虑，但没有敏感地抓住它。符小旦是个可造之才，在崔晓晨的雕琢下，她的美焕发出了另一种光彩，原有的乡野之气泯灭了，只不过淳朴也被彩妆覆盖了。她现出了崔晓晨的冷艳，不近人情，这些是色彩上的，眼神里的锐利还没有形成杀气，高傲也没有涨上来。这无疑是新奇的，颇具吸引力的，脸如同身体，穿上各式衣服，便有了千百种不同的姿态，千百张不同的脸，简直像戏台上的角儿，一个个轮番上演。

符小旦看到镜子里的那张脸，那个影像，不像自己，又分明是自己。那是陌生的，从来没有见过的，是她称之为阿姨的那个女人发掘出来的。她在慢慢变成另一个人。这是变化莫测的，也是不可想象的。她被这种奇特的感觉俘虏了，或者被崔晓晨的化妆技术折服，愿意接受她的摆布。作为旁观者，我发觉有时她也有些难为情，可能还没有完全从心理上接受这种变化。她有时会偷偷睨我一眼，看看我是不是在注意她。如果碰巧撞上了我的眼神，她就会有些慌乱，十根指头绞在一起，好像在梳理一团乱糟糟的毛线。她们的行为不可避免会进入我的眼帘，但我尽量不去打搅她们，也希望她们能接受彼此，最重要的是符小旦能接受现状，接受这个家，融入我们的生活。

在刚开始的几天里，我同符小旦还是保持了适度的距离，为什么要这么做，我也说不清楚。潜意识告诉我，我同她的关系不像现在说得这么简单，我和她之间好像藏着我尚不知道的秘密。有个晚上，符小旦洗浴过后一身素白坐在沙发上，她的动作和神态已然看不到多少拘束的影子。她歪着头，用一条毛巾揉搓头发，手势很轻柔，好像怕伤着头发一样。她有一头健康的头发，在灯光下黑得发亮。当她发现我在观察她时，向我微微一笑，那种笑容只存在于有血缘关系的亲人间。我不由自主地战栗了一下，她的笑容像束光，划破了我内心某个尘封的空间。我暗暗留意了两眼，这张脸似曾相识，瓜子脸，有点偏瘦，小巧的鼻梁，长长的睫毛低垂时羞涩很深。她要是定睛看着你，目光会径直深入你心里。

难道是她的女儿？我暗自有些心惊，记忆真是作践人，本该记住的可能转身会忘掉，某个易逝的刹那却被记忆擅作主张备份了。我始终不知道她的名字，当年我在水门村收集山歌，有一天，在甜楮树下听老人唱山歌时突然多了位听众，是个女孩，她先是站在老人背后，像个旁观者，后来不知怎的来到了我身边。往后的每一天，这个女孩都会来到甜槠树下，听老人唱山歌，听我和老人聊天。山歌里多的是情歌，有一次，老人似乎来了兴致，对着女孩唱了一首长调，歌词的内容我记不起来了，给我的印象不是很好，有点粗野，有点露骨。那个女孩听完歌，双手掩着脸跑了。我当时觉得挺奇怪，如果害羞，听上三两句就该走了，听完了再躲开算怎么回事啊。

有个傍晚，唱山歌的老人回去了，我也要去骆支书家，女孩忽然拦住我说她也会唱山歌，问我想不想听，想听的话就跟着她。她说话时眼睛忽闪忽闪的，长长的睫毛像水草，可能是光线转暗的缘故，眼眶内水雾氤氲，像两口幽深的井。她领着我往河湾里走，河岸边是细长的竹子，织成一道密不透风的屏障，竹子下是草滩。我们坐在草滩上，看着河水从山谷里欢快地流出来，涌起细碎的浪花，拐个弯，消失不见了。女孩唱了好多首山歌，有的是老人唱过的，也有老人没唱过的。同样的山歌，老人唱得悠长而荒凉，女孩唱来却鼓噪人，像有无数只小手在身体内揪扯着。我要告诉你的结果是，她给我唱了一首缓慢的老掉牙的情歌，那首歌后来收进集子时，放在了情歌之首。她的尾声还没有唱完，我就在她的一唱三叹中抱住了她，一阵短暂的轻微的战栗像水波一样闪过她的身体，我把它理解成她对我的鼓励，甚至是怂恿。

后来，我去过水门村多次，都没有见到那个女孩，猜想她可能出嫁了，嫁到了别的村。我不便向村里人打听，得空时留心往村旮旯里转悠，终未能与她再见。记忆苏醒的瞬间我是惶恐的，几乎确信符小旦就是她的女儿，甚至给自己增添了更深的恐慌，符小旦是我和她的女儿。这让我不敢多看符小旦一眼，生怕泄露了埋藏多年的秘密。稍微冷静后，我才觉出自己惊恐过头了，符小旦不过二十来岁，如果她是我和她的女儿，应该三十出头了，何况骆三把早已把符小旦的身世告诉了我。当年的她留给我的印象不怎么清晰，加之尘封多年，经过记忆的筛选，怕是多有错位，符小旦同她相像，只不过是记忆的误差所致。虽说如此，我还是没有完全消除心中的疑虑，如此心虚只能说明我愧疚多年，好像有什么美好的东西被我捣碎了，玷污了。

崔晓晨的反应似乎迟钝了许多，对我内心的微动没有任何警觉。符小旦是恒星，崔晓晨是行星，行星成天围绕着恒星来转动。恒星没有那么自在了，有时用一种无辜的眼神看着我。我只能笑一笑，不会走近她，我恐惧被恒星的光芒灼伤。

有一天，符小旦比往日晚起了半个多小时，事实上她可能早就起来了，只不过躲在卧室里没出来。当她拉开客卧的门走出来时，我们都被她的模样惊呆了，原本护养过的头发乱糟糟的，像被揪扯过，比头发更凌乱的是她的脸，眉毛粗黑，两片嘴唇被涂得血红，像是夸张的伤口，而与此对应的是脸颊，全是粉底的寡白。水红色的睡衣皱巴巴的，上面染了几片偌大的口红色块。瞧她的眼神，像没睡醒，迷迷糊糊地，不知要朝哪儿看。放在往日，崔晓晨早迎上去了，可这会儿，她呆呆地立在原地，两只手死死地握在一起。她的喉咙咕哝了一声，不知要说什么，又没能说出来。

七

我们都知道会有这么一天，符小旦的异常在水门村时就碰巧见识过了。当时令我们有些难堪，特别是崔晓晨，被没头没脑地骂为妖精，这骂名让她面红耳赤，可能以前没少挨这种骂。如果豁达一点想，妖精也不是人人能当的，得有漂亮当资本，或许就释然了。在将符小旦接过来时，我们考虑过这个问题，崔晓晨能接受，我便无法反对。符小旦除了第一次相遇时喊我几声爹地外，后来再没有更怪异的表现。

有一天，符小旦从卧室里冲出来，边跑边冲我嚷嚷，爹地，爹地。她几乎要扑到我怀里，好在我及时捉住了她的双手。她目不转睛地盯着我，脸上漾着类似孩子同父母久别重逢后的惊喜。我真不忍心拒绝，可又不能随口答应，善意地欺骗她。我摇摇头，放开了她的手，我不是你爹地，我是你大伯。她盯着我看了好一阵，好像在确认我是不是她爹地。之后，她沮丧地走开了，边走边自言自语，我爹地呢？她茫然地走到崔晓晨跟前，照样盯着她看了好一阵子，我以为她又要骂崔晓晨妖精了，结果却没有。你也不是我爹地。她勾着头，像个年迈的妇人似的，步履蹒跚，一步一步走回了她的卧室。

符小旦的异常仅此而已，且间隔期比较长，正常生活不受多大影响。到我家一个多月后，有过一次，她将崔晓晨扑倒在地，差点将她的脸挠破了，是我将她拉开的。但第二天，符小旦就恢复了原样，对前一天发生的事情好像全都忘记了。这让崔晓晨很痛心，痛心的缘由不是她险些受到了伤害，而是符小旦把她呕心沥血创作的作品给毁了。就像词曲创作者，好不容易创作了一首经典，结果被演唱者唱得走腔跑调，制造刺耳的噪音。

接连好多天，崔晓晨的情绪都很低落，脸上灰暗一片。她只是在不远处冷冷地看着符小旦，半天都不说一句话。我暗自希望她能知难而退，让我将符小旦送回去，骆三把之前也把话说明白了，如果有什么事就打电话给他，他来把人领回去。符小旦倒是很乖觉，每天晨起都很用心打扮自己，把崔晓晨教会她的那一套全都用在了自己身上。她的这种自救让崔晓晨慢慢活了过来，重新抖擞精神，继续投入她的创作中。

但终究有个坎在这里，必须得迈过去，否则时间长了，这坎有可能变成不可逾越的鸿沟。有一天，当符小旦故技重演时，崔晓晨终于拿定了主意，同我商量说，咱们带她去医院看看吧。我不由得看了她一眼，一半是因为她的善良，一半是因为她想挽留符小旦的决心。我没有立即回答她，这事还得同骆三把通个气，听听他的意见。待我在电话里把事情说清楚后，不想骆三把倒先自我检讨起来，这事……是我丢脸了，没有尽到责任，早该送她去医院的，我老想着村里的事，把这茬给忘了。又说，项老师啊，你们夫妇都是活菩萨、大善人，可不要有太大压力，癫因子这病，治好了是她的福气，治不好是她的命。我听明白了，这话里的意思是能治则治，治好了我们得不到什么，治不好，也不会有人追究我们的责任，只要人在就行了。

骆三把的态度让我有些唏嘘，我把他的话藏下了，没有转告崔晓晨。上哪里去治疗呢？我还没有表态，她已经忙着打电话了。常州亥市没有精神病医院，最早开设精神病专科的是城关镇医院，后来城关镇医院同市妇幼保健医院合并，精神病专科作为特色专科保留了下来。前几年，有个温州人在距离市区五十公里外的中心镇创办了一家私立的精神病医院，主要接诊附近乡镇的病人。崔晓晨不了解这些情况，问来问去，只有这两个去处。她有的是熟人，在这些向她提供信息的知情者中，必定有她的追求者。她略微思索后，拨通了某个人的电话，对方听到她的诉求后没有立即回话，而是稍微沉吟了一下，之后向她建议最好还是上省城去。电话的内容很简洁，没有半句多余的话，正因为如此，我才怀疑她同对方的关系不同寻常，她不是一般地信赖他。

过后，崔晓晨拉着我，去了一趟妇幼保健医院。她纯属多此一举，我早已看穿了她的心思，她无非想借此掩饰什么，最终还是得上省城。妇幼保健医院傍山而建，我们在靠近山脚的一幢建筑里找到了精神病专科，环境比前院相对安静一些，设施也还不错，让人不放心的是医护人员都是些年轻人，说话的口吻都是冷冷淡淡的，脸上没什么表情。我们在那里停留了几分钟，崔晓晨就待不住了，扭身往回走。她向我解释，符小旦不能上这儿来，要是别人知道了她这段病史，她在常州亥市都透明了，往后还怎么生活？我被她说服了，我们不能不为符小旦的将来考虑。

我们在符小旦情绪相对稳定时去了省城的精神病医院，去之前就同那里的医生联系上了，这得拜托崔晓晨的那些故友，是他们在牵线搭桥。接待我们的是位女医生，五十来岁，一张瘦脸，脸白得忧郁，说起话来却柔声细气，很入耳上心。她问了几句在我们听来不痛不痒的话，可能觉察到什么，眉头一皱，使眼色让病人先回避一下。会意的是崔晓晨，她立马拉住符小旦的手，往诊室外走。符小旦狐疑地看了我一眼，又看了女医生一眼，几乎被拽着走了。门被掩上，女医生脸色一凛，换了副震慑人的模样，直视着我说，你们还是当父母的？连孩子的这点事都不知道。我被她说得脸一热，无地自容地向她表明，我们不是孩子的父母。她有些讶异地瞅了我一眼，等待我往下说。

我同女医生谈了差不多半个小时，把符小旦的身世以及她异常时的种种表现、点点滴滴，和盘托出。女医生听过后摘下眼镜，扯张面巾纸，拭了拭眼角。重新戴上眼镜后，她对我说，把孩子领进来吧，我单独同她谈谈。

崔晓晨将符小旦带进诊室时，女医生又恢复到了那种和颜悦色的状态，让符小旦在她对面的椅子上落座。崔晓晨退出诊室，同我一块在走廊上等候。她小声地向我打听，女医生都同我说了些什么，我把话原原本本告诉了她。她嘘了一口气，好像她身体的某个部位泄漏了。接下来，我们肩挨着肩坐在候诊椅上，沉默地等待着。这个过程有点漫长，女医生似乎有意考验我们的耐心，过了老半天，诊室的门才打开。符小旦从座位上站起来，先是向我们微微笑了笑，表情比进去时要轻松一些。符小旦出来后，径直走向了崔晓晨，后者也伸出手来迎接她。女医生这才朝我点点头，示意我进去。

你们也太粗枝大叶了，这孩子……的确让人怜爱，让人悲悯。在我落座后，女医生不满地剜了我一眼，但没有说出更刻薄的话来。以后我们会尽力的。我虚心地接受了她的批评，向她保证说。女医生告诉了我一个秘密，符小旦不是她母亲的亲生女儿，是她母亲的姐妹或者同事的女儿，她被亲生母亲遗弃后，被她后来的母亲收养。我们先前也怀疑过这一点，但听到真相后我还是有些震惊，一个女孩在小小年纪经历了两次遗弃，这落在谁身上都难以接受。

这孩子的自控能力、自愈能力，还是蛮强的。女医生向我解释了两个专业性很强的术语，依恋剥夺和情感剥夺，孩子丧失了母亲正常的喂养、照料和爱抚，在感情依恋上失去了安全感，这是造成符小旦异常的原因。她的病情不是很严重，治愈是有希望的，只是时间久了，康复过程可能会有点长。药物治疗在其次，主要是心理上的抚慰、疏导。末了，女医生盯着我说，她不能再受到刺激，你们要多关心她，爱护她，同她多交流，多沟通，尽最大可能给她一个温馨而友爱的环境，让她重拾信心。我相信她会好起来的。

八

在接下来的两年多时间里，我们仨在常州亥市和省城之间来

270

回奔波，正如女医生预料的那样，符小旦的病情在缓慢好转，发作的间隔期越拉越长，从半个月发生一次，到一个月一次，再到两三个月一次，到后来快半年都没发生过。这期间，崔晓晨尽到了当母亲的责任，始终陪伴在符小旦身边，给予她无微不至的关怀。当然，她也没有放松对符小旦的创作，她教会了她一些什么呀，穿戴的讲究，化妆的技巧，都是同身体的表面有关。有时听她在符小旦耳边嘀嘀咕咕，女孩子要矜持一点，一般的男孩子不要搭理他。她的那些话语让我品咂出她为什么没有结婚的真相，她一生的事业就是维护外表的美丽，搭配各种优雅的动作，但在这小城里恰恰是矫揉造作，她那点可怜的娇贵气质在烟火气充塞的小城找不到安放之地。甚至，她连顿饭都不会做，我都怀疑她没有经过正常的生活，过了大半辈子，还活在自己设计的包围圈里，孤芳自赏，活在虚幻之中。

但符小旦的好转让我们由衷地欣喜。我给女儿打了个电话，女儿的口气照旧有些不耐烦，让我有事说事。我把符小旦的身世和她康复的消息告诉她，她忽然沉默了，好久没说话。你总算做了件有点良心的事。这是她后来对我说的，不知她是夸奖我，还是挖苦我。当初，我和前妻离婚时，女儿选择了同她母亲一起生活，我只是每个月按时把抚养费转过去，此外再没有尽到别的责任和义务。我让她们母女失望不是没有缘由的。那一年，我们市文化馆组织队伍去乡村演出，途中发生了一次车祸，两个年轻演员，两条活蹦乱跳的生命，面目全非地留在了那无名的山崖下。从那往后，我好像患上了恐慌症，生命的无常让我体会到了彻骨的寒冷。我活在消沉和绝望之中，更加贪图欲望之欢。

在治疗期间，我们像捧着一件玻璃器皿似的，对符小旦可谓百依百顺，生怕哪儿有丁点不当，会刺激到她，会影响她的康复。

在无限期的塑造中，符小旦越来越像崔晓晨了，几乎成了她的克隆品。我冷眼旁观着这一切，甚至带着一种特别的兴趣，观看一个人如何慢慢朝另一个人演化，彼此相像的两个人慢慢重叠、吻合，合二为一，变成同一个人。随着时间的推移，符小旦康复了，成了一个健康与美丽共存的女孩。我回想当初，崔晓晨执意要把她接过来，我也勉强同意了，我们是想帮助她，让她过上正常的生活，过上更好的生活。当崔晓晨把她同男人打交道的所谓经验，一点一滴向符小旦灌输时，我忽然焦虑起来，符小旦的明天就是崔晓晨的昨天，如果不加以阻止，她必定是她的翻版。对一个正常而健康的女孩而言，享受美好的生活是天赐的幸福，是不容剥夺的权利，当然包括享受美好的爱情，享受天伦之乐。有时看着很可笑，符小旦连接触异性的机会都没有，崔晓晨传输给她的那些经验又哪里派得上用场呢？我们不能把她当成小鸟，不能把她关在笼子里养着，要把笼子打开，让她飞出去，飞向社会的丛林。

我们所做的这些，如果放任崔晓晨一意孤行，显然毫无意义。等待符小旦的将是另一种遗弃，虽然施弃方不是我们，但我们是始作俑者。如何让她飞出去，是个棘手的问题，让她离开我家，别说崔晓晨不答应，即使她同意，可放到哪儿去呢？再说放出去，有点逐出门外的嫌疑，如何向骆三把交代？我也有点不放心，万一她出去有什么事，就更难办了。

符小旦整日无所事事，除了打扮自己，再就是陪同崔晓晨漫无目的地在大街上闲逛。即便上了街，被热闹和喧嚣裹住了，因为有崔晓晨在，她同外界仍隔着一堵高墙。当她们静下来时，符小旦的外表虽然已经脱胎换骨，可她的眼神却空洞起来，茫然无物。每一天，她都要那样看我好几回，想同我说话，或者期望我同她说话。我想同崔晓晨商量，如何安置符小旦，可话到嘴边打住了，而最后是另一件事驱动了我，让我痛下决心，不过，也有可能不是那件事的催发。

　　某天，我接到市文化馆的电话，老办公楼要拆迁了，他们在清理物品时发现了我的一堆笔记本，觉得有必要物归原主。笔记本拿回来后，我用一个下午的时间翻阅了一遍，居然发现了在河滩上给我唱山歌的那个女孩的名字，叫莲子。我当时把这名字备注在山歌的结尾处，其实每首山歌我都会注明演唱者。我犹豫再三后，借口当年有段歌词记得不准确，给骆三把打去电话，询问莲子的去向。骆三把在电话那端叹了口气，回复说，莲子啊，嫁去了山口村，前几年患子宫癌去世了。这是我始料未及的，内心的某个部位像被什么尖锐之物扎了一下，软体动物似的抽搐不止。这么多年，我对自己的轻浮、堕落、丑陋和肮脏浑然不觉，何其荒谬。

　　晚间，崔晓晨背靠床屏，脸上总是浮现出满意的笑容，又是圆满的一天，她没有理由不愉悦。自从符小旦来到我家后，她每天都比我晚进卧室，好像她照看的是个不懂事的幼童，要看着她上床，给她讲睡前故事，给她熄灯，关上客卧的门，而后才回到主卧室来。咱们是不是要给她找点事来做？我试探着问她。你说谁？她像受到惊吓似的，霍然坐直了身子。符小旦呀。我说，她总不能什么都不干吧？不然以后拿什么生活？她用不屑的眼神看了我一眼，很惊讶我会说出如此愚蠢的话来，她还需要干什么？这不是好好的吗？在我看来，愚蠢的该是她，我耐住性子，强忍着内心的不快，反问，你能照顾她一辈子吗？她被我问得哑然了，过后，用一种很不耐烦的语气回应我，这事用不着你瞎操心！我被她的无知和盲视彻底激怒了，说话也就不再那么理智，几乎全往她的痛处戳，你要她像你一样过一辈子吗？不生孩子，到四五十岁才嫁给像我一样的糟老头？这就是她的未来？这就是她想要的幸福生活？与其这样，还不如让她待在水门村！

崔晓晨没料到我会说出如此恶毒的话来，她的身体僵直着，卸妆后的脸上满是死白色。我们发生了结婚以来最激烈的一次争吵，争吵的结果是她双手捂着脸哭泣起来，泪水从她的指缝间直往外溢，嘀嗒嘀嗒掉落在丝绸被面上。

我相信崔晓晨会接受我的意见，这对她来说，意味着彻底否定她的过去，换了谁都难受。如果她从她的经历中吸取了教训，肯定不希望符小旦重蹈覆辙。而意外的是，她丝毫没有妥协的迹象，同我打起了冷战，不同我说话，有时竟然同符小旦睡在一块。符小旦可能察觉了我们之间的异常，变乖巧了，我下厨房时她跟过来帮忙，择菜洗菜，她炒的菜也不赖，合乎我们的口味。有一次，她小心翼翼地问我，阿姨怎么了？瞧着她怯怯的表情，我猛然记起了那个女医生的话，她没事……过几天就好了。

又一个夜晚，我们俩背靠床屏，各自玩着手机，冷战后，睡前谈话中断了，卧室里充溢着死寂。有一刻，崔晓晨放下手机，呆呆地盯着床尾的墙壁，那里已经按照她的喜好抹成了粉色。睡吧。我关了床头灯，不再期望她说什么。你说让她去干什么？她忽然在黑暗中说话了，幽幽的口气，好像一堵土墙在窸窸窣窣崩塌，你赢了……我就是个失败者。

九

符小旦能干什么呢？崔晓晨问我，我也在问自己。一个长期生活在闭塞的山沟里，且之前精神有点失常的女孩，具备了怎样的生存本领，能适应怎样的生活环境，是个未知数。我暗地里观察过她，她好像不那么呆板，特别是康复后，她的状态一天好过一天，说话做事还算机灵。有一次，我领着她去农贸市场买菜，这在以往崔晓晨绝不会答应，这种带着浓郁市井气的粗活，平时都是我来干，她绝不会染指，也不让符小旦染指。出门时，崔晓晨始终用忧心忡忡的目光盯着我们，好像我要把她的一件心爱之物毁灭一样。买菜的过程中，我有意试探了一把符小旦，交给她一些零钱，让她去买姜和蒜。回来时，她左手拎着菜，右手抓着一把竹篾似的打包带，一蹦一跳地，见我在看着她，才把脚步放规矩。询问菜价，比我平时买的要低一些，肯定同菜贩子讨价还价了。问到细致处，符小旦说起了在山沟里时，每逢到镇上赶集卖手编的竹器，买主都会同她讨价还价。说到竹器，她是向村里的老篾匠学的，先是编着玩，不想越编越精致，每次赶集带去的竹器几乎都被人抢着买走了。

我们给符小旦设想了很多职业，去酒店或餐厅当服务员，去购物城当导购员或收银员，但最后都被否掉了。像常州亥市这种小地方，就业岗位本就不多，内卷得相当厉害，能给像符小旦一样的女孩机会的，都是脏苦累，薪水还很低，一般月薪才两千元左右。培训一下，当个美甲师或化妆师？我建议说。您老还知道美甲师啊？我真小瞧了您。崔晓晨扑哧笑了一声，你也不去购物城里瞧瞧，哪个角落不摆着美甲的小柜台？去的都是回头客，涝的涝死，渴的渴死。或许受了我的启发，她想到了另一种职业，洗头妹，符小旦可以去发屋帮客人洗头。洗头妹对我而言是个嘲讽，我的头顶早已没剩几根头发，而崔晓晨不一样，三天两头就往发屋跑，有没有客人洗头，有多少客人洗头，在她眼里不是秘密。关键的原因是，符小旦不止一次替崔晓晨洗过头，在她的指导下，她已经是个熟练的洗头工了。

没几天，符小旦就上班了，地点是崔晓晨经常光顾的一家发屋。按照崔晓晨的规划，符小旦从洗头妹干起，一步一个脚印，将来成为理发师或化妆师，都不是什么新鲜事。符小旦的兴致也很高，长时间闷在家里，把她给憋坏了，她像只小鸟似的天刚亮就往外飞，半夜才归林。眼见得她一比一天活泼，崔晓晨反倒坐立不安了，几乎每天都前脚搭后脚往发屋跑，好像她也成了发屋的员工。她不把符小旦放在眼皮下，就会有一万个不放心。我虽然没去过那家发屋，但那里有几个男的，几个女的，都一清二楚。符小旦想谈恋爱是不可能的，即便有合适的对象，也早被崔晓晨给挑唆了。崔晓晨说，那个小林，你离他远点。过两天，她指责的是另外一个，那个黄毛，就没安好心，你别搭理他。我不止一次听见诸如此类的话语，她的嘴边就没有好人，没有可交朋友的同事。

你别管得太多，给她一些自由空间，让她去交往。有一天，我忍不住提醒她。

你说得轻巧！万一碰上坏人，吃亏的可就是咱们小旦。她白了我一眼，嫌我不懂得其中利害。

这些话都是背地里说的，符小旦听不见，她心里是怎样的感受，我无从知道。我想单独同她说几句话，但很难找到这种机会。我渐渐看出来了，符小旦好像挺不情愿崔晓晨像押送犯人似的跟着她。有一天，她挺认真地对崔晓晨说，阿姨，往后咱们就在家里洗头，没必要去花那个钱了。崔晓晨愕然了一下，但又不死心，你这孩子，该花的钱是要花的，你在那里上班，正好照顾他们生意呀。符小旦求助似的看了我一眼，希望我说句话，我也不知说什么好，假咳了两声。

符小旦走后，崔晓晨愤愤地说，这孩子，长反骨了。

你换位想想，假如天天有个人跟着你、盯着你，你会好受吗？

我宽慰她说，她已经不是以前的符小旦了，别操太多心。

我这不是为她好吗？她的脸阴沉了，像是受了莫大的委屈。

过后，她不死心，隔三岔五仍往发屋跑。我有种预感，这会坏事的。果不其然，有一天，符小旦再也不愿意去发屋上班了，崔晓晨追问原因，她一句话都不说。又不敢逼得太紧，只得作罢。我问符小旦，她气鼓鼓地回答，我都没朋友了，还有脸去吗？我把答案告诉崔晓晨，她不相信似的瞥了我一眼，默然了。

这是个不好的开端，或许预示着符小旦从今往后的从业之路会很艰难。她辍业后不久，我躲着她们去发屋了解过，符小旦同同事的关系很紧张，有一半是崔晓晨的缘故，另一半则是她自己的责任。她不知如何同人交往，特别是那么多人挤在一间小小的发屋里，同事关系本就非常微妙。此后，我们又尝试着让符小旦干些别的工作，餐厅服务员、宠物店的护理工、礼仪小姐，每一次都干不长久，有时是一两个月，短时不过三五天。这几次离职，显然同崔晓晨的关系不大，如果有，也是之前她误导她太深了，一时难以改正过来。

到这个时候，崔晓晨无话可说了，虽然仍旧围绕符小旦在转，但看待我的眼神似乎有了乞求的意味。符小旦的几次挫败，把她给砸伤了，砸蒙了。我倒没她那么绝望，符小旦愿意去接触，去尝试，这就足够了，尝试的次数多了，总有一天会应付自如。我思忖，打工的方式行不通，可以换过一种方式，给她开个小店，打开一扇观察社会的窗户。非得把她往外赶吗？崔晓晨的态度匪夷所思，可语气软和了许多，多少向我透露了妥协的意思。我盘算着我的计划，没有理睬她。

可是，做点什么小生意好呢？少赚点没关系，资金要少一点，更重要的是不能亏损。观察街边小店，不外乎早餐店、烟酒铺子、水果店、药店、服装店，走到哪里都差不离。崔晓晨瞅出我的惶惑，向那些从不在我面前露脸的朋友打电话，咨询开店的诀窍，得到的答案无非那几样，首推早餐店。我看早餐店也不像他们说得那么轻巧，起早摸黑，还得雇人帮忙。想想还是得尊重符小旦的意愿，看她愿不愿意干，愿意干什么。我把选项一个个报出来，她却只是痴痴地看着我，再问，这才不回避，带着点羞赧说，我想开花店。花店？这让我有些惊奇。就是那种卖鲜花，也卖草、卖树的店。她的眼睛里闪出光来，语气却有些结巴。

这的确是个理想的小生意，小城里这种店不多，偶尔看见一家，门口摆几棵高大的绿色植物，有时也摆一架盆栽多肉，情人节卖玫瑰，清明节卖黄白菊。我把符小旦的想法告诉崔晓晨，她听了一怔，这囡子，然后就没有下文了。

十

我们当然尊重符小旦的选择，资助她开了家小小的花店。花店的选址费了不少时间和脚力，最终全凭运气，选在了去往农贸市场的拐角处。先前那地方开的是服装店，卖些老年人的衣物鞋帽，可能生意不怎么样，这才转让了。拐角处有块小场地，店铺前摆些花草也不碍事。主要是客流量不愁，买菜的女人从店门前经过，她们都是潜在的客户。花店开张后，生意正如我们预料的那样，不是十分好，但也不坏。现在的生活多有仪式感，遇上谁的生日必定会热闹一下，除了生日蛋糕，鲜花必不可少。我后来问过符小旦，为啥想到要开花店，她告诉我，小时候村子里有个老奶奶，房前屋后都种满了花，可漂亮了。她经常去老奶奶家玩，后来老奶奶去世了，再没有人种花了，老奶奶曾经居住的老房子四周长满了草，后来，连老房子都坍塌了。

符小旦将那些用竹篾编扎的器皿搬到花店里，没摆几天，几乎被人强买走了。她给骆三把打电话，让他帮忙送些竹篾来。崔晓晨早买了手机给她，并且教会她下载微信，下载快手抖音。我后来才恍然悟到，这癫因子在内心早把骆三把当父亲了。骆三把接到电话后没几天，用皮卡车给她送来了几捆竹篾，竹篾是老篾匠破好的，好像机器拉出来的一样，粗细均匀。符小旦得空时搬个小凳子，坐在花店门前编扎竹器，常有人停下来围观，惊叹她精湛的手艺。完工的竹器很快被人买走了，开始有人向她定做，竹器的大小、形状、花纹，任由顾客选择。我们之前担心生意不好，没想到第二个月就盈利了，有好几千元。符小旦把钱交给我，我让她留着，到时只需把本金还给我就行。

崔晓晨不时到花店去，理由很简单，怕店里生意好，符小旦忙不过来，正好帮着照看。如此过了一段时间，倒也风平浪静。有天中午，我送饭去花店，离开时符小旦忽然把我叫住了。她吞吞吐吐地，像有话要对我说，又拿不定主意说出来。叔叔，能不能让阿姨别到店里来啊？她用恳求的语气同我说，眼神却又忐忑不安。怎么了？我问。她犹豫了一下，还是说出了原因，她会影响我做生意。我哦了一声，人还没出门，她又把话收回去了，叔叔，还是别说吧，由她来好了。

我换过一种方式，把话传给了崔晓晨，咱们还是少去花店，看看她的自立能力怎么样。我这么说，崔晓晨找不到反对的理由，慢慢地，去花店的次数减少了。好久之后，我才弄清楚，符小旦不让崔晓晨去花店是有隐情的，她工作过的发屋里那个叫小林的理发师，经常到花店来买花。他正是崔晓晨要她提防的角色，他到花店来肯定没受到优待。后来，我特意去了那家发屋，让小林给我理了一次发，闲谈中没觉得他有什么不好。总之，符小旦有可能遭遇的爱情，还没开始就夭折了。

　　符小旦的抗拒让崔晓晨很是沮丧，虽说每天都在重复过往的日子，可是她似乎回不到以前那种安逸状态了。符小旦到来后，表面看是她拽着她，现在看，是符小旦在拽着她。她依然维持着优雅的模样，可在符小旦跟前，说话做事都变得小心翼翼，符小旦高兴，她也高兴，符小旦不吭声，她也赶紧噤声了。瞅她胆小的可怜样，好像一个软弱的母亲面对一个强势叛逆的女儿，一切都得谨慎从事，生怕触碰到女儿的底线，引发女儿歇斯底里的爆发。这是她的杞人忧天，事实上什么也没有发生。

　　符小旦阻止了崔晓晨去花店，却以另一种形式给予了补偿。每隔几天她都会带一束鲜花回来，放在崔晓晨的梳妆台上。每天早上，崔晓晨边化妆边哼着歌，她的嗓音圆润，以前是常州亥市大小舞台的常客。她很享受那一束鲜花。每年生日那天，她都要搞个小活动，邀上几个暂时还能邀得到的朋友，吃顿饭，热闹一下。前几年都是我在张罗，符小旦来了后虽然也参加，但好像没有什么改变。这一年不同的是，符小旦有了自己的收入，主动要求蛋糕和鲜花由她来买。我应允了，是得让她有个表现的机会。她送的是康乃馨，那一大捧鲜花将崔晓晨塞了个满怀。旁边看热闹的人却不嫌事大，起哄说，小旦，是不是该叫妈妈啦？崔晓晨满脸灿烂，好像正在期待什么。而符小旦呢，脸被憋得通红，那声妈妈始终没能喊出来。酒店里的主持人是个小姑娘，机灵得很，赶忙跳出来打圆场说，你们看，做寿星的女儿多幸福，我也想做寿星的女儿，不知道还要不要？满桌的人齐声嚷嚷，要，都要，还要。

　　生日宴后，符小旦同崔晓晨似乎有些陌生了，好像惧怕着什么，不敢走近她。崔晓晨肯定也觉察到了，不过没有流露什么，外表看反倒从容了许多。强扭的瓜不甜，她可能默认了现实，该做的事照做不误，不管符小旦接不接受。日子就这么流转，缓慢、平稳，让人无从觉察，无从把握。符小旦来到我家转眼四个年头过去了，真的感谢她，正是她的到来，将一个暮气沉沉的家，搅动得如一池春水，生机荡漾。虽然她不是我们的女儿，但从她身上我们窥探到了未来和希望，发现我们还能有所奔赴。

正是在我们欣喜和激动之时，符小旦静悄悄地享受着她的爱情。她不知什么时候恋爱了，对象是个送外卖的小伙子。她白天没有时间约会，只能放到晚上。她隐瞒得很好，第一次晚归时说在店里编竹器，这让我们一点也不警觉。她越来越不愿意待在家里，崔晓晨感觉她在逃避她，逃避这个家，我觉得也是。我知道我们留不住她，即便是女儿也留不住，我的女儿就是这样，她先是试探着走向外面的世界，走向希冀的生活，等到有把握了，踏实了，最后一蹦，像只蚂蚱似的彻底离开了我们。我们觉得被她们抛弃了，但之前何尝不是渴望被她们抛弃？

有天晚上，一个从上海回来的高中同学约我喝茶，去往茶馆的途中，我发现路边有个熟悉的身影，坐在一辆双轮电动车的后座。是符小旦，正搂着骑手的腰，头发遮住了她的脸，看不到她脸上的表情。他们俩像被螺丝铆着的一样，变成了一个人。我本想摁下喇叭，但还是忍住了，没有惊动他们。后来，我在花店门前撞见了那个外卖小哥，但不敢确认就是他，那天晚上没有看清楚他的脸。花店经常会有些送单的业务，有外卖骑手进出并不奇怪。等我第二次、第三次碰见，才确定不是偶然的。我进到店里时，符小旦的脸是绯红的，神情也有些慌乱，不敢抬头看我的眼睛。这种种迹象表明，她恋爱了。

我考虑要不要做点什么。当初，我发现女儿在谈恋爱时也这样干过，旁敲侧击，不止一次提醒她，生怕她吃了亏。有一回，我暗暗去打听她男朋友的情况，可没等我把事情弄清楚，女儿早同对方分手了。对待符小旦，我也只有这点手段，想不出别的招数。那些外卖骑手不送单时经常扎堆在饮食街的一角休息，我根据车牌号从他们嘴里打听到，符小旦的男朋友叫杨好好。奇怪的是，杨好好很少同他们扎堆，我问他们杨好好哪里去了，得到的回答是，泡妞去了。我同他们瞎扯了半个多小时，收集到的信息是两句话，杨好好送单"一把铁"，泡妞也是"一把铁"。我问"一把铁"啥意思，有个嘴上叼着香烟的骑手一脸嘲弄向着我，这也不知道，厉害呗。

听到这话，我心里着实咯噔了一下，有点不是滋味。要不要让崔晓晨知道？想一想觉得不妥，怕她生出事来。打电话给骆三把吧，似乎还不是时候。我得同符小旦谈谈，听听她的想法，也了解一下他们发展到了怎样的程度。为了避开崔晓晨，我去了花店，符小旦像往常一样在编扎竹器，是只小巧的花瓶，已经快完工了。好漂亮啊，是顾客定做的吧？我问。不，这个我要自己留着。她端详手中的花瓶，似乎在检查哪儿还有不完美的地方。给自己留着啊？我朝她笑了笑，我的笑在她看来一定是另有深意的，小旦啊，你是不是有什么事没告诉叔叔？她半张着嘴，惊讶地看着我，似乎被我问住了。她可能没弄明白我的话外之音，又或许不准备告诉我。你认识杨好好吗？我只好单刀直入。她的脸蓦地红了，怯生生地看我一眼，赶快低下了脑袋。认识，她说，声音比蚊子还低。她的这副神态已经证实了她的恋情，这多少让我有些意外，也有些不安的欣喜。

我们要……要结婚。静默一会儿后，她突然扬起红得越发厉害的脸，直视着我说。

这一下反倒将我逼慌了，我语无伦次起来，可是……小旦……我说不下去了，在内心不停地劝告自己不要激动，要冷静，再冷静。小旦啊，这是天大的喜事，叔叔为你高兴。过一会儿后，我开始劝说，不过，咱们不能这么急，这是终身大事呢，得多了解一些，还得做些准备。符小旦脸上的红潮慢慢退去了，恢复了自然，还稍微有点转白。先前天天有人要我结婚，我现在要结婚了，您又不让。她冲着我说，眼睛却负气地看着别处。不是不让，哪能不让呢？你找到了自己的幸福，叔叔真心为你祝福，叔叔的意思是咱们从容一点，把事情办好，办得圆满。我想到了一些经验性的话，但很快又把自己的经验推翻了，我经历了一次失败的婚姻，哪有什么经验可言？即便是我同崔晓晨，也不见得是多么美好的姻缘。

我把事情告诉崔晓晨，她当场就蹦了起来，眉毛立得高高的，眼睛瞪得圆圆的，她怎么能这样啊？！这么大的事，就自己这么兜着，谁也不说！崔晓晨怒气冲冲的，往日的优雅全不见了，在屋子里转了两个圈，忽然就往门边奔，这囡子真是疯癫了，她也不想想，这一路是怎么过来的……不行，我得教训教训她。我慌忙跳过去，一把拽住她，将她摁到沙发上，想想你年轻的时候，你的父母没说过你吗？管用吗？她在沙发上拍了一掌，横了我一眼，哑口了。待她稍微安静了，我轻声细语地同她说，咱们不是符小旦的父母，不能管得太多，她的事只能是她做主，万一不行，不是还有骆三把吗？

我把事情告诉了骆三把，他的回答却不像我们这般复杂，男大当婚，女大当嫁，这囡子总算找到归宿了。他为符小旦庆幸，又好像卸下千斤重担似的，挺舒服地松了口气。后来又说，项老师啊，这囡子得了你们的福，要不是你们，她能有今天？

十一

崔晓晨到底不痛快了，不再像之前那么热心。我猜得到她的想法，她舍不得符小旦嫁人，这怎么可能呢？这不是害了人家吗？符小旦回到家，她只是远远地看着她，像看着个陌生人似的。她以这种方式告诉符小旦，她不看重她了，不同她亲近了。她好像忘记了小旦以前的异常，忘记了是她帮助小旦找回了健康，过上了正常的生活。她不要这份功劳，要的是符小旦，要的是她亲手雕琢出来的这件鲜活的作品。这种与年龄极不相称的幼稚、占有欲，让我对崔晓晨无话可说，她的身上显而易见潜伏着某种不健康的东西，某种变异。悲哀的是，她可能对自身一无所知。

必要的时候，我召集了一个饭局，让符小旦将杨好好带过来，同我们见个面。同时，我邀请了骆三把，让他出山一趟，这件事非得他参与不可。我提前在酒店订了个包间，这样做的原因有二：一是杨好好毕竟还没有得到我们的认可，不便在家里接待他；二是如果在家里，我担心崔晓晨无法自控，闹出什么不恰当的举动来。按照以往的经验，她在任何社交场合都很注意细节，举止得体，行礼如仪。酒店的环境对她是种约束。我们夫妻俩和骆三把先到酒店，杨好好几乎是符小旦拽进包间的，看得出他做了精心的准备，剪了发，穿了身新西装，一脸讨好而又腼腆的笑容。他的这身装扮明显赢得了骆三把的好感，崔晓晨却直皱眉头，我拕了下她的手，她才勉强浮现出礼节性的微笑。在我看来，杨好好这么做，多少有些做作，只是不明白崔晓晨为何也会反感。用餐期间，骆三把的话多，把能问的问题都问了个遍。杨好好家也是常州亥市农村的，符小旦在西边，他家在东边，家里就两兄弟，他是弟弟，父母都是农民，仍在老家种地。这年头还守着几亩薄地度日的，家境可想而知。说话的过程，杨好好似乎惴惴不安，不住地拿眼睛瞟着符小旦，符小旦不知是害羞，还是别的原因，倒装起了憨，全当没看见。

这顿饭后，符小旦的爱情就名正言顺了，骆三把满意，我们要是再插话，那就不厚道了。俗话说，宁拆千座庙，不毁一桩婚。但后来我还是做了一件事，单独找杨好好说过一次话，把符小旦之前的病情告诉了他。他盯着我看了几眼，好像在印证我说的是不是真话。后来，我对此事一直耿耿于怀，也不知他们的关系是不是因此受到了影响。

符小旦他们的婚礼是在杨好好的老家举办的。我们夫妻俩作为上宾收到了邀请，骆三把带去了一帮人，都是沾亲带故的乡邻，符小旦名义上的母舅却没有出现，说是没联系上，也或许他根本不想认这个甥女。杨好好的家境果然一般，一栋平房才起了一层，二楼的钢筋赤裸裸地翘着，都生锈了。婚礼还算热闹，在场地上摆了十几桌，天气也成人之美，晴空如洗。

婚后，小夫妻俩租了间稍微宽一点的房子，杨好好仍送外卖，符小旦照样守着花店。隔个十天半个月，她会送束花来，崔晓晨不拒绝也不说谢谢，任由她插到花瓶里。我让符小旦不要破费了，要攒点钱，将来花钱的地方够多的，争取在市区买个房子，哪怕是小房子。符小旦嗯嗯了两声，脸上是那种淡淡的笑意。

疫情暴发时，常州亥市有段时间也封控了。其间，杨好好给我们送过两次菜，都是他打电话叫我去小区门口接，他放下菜，没说两句话，又骑上电动车走了。我猜测这些事情都是符小旦吩咐他做的。封控结束后，有天晚上，小夫妻俩过来看望我们，符小旦照例捧着花，杨好好拎着一袋水果。待符小旦放下花，我们才发现她的肚子隆了起来，她怀孕了，快要做妈妈了。她穿着孕妇服，脸上可能是因为怀孕变黑了，完全是令我们意想不到的模样。崔晓晨紧盯着她看，在她走动时盯着她企鹅似的背影，在她坐下来时盯着她凸起来的肚子。崔晓晨微微张着嘴，始终说不出一句话来。

这么丑！难看死了！为什么呀？！符小旦走后，崔晓晨带着厌恶的神情嘟囔，我不想看见她，以后不要她上我们家来了。

她简直是大惊小怪，哪个女人怀孕了不是这样的？过后，我理解了，符小旦现在的样子不是她想看到的，至于她想看到怎样的符小旦，我似乎能揣摩到一点点，但无法看得真切。就像她本身，虽然我们结婚这么多年，我也没弄明白她一辈子在追求什么，想要什么。她所追求的有没有实现，想要的有没有得到，我也拿不准。符小旦上我们家来的次数越来越少了，他们本来就有他们的生活要过，有他们的艰难要解决，作为普通的众生，谁也没有多余的心思，谁也没有闲暇的时光。现实是个死结，谁不在挣扎？谁不幻想着解开它？

小城里的生意也不好做，店铺多有关门的。有一天，我从花店前经过，发现花店已经空空如也，玻璃门上张贴着空铺转让的告示。我才想起，符小旦有些日子没同我们联系了。我赶紧掏出手机拨打她的电话，电话却是关机的。我改拨杨好好的号码，应答我的是系统音，你拨打的电话已停机。我之前去过他们的出租屋，在一栋私人开发的建筑的顶楼，位置有点偏僻。我敲了半天门，门才打开，符小旦抱着一岁多的女儿站在门边。她的女儿叫小满，听起来像个男孩子的名字，我问过她为什么取这么个名字，她说是杨好好父亲的意思。符小旦见了我先是一怔，即刻手忙脚乱地把我迎进屋，放下孩子给我端茶倒水。屋子里有些凌乱，还有股尿臊气，换下来的幼儿衣服东挂一件，西搭一件，可能还没来得及浣洗。桌上的碗筷也没收拾，两只盘子里都有剩菜，剩菜都变了颜色，有些转黑了。符小旦穿着褪色的睡衣，睡衣没护理好，哪儿都皱巴巴的。这种邋遢的模样如果让崔晓晨看见，她不知会怎样伤心。我问，杨好好呢？她被我问得又是一愣，好半天才说，他出去打工了。她的境况好像有些不妙，离开时我把身上仅有的一点现金塞给她，我就上来看看，没给小满买点东西。她坚决不肯接受，我把它塞到小满手上，小家伙手一松，几张钞票就像落叶似的飘落在地。

回家后，我免不了将看到的景象告诉崔晓晨，她像是不相信似的回看了我好几眼，才慢慢悠悠地说，为什么要嫁人呢？

你不也嫁人了吗？我一怔，反问她。

她又看了我一眼，眼神有些迷惘，之后寂然了。

过后几天，我同她商量，让小旦搬回来住吧？

她用一种古怪的眼神斜视了我一眼，没有说话。

我没有再提此事。经过这些年的共同生活，对她的性格多少了解，她有时专横得像个女王，一旦忤逆了她，绝不会有好果子吃。每隔些天，我都会去看看符小旦母女，每次去，见到的还是那副样子，本来就不宽敞的房间因为凌乱不堪更显逼仄，接待我时她总是那副邋遢相，脸上是那种慌不择路的仓皇。可能我的到来让她很难堪，我减少了去看她的次数。这中间，女儿忽然一改之前的态度，三番五次打电话给我，让我搬去她家住，帮忙接送外孙。我问崔晓晨，她一副冷脸，要去你去，我去那叫什么事？我陷入了进退维谷当中。

后来的某天，我突然接到符小旦的一条信息：叔叔，我走了，您放心，我会照顾好小满的。向阿姨……不，向干妈问好！我拨打她的手机，关机了。去出租屋找她，已是人去楼空。我不得已给骆三把打电话，骆三把回复，她给我打过电话，说是去找杨好好了，这闺子，不让人省心啊。后来，我多次拨打他们俩的手机，仍是无法接通，再往后就是空号了。

小旦呢？有一天，崔晓晨好像想起来什么似的，惊慌失措地问我。

我把符小旦发的信息展示给她看，她愣住了，静默一阵后，忽然双手掩面号啕起来。她哭得花枝乱颤，身体抽搐不止。我担心她会这样摧毁自己，但没有劝阻她。一个人难免有些东西要发泄，如果不发泄出来，指不定哪天就抑郁了。这个世界犯抑郁症的人还少吗？她的哭声慢慢降了下去，身体抽搐的频率放缓，变成微微地颤动，到后来彻底安静了。我撕了几张面巾纸，替她擦拭泪水，她不让，将面巾纸要了过去，仰起脸，将纸覆在脸上，用手轻轻一按，泪痕就消失了。她把纸巾从脸上揭下来，揉成一团握在手上，然后才说，我也有过一个女儿。我被她的话吓了一跳，这么多年，还是第一次听她说有个女儿。她现在在哪儿？我赶忙问。她眼眶里的泪水再次涌了出来，她别开脸，缄默了。很多时候就是这样，你无法丈量缄默背后的深度，也无法跨越缄默的壕沟。对此，我始终无能为力。

图书在版编目（CIP）数据

斑鸠入画图 / 樊健军著 . -- 北京 ：中国文史出版
社，2024. 12. --（锐势力·名家小说集）. -- ISBN
978-7-5205-4907-3

Ⅰ. I247.5

中国国家版本馆 CIP 数据核字第 2024CK9390 号

责任编辑：全秋生

出版发行：中国文史出版社
地　　址：北京市海淀区西八里庄路 69 号　　邮编：100142
电　　话：010-81136602　　81136603　　81136606（发行部）
传　　真：010-81136655
印　　装：廊坊市海涛印刷有限公司
经　　销：全国新华书店
开　　本：787 毫米×960 毫米　　1/ 大 32
印　　张：9.25
字　　数：280 千字
版　　次：2025 年 1 月北京第 1 版
印　　次：2025 年 1 月第 1 次印刷
定　　价：68.00 元